U0083774

古典詩歌研究彙刊

第十六輯

龔鵬程 主編

第3冊

南朝山水詩的美學藝術研究（下）

陳忠業 著

國家圖書館出版品預行編目資料

南朝山水詩的美學藝術研究（下）／陳忠業 著 -- 初版 -- 新北市：花木蘭文化出版社，2014〔民 103〕

目 4+188 面；17×24 公分

（古典詩歌研究彙刊 第十六輯；第 3 冊）

ISBN 978-986-322-821-9（精裝）

1.山水詩 2.詩評

820.91 103013514

ISBN-978-986-322-821-9

古典詩歌研究彙刊

第十六輯 第三冊 ISBN：978-986-322-821-9

南朝山水詩的美學藝術研究（下）

作　　者 陳忠業

主　　編 龔鵬程

總 編 輯 杜潔祥

副總編輯 楊嘉樂

編　　輯 許郁翎

出　　版 花木蘭文化出版社

社　　長 高小娟

聯絡地址 235 新北市中和區中安街七二號十三樓

電話：02-2923-1455／傳真：02-2923-1452

網　　址 http://www.huamulan.tw 信箱 hml 810518@gmail.com

印　　刷 普羅文化出版廣告事業

初　　版 2014 年 9 月

定　　價 第十六輯 21 冊（精裝）新台幣 32,000 元

南朝山水詩的美學藝術研究（下）

陳忠業 著

目次

上冊

下　冊

表次

圖次

第六章　南朝山水詩的美學感通

中國文學行文的法則《修辭學》，從《文則》起到現代的《修辭學》對修辭格的分類及演繹各家論說分項不一，而本章爲何以美學「感通」作爲論述標的，係其與六、七章的西方文藝美學理論互爲表裡，筆者認爲此修辭格在心理覺知與外在符號識別有其共通性，因此將南朝山水詩的美學感通利用本章先做說明以求前後文聯貫。

錢鐘書在《七綴集》裡說：「中國詩文有一種描寫手法，古代批評家和修辭家似乎都沒有理解或認識。」他以宋祁〈玉樓春〉的詞句「紅杏枝頭春意鬧」這個「鬧」字他認爲很多人的見解有些偏頗，他進一步說：「『鬧』自是把事物無聲的姿態說成好像有聲音的波動，彷彿在視覺裡獲得了通覺的感受。……『鬧』指花花綠綠、眼睛應接不暇的景象。」〔註1〕這是感官的問題；西方人用「大聲叫囂的」、「砰然作響的」來指稱鮮明或強烈的色彩或聲調。而稱暗淡的顏色爲「聾聵」，不也有助於理解古漢語詩詞裡的「鬧」字嗎？用心理學或語言學的術語來說，這就「通感」〔註2〕或「感覺挪移」的例子。在日常

〔註1〕錢鐘書著《七綴集．通感》（北京市；生活．讀書．新知三聯書店，2004年4月），頁62、63。

〔註2〕黃晉達、張秉眞、張恒達主編《象徵主義．意象派》（北京市；中國人民大學出版社，1989年10月），頁4。〔法〕韓波（Arthur Rimbaud）較早以〈元音〉一詩，字源字母及色彩辨析提出獨有建樹的「通感」一詞。相對於波特萊爾（Charles Baudelaire）的「洞觀者」。

經驗裡，視覺、聽覺、觸覺、味覺往往可以彼此打通或交感，眼、耳、舌、鼻、身各官能的領域可以不分界限。顏色似乎會有溫度、聲音似乎會有形象、冷暖似乎會有重量、氣味似乎會有體質。諸如此類，普通語言裡經常出現……就彷彿視覺和聽覺在這一點上有「通財之宜」。又譬如「熱鬧」和「冷靜」哪兩個成語也表示「熱」和「鬧」、「冷」和「靜」在感覺上有通同一氣之處。〔註3〕錢鐘書認爲美學藝術是一種「通感」的官能覺知，詩人生理上一切的過程，如果將其放入詩中可以體會修辭上，對某些語詞問題的解釋仍停留在人云亦云的情形。

許天治在其《藝術感通之研究》一書，他將「通感」稱「感通」，他解釋其源自象徵主義，我們前面提過他跟意象派其實，有一些情誼與文學上的聯繫，他們根據著色的視覺現象，發揮感通說。象徵主義的詩人們，以爲自然的諸般樣相裡，在人與心靈上的各種形式中，存在著極複雜的冥合或交響；而色、聲、香、味、形影與人的心靈形態間，也隱含著極微妙的類似感通。簡言之，感通乃是指此種契合。而藝術感通，乃是此一契合的現象，作用於藝術品上，……它不受時空限制，自由馳騁於各種門類之間，但受感通創作的文化背景、人格特質、藝術素養與感通時的情緒影響；自然界中的聲、光、色、相，人在世界中的興、衰、哀、樂，這些聲、音、色彩形象現象，透過感覺與情緒的交互聯結，於是產生知覺上的印象，經過心理上的感覺與審美上的移情作用，可以用聽覺或其它感覺得到體現與表現。〔註4〕

從錢鐘書所說的「通感」，與許天治所說的「感通」，從兩個人的釋義，錢從中國與西方語意或哲學觀念，也許較有刨根的做法；從西方的文藝理論象徵派與印象派的觀點，來說明「感通」其實字詞上的釋義是異曲同工的，也就是說「感覺相通」聽覺與視覺的感通。通感

〔註3〕錢鐘書著《七綴集・通感》，頁64。

〔註4〕許天治著《藝術感通之研究・緒論》（南投；臺灣省立博物館印行，1987年），頁1。

在文學上以修辭的理論而言，又稱爲「視覺轉移」，是一種運用具體生動的語言透過變換感受的角度來描述事物的性質狀態和情狀，將感覺轉移到人的聽覺、視覺、嗅覺、味覺、觸覺等不同感覺交互溝通的修辭方式。「通感」或「感通」在詞義上基本上是相同或稱倒裝句。因此本文在論及「通感」或「感通」一詞時統一使用「感通」一詞。

第一節　山水詩人的美學感通

感通在日常生活中大量存在。「冷」、「熱」，它是用來指溫度，是觸覺上的用語，但我們常將其用在感覺上，譬如臺灣俗諺「良言一句三冬暖，惡語傷人六月寒」。「寒冬飲冰水冷暖自知」、「這人古道熱腸」、「這個人看起來很冷」等，都是表示抽象的感覺。「他的性格很辣」、「他講話很酸」、「這人看起來很甜」、「這個人很鹹」、「酸」、「甜」、「辣」這是味覺，但常被移作它用，又如「她的歌聲如黃鶯出谷」、「他的丹田洪亮」、「愁眉苦臉」這是以味覺、視覺、聽覺來表示感受。「暖色系」、「冷色系」等的詞彙，都可以表達個人對人、事、物的感通情形。

當然，我們透過日常生活感通的體驗，成爲一種自覺性的心理理解過程，每個人都有這樣的體驗，來感通客觀事物，並將其轉移到人的感覺官能上之結果。然藝術創作的感通就是透過作家的這種經驗，來表達自己在記憶中象徵意義的表象，以進行文學或詩歌在藝術官能與意識上的轉移作用。

一、詩人的美學感通

感通主要是語言的表達將無形、無色、無味、無聲和無觸的客觀事物或描述對象賦予有形、有色、有色、有味、有聲、有動、有觸的特徵，用語言接受者的角度理解語言的過程，以聯想和想像的方式，從整體上掌握意蘊。感通是修辭上的語意特徵；有語意上的衝突、語意的協調、雙重語意、突發的、臨時的。感通語意之轉移變化的規律主要有;(一)將視覺的感通物轉移。(二)將聽覺的感通物轉移。(三)聽覺與視覺間互通明顯多於其它感覺間的互通。(四)味覺的轉移與感通出現的機會比觸覺的感通出現之次數基本上是平均的。

感通的感覺語意變遷是有規律的,於寧從漢語感通詞中抽樣一百五十個(單音節詞六十個,雙音節九十個的語意遷移規律,認爲就表示觸覺的詞移至味覺的範疇、視覺的顏色範疇和聽覺範疇;味覺的詞在嗅覺範疇或聽覺範疇間挪移。表示空間的詞語可轉移到顏色詞語和聽覺詞其可互相轉換。〔註 5〕在修辭的內容上來說感通語意的轉換有較大之空間,如空間詞可以轉移爲顏色詞或聽覺詞,也可以轉移到嗅覺詞,則其範圍更可以將其它的感通詞,與感官上的詞彙結合構成複雜的感通關係。

(一)古典詩人的感通「感通」

在文學創作裡和「意境」有密切關係,從文學的修飾上來說有更高的描寫方式。中國詩人早就開始使用「感通」的修辭格,在《楚辭・九歌》裡:「嫋嫋兮秋風,洞庭波兮木葉下」的詩句。「風」原本來是看不見得,通過木葉「下」及水波的「漣漪」,從視覺上與觸覺上得到「感通」,用「嫋嫋」是一種姿態來寫風,風在這描摹下似乎變得可以看見,唐宋以來,隨著聲律的發展,描寫山水的手法就更細緻了,「感通」在運用上更加常見。這裡僅就詩詞裡的「感通」表現略抒所見。

在日常中眼、耳、鼻、舌、身各器官可以相互聯繫,詩人透過視、聽、嗅、味、觸覺的作用,使詩歌裡的「意境」更美,動靜相兼。在視覺上詩裡常引的就是宋祁〈玉樓春〉裡「紅杏枝頭春意鬧」,「鬧」字錢鐘書自《七綴集》裡論「通感」乙節中特別提出來說明,並對一些詩家的說法做了一些評論,正是這個「鬧」字增加視覺的

〔註 5〕於寧撰〈從漢語角度看「通感」中語義的演變普遍原則〉收錄於《修辭學習》(上海市:中國修辭學會,1992 年第 4 期),未注頁次。

效果，又有聽覺，鳥語花香，「感通」的描摹下「意境」全開。僅一個「鬧」搭接上了視與聽覺，兩者兼具，姿態上用了「杏之紅」寫出「花的繁」，又紅又繁，有喧又鬧，春意盎然，在視覺中彷彿獲得了春意喧鬧的聽覺感受，除聽覺外尙有五顏六色的視覺景色。這裡的詩情畫意不再是靜的而是生動活潑的視覺、聽覺的感受，與西方的「感覺挪移」矧是典型的例子。我們日常用語中的「話」如果訴諸聽覺，就可以如此的區分「眞話」、「假話」（大話）、「輕聲細語」、「甜言蜜語」，不就將視覺、味覺加以聯繫。朱光潛《詩論》裡說：「一部分的詩人有『著色的聽覺』，一種心理變態，聽到聲音，就見到顏色。他們根據這種現象發揮爲『感通』說，……聲、色、嗅、味、觸覺……是遙相呼應，可相感通的、互相徵性的。」〔註6〕這段話除證明「感通」與「通感」是同義詞，他與錢鐘書的論點是有別的，這不是我們論題的焦點。錢鐘書對感通提出很多精闢地論證，並旁徵博引，如「紅熱綠冷」；什麼「聲音不但有氣味；『哀響馥』、『鳥聲香』，而且有顏色，『紅色』、『雞聲白』、『聲皆綠』；『香』不但能『鬧』，而且能『勁』；流雲『學聲』；綠蔭『生靜』；花色和竹聲都可『熱』……」〔註7〕都是對「感通」現象深刻地概括說明。

在古典詩中，有許多的詩人都是透過「感通」的修辭法，創作更多的名篇佳句，進而產生聲色味俱佳的藝術美學的詩，這是中國詩歌特色之一，一直以來「紅杏枝頭春意鬧」就成爲「感通」的「移轉」模式，其中突顯「鬧」、「聲」的景色，在以後的詩詞中就更常見，且各有聲色，無聲的姿態變成有聲的動態畫面，從詩人的觸景將靜與動、聲與形，從描寫中視覺互感，突出詩歌的生動與誘人。「感通」是形象化的詩歌藝術，通過心智的互動，按照邏輯思考，

〔註6〕朱光潛著《詩論・第六章・詩與樂——節奏》（北京市，北京出版社，2004年1月），頁148。

〔註7〕錢鐘書著《七綴集・通感》，頁70。

觸動者五官各司其職下所顯示在我們內在思維的畫面，心隨詩意而動。陸機也說：「目無嘗音之察，耳無照景之神」〔註8〕，這就是形象思維的影響，《文心雕龍·物色》：「詩人感物，聯類無窮」〔註9〕，因此世間萬物皆通過眼、耳、鼻、舌、身五官的聯動與詩人的腦連結起來，產生一定程度的共鳴，就成了藝術思維下的「感通」題材。透過心靈的聯想與靈動，彼此觸類旁通的心理作用，我們通過視、聽、嗅、味、觸的感通，不是毫無程序的構思，而是有條不紊的主觀情態下，有理性的去理解每一官能。五官中的觸、味、嗅、聽、視它們都是身體的感知系統不是審美的器官，我們無法用觸覺欣賞音樂，我們無法經過味或嗅覺，就能知道或感受文藝作品的美，只有視覺與聽覺可以，經過奧秘的過程知性的傳達美的意義。因此，視覺與聽覺得從感通在創作藝術與欣賞裡，引起豐富的美學經驗是很重要的。而這些生理上的變化其實就是我們所說的移情作用或西方的「挪移」現象。否則我國的詩歌文學可能會變爲呆滯的文字堆疊，激發不起思維的畫面與審美藝術價值，更不會有更多的佳句，藉他們的詩句體會生命之意義與價值。經過詩人的描寫在節奏音揚頓挫下，我們的感通跟著起伏跌宕起來，心裡的情緒跟著波濤洶湧，古詩的感通極爲豐富神奇，讀後不僅讓我們的七情六慾隨著感通而感染，還能感受到色、香、味的享受。

「感通」說，是視覺與聽覺發揮審美知能的傳導作用，古代的詩人又以他們的才學，創作出流行千古的名詩佳句，我們所以能夠透過詩歌聽到花正在綻放生命的花朵，看見上了色的音符，因此，運用感通的美學藝術方法，創造優美的詩歌意境，是中國詩歌美學的藝術特色之一。

〔註8〕〔晉〕陸機撰，金濤聲點校《陸機集·卷第八·演連珠三十七》（北京市；中華書局，1982年1月），頁98。

〔註9〕〔梁〕劉勰撰，吳林伯義疏集釋《文心雕龍義疏·物色篇》，頁567。

（二）山水詩人的感通

感通本來是一種心理現象，心理學上稱為聯想，一般情況下，人的各種感官各司其職，某些器官會相互作用或彼此間可以互相溝通產生聯想感通，譬如某一器官受外界刺激，另一感覺器官也會同時產生另一種聯動的感覺，如視覺受到紅色的刺激時，觸覺器官會感到熱；若視覺上感覺黑或暗的光線時，觸覺會覺得冷的感覺。這對詩人的內蘊就會因感通的不同，而使官能上受到刺激後產生更多的聯想，當然這跟古典詩人的社會背景和現實問題等都會讓心理層面受到感官上官能神經的刺激，其所產生的聯想與轉移之內容，每個時期都會有不同的變化。《樂記》裡的一段話如此說的：

> 故歌者，上如抗，下如墜，止如槁木，倨中矩，句中鉤，纍纍乎端如貫珠。〔註10〕

這是古代對音樂審美所描寫的一段美妙記述，唱歌應該是聽覺上的感受，然作者在表現聲音的變化上也用視覺的官能，給人歌聲激揚慷慨地感通，聲音低沉時給人壓抑的感受，歌聲的轉折給人折斷的感覺，聲音停止如同槁木嘎然而止，抑揚頓挫，字正腔圓，如同貫穿珍珠。聲音是聽覺，又有形象似乎看得見，摸得到所有視與觸覺。因此，我們從審美的面向來看詩歌所發出的旋律，影響了人的六種心境與情感，舒緩的的樂音可使人歡樂，蹙踖的樂聲使人焦慮等，這些音樂都是通過感通的器官覺知的結果。就如同看見秋景給人哀的情緒，觸景而生悲思的心境，聽覺上接收到悲聲而觸動傷懷。從每個角度切入，人的感官最先接受感通的生理變化，不同的器官可能產生共同的感覺，這就造成生理上的感通音原，生理上的神經元接受到各器官的感通，而產生一些正常反映。這樣我們更能理解每一種藝術的品項，相對不同的審閱者會產生不同的審美之內在反應。詩的最高美學境界，全是從味覺來權衡，如果沒有審美的感通心理理論，是無法說清楚這些因素的。

〔註10〕吉聯抗譯注《樂記譯注》，頁62。錢鍾書著《七綴集・通感》，頁65。

感通在詩歌創作，在中國古代詩歌裡是種常見的狀態，我們舉謝靈運的〈登池上樓〉詩云：「池塘生春草，園柳變鳴禽」，很多人都解釋過這一聯詩句，筆者認爲第一句的解釋大家都可以理解，而園柳下的禽鳥因季節變化而改變鳥禽的種類，那這解釋就太過於表面了，從感通的角度來說，除了視覺、觸覺、嗅覺，而在這裡聽覺是最重要的，不是僅聽見禽鳥的鳴叫聲，而是象徵氣候最重要的音原，那就是草木滋長的聲音，如同「鳴禽」發出的響聲，大地一片綠意盎然，不著一個「綠」，卻處處見到綠意，沒有說出聲音的喧囂，卻處處有春的聲音，意表春天的到來，這是在作者與品賞者有足夠的閱歷下，才能感通創作者寫作時的心境，盡量讓讀者與創作者具相同的感通位置，才能看見一般人看不見，聽到一般人聽不見的聲音，這才是由於感通的運用，擴大了詩的想像空間。

大家都知道唐朝邊塞詩人王之渙（688～742）〈涼州詞〉：「黃河遠上白雲間，一片孤城萬仞山。羌笛何須怨楊柳，春風不度玉門關。」〔註11〕，這首詩在聽覺、視覺、嗅覺、觸覺上，一般對詩歌的感通由表面依照符號審美所表示的「所指」意象都在裡面，但「能指」的部分可以從三個意境來分析，詩人指的「春風」不度玉門關，意表沒人會想被分派到這裡擔任邊戍的任務，前往戍守的官兵死活實因鞭長莫及沒人理會，此其一；這裡春風所指是當時的「帝王」，他不會關心在玉門關邊戍的官兵，此其二；當時的詩人已經可以知曉夏季季風僅吹到巴顏喀拉山、隴山，對地理與氣候的理解，此其三；因此在感通上的審美藝術，不在詩的表層意義，而是詩情所蘊涵的內在含義，這才是詩人想藉由詩歌去感通，讓那些在長安城享樂的閒官能受到些許的感動，注意到他們輪番守邊的辛苦。虛指此暗指彼，而成爲千古家作。

我們必須指出，感通必須遵循一定的審美原則，它是一種感覺

〔註11〕林高俊編《邊塞詩賞析・王之渙・涼州詞》（北京市：軍事宜文出版社，2000 年 12 月），頁 29。

向另一種感覺轉移，在生理上的反應，要有某些相似處如「紅」，本來是用來說明顏色的，但現在的人通常將它說成「喜氣」的象徵，「好」、「美」的代稱。而在中國對「白」色的視覺與心理的感通有兩中不同生理的釋義，第一、代表純潔、乾淨、神聖、光線；第二、比較不好的如喪禮的一些裝飾或奠儀都是白色的，感通的轉移或能指是完全相對地，在視覺、觸覺、嗅覺、味覺、聽覺下它們的相似點都是色彩，同時要用感通的模寫方式形成譬喻，儘管譬喻一般喻依與喻體之間是有差別的，然也要有相似的地方或形式或神似。因爲顏色的相似所以才能達到感通。相關聯的特徵也就是相似點，是感覺挪移構成的基本條件，具備這些條件才符合感通的審美原則與範疇，否則，勢必導致矯情造作，故弄玄虛，甚而產生錯覺，因而讓詩失去審美的意義。

二、南朝詩人的美學感通

自然界的青山綠水在文學藝術作品中，被視爲經過詩人創作，再次呈現的藝術「感通」它成了藝術審美的載體，同時它也是人們認知對象的審美物，這是一種人爲的自然它具有美的形式感通，是感通過程中美的具體呈現。南朝山水詩人對於美的形式初期並無法透過心靈，以較爲自然的眞情去磨合，當然唐宋之後的詩歌在感通上已經可以隨心所欲地俯拾即是，雖無法到獨立審美的藝術表現，尤其在劉宋時期，齊梁以後的作品在修辭及移情的表現上，利用感通的形式表達對自然的審美觀，已將自然與人的情感之聯繫作出理性地闡述。

（一）劉宋詩人山水詩的感通

王國維說，一切景語都是情語。如果要以南朝的山水詩人下意識的思維，不帶感情色彩而能將其藝術「感通」滲透到作者的情感裡而產生移情作用，藝術感通儘管是以直覺的形式表現出來，其中當然有詩人的一些藝術基礎與生活的經驗。劉宋詩人皆是以綜合之感覺的形式感知事物，他們從他們的感覺又在他們的情感的驅使下，將感物的方式由視覺與聽覺來形成山水詩歌。對謝靈運來說他是南朝山水詩的開創者，歷來對他詩歌形式的分析，前面我們概略提過，其實每位詩人創作詩歌的形式就是他如何接受自然界的感通。謝靈運的山水詩，代表著他的生活經驗、創作歷程以及他描摹山水的方式。謝詩大體上可以分爲遭貶永嘉（422～423）的山水詩，辭歸始寧墅（423～428至 430）的山水詩，第三部分外放臨川（431～432）。就其詩的結構析之，爲紀行、寫景、情理，三段來編寫他的詩，張玉穀表示謝靈運山水詩結構多變，其說：「謝公詩，遊覽爲多，選中所登數首，實隨題制變，盡相窮形，爲此體獨開生面，當與柳柳州諸遊記，千古並傳。」〔註 12〕他的結構是隨著詩人的創作歷程而演變，分成三種格式，大體上來說，矧三段式言，多重結構與疏宕式。他以山水的感通來表現他內心的抒情意象，詩裡洋溢著濃郁的情感韻味，表面上是人生遭遇的感通，藉由山水來舒展其深刻的性格特點，與現實的不得意，山水可以讓他的視覺、聽覺、觸覺舒坦，對於一個孤傲清高的人性格決定了他與世俗的隔閡，自負敏感仕途相悖，出眾的才華協助下他將情緒轉向詩歌中。縱觀他蹉跎的一生恐怕就是性格決定了他的命運。

在《宋書・本傳》謝靈運：「出爲永嘉太守，在郡不理政務，縱情山水，『遍歷諸縣，動逾旬朔』」，「尋山陟嶺，必造幽峻。巖障千重，莫不備盡。」〔註 13〕謝客在〈還舊園作見顏范二中書〉詩云：「浮舟千仞壑，總轡萬尋巔。」（124）詩人用不言人世間的險惡環境，以移情的方式借視覺來描寫所見的浮舟在深谷中摸索的險峻；來警示自己，但詩人深知如此，卻無法擺脫現實環境的羈絆。又如〈登江中孤嶼〉詩云：「亂流趨正絕，孤嶼媚中川。雲日相輝映，空水共澄鮮」（83）詩人從視覺想像到老朋友的呼喚，由視覺到虛幻中聽覺間之感受，一種空靈的情趣敘事寫景。而〈游南亭〉詩云：

〔註 12〕〔清〕張玉穀著《古詩賞析・謝靈運》（上海市；上海古籍出版社，2000 年 12 月），頁 370。

〔註 13〕〔南朝梁〕沈約撰《宋書・卷六七・謝靈運傳》，頁 1753。

時竟夕澄霽，雲歸日西馳。密林含餘清，遠峰隱半規。
久痗昏墊苦，旅館眺郊歧。澤蘭漸被徑，芙蓉始發遲。
未厭青春好，已睹朱明移。戚戚感物嘆，星星白髮垂。
藥餌情所止，衰疾忽在斯。逝將候秋水，息景偃舊崖。
我志誰與亮？賞心惟良知。(82)

此詩從視覺、聽覺、味覺、觸覺的感通過程散發心理的喟嘆，從玄皈依情思的複雜，可以瞭解這個時期的山水詩，僅是一個發軔階段，詩者的文字敘寫也僅是感通的表面，情緒的範寫並沒有許多複雜的意象，因此意境上都是心理情緒的發抒。這首〈從斤竹澗越嶺溪行〉詩云：

猿鳴誠知曙，谷幽光未顯。巖下雲方合，花上露猶泫。
逶迤傍隈隩，迢遞陟陘峴。過澗既厲急，登棧亦陵緬。
川渚屢逕復，乘流翫迴轉。蘋萍泛沈深，菰蒲冒清淺。
企石挹飛泉，攀林摘葉卷。想見山阿人，薜蘿若在眼。
握蘭勤徒結，折麻心莫展。情用賞爲美，事昧竟誰辨？
觀此遺物慮，一悟得所遣。(121)

這詩的感通過程較爲豐富，我們可從「猿鳴」、「飛泉」等聽覺，「知曙」、「薜蘿」聽覺、觸覺與視覺的傳導而影響詩人的心理感通，從詩章的所指對象之多寡可以明白詩人此刻的心境，雖似平淡而內心跌宕，當然比起永嘉時期而言，這時的情緒較平和，可以移步換景，從筆觸上描摹風物，從物的互動中傳達詩人此刻的情境，因此，感通如果說它是修辭上的轉移、隱喻或西方的感覺挪移，不如說它是人心理內在知覺的感通過程。

謝靈運的詩歌感通稍有不足，或與他的背景條件有直接的關係，而鮑照的山水詩寫來感通十足，如〈登黃鶴磯〉詩云：

木落江渡寒，雁還風送秋。臨流斷商弦，瞰川悲棹謳。
適郢無東轅，還夏有西浮。三崖隱丹磴，九派引滄流。
淚竹感湘別，弄珠懷漢遊。豈伊藥餌泰，得奪旅人憂。

〔註 14〕

「木落」寫的是時序的季節突顯了視覺上色彩，秋的將盡寒冬即來到，「江渡寒」是觸覺上的摹寫；整首詩大雁南飛時的悲鳴聲，在聽覺上，似乎象徵感時傷逝，樹木凋零也是襯托悲傷沉鬱的心情境界。在從詩的後兩句「豈伊藥餌泰，得奪旅人憂。」可以發掘鮑照的身體並不好；他的山水詩稱得上嗅覺與味覺和聽覺上感通多與藥及悲懷傷感有關，從心理的層面來看，鮑照整首詩在聯感是比較悲濿的心情，及無可奈何的情緒，整體來說，他的詩在官能上的感通比較互相聯結，不會像謝客那樣的單調。再看〈自礪山東望震澤〉詩云：

爛漫潭洞波。合沓崿嶂雲。漲島遠不測。岡澗近難分。
幽篁愁暮見。思鳥傷夕聞。以此藉沉痾。棲跡別人群。
結言非盡書。有念豈敷文。〔註 15〕

此詩仍從景寫起，這是一首遊太湖的詩，「震澤」指的就是太湖，整首詩也是充塞著悲怨的情思，從視覺看太湖的湖水漣漪波動，水的消長看不出島湖的距離，聽覺上溪澗的聲音從何處來，正愁悵時間無情的消逝，與思鳥形塑聽覺的意境相同仍感時之不予，後四句還是以自己的不適做藉口乾脆離群索居。整首詩從遊太湖來抒發胸臆，寫再多的文章仍無法表明自己的內心。從視覺的感通到聽覺與觸覺的聯結，最後以悲懷抒發情緒作結，這是鮑照的詩文感通，因爲他是寒門，他憑藉著詩，抒寫自己的身世的怨與謝詩對照，他的詩比較沒有說理的成分，但心理與感通的聯感，他是比較憤濿的一位不得志的下品詩人。

（二）齊、梁詩人山水詩的感通

我們經過山水詩的奠基期謝靈運、鮑照的詩，在感通的運用上幾

〔註 14〕〔南朝宋〕鮑照著，黃節集注，錢仲聯增補集說校《鮑參軍詩集注．卷五．登黃鶴磯》，頁 273。

〔註 15〕〔南朝宋〕鮑照著，黃節集注，錢仲聯增補集說校《鮑參軍詩集注．卷五．自礪山東望震澤》，頁 278。

乎是單純的一種或兩種覺知感應之過程，換言之，感通上的運用尚未成熟。我們再以此時期謝朓的山水詩來看，他的感通內容與情緒牽動，與謝靈運山水詩有何不同，及其表現方式如何；從謝朓〈晚登三山還望京邑〉詩來看：

灞涘望長安，河陽視京縣。白日麗飛甍，參差皆可見。
餘霞散成綺，澄江靜如練。喧鳥覆春洲，雜英滿芳甸。
去矣方滯淫，懷哉罷歡宴，佳期悵何許，淚下如流霰。
有情知望鄉，誰能鬒不變。〔註16〕

從第一句「望」的視覺開始，「望」未必一定是眞的看，而是一種心理活動，「餘霞散成綺，澄江靜如練」這一句是詩裡的警句，感通的程度亦比較高，黃昏的視覺，在顏色的變化下映照在長江上如一條絲絹飄動著，點出了觸覺；「喧鳥」的聽覺，「雜英滿芳甸」這是嗅覺，這首詩寫詩人離開京邑，登上三山回望京邑，春色引發的離愁別恨。對故鄉——南京無盡的讚美中，字字句句僅扣著詩人不忍離去的無限愁緒。但在以感通的角度來看，謝朓的詩情感內蘊比較豐富，將我們官能上每一種覺知的感應器官，都能重視感通的向度將詩句融入，讓詩的情感表現更加富饒。謝朓寫景時，從小處下筆，在大處著墨，對景物常進行細微的觀察與描寫，如〈高齋視事〉詩云：

餘雪映青山，寒霧開白日。曖曖江村見，離離海樹出。
披衣就清盥，憑軒方秉筆。列俎歸單味，連駕止容膝。
空爲大國憂，紛詭諒非一。安得掃蓬徑，銷吾愁與疾。
〔註17〕

在此時春寒料峭，寒霧彌漫，愁緒滿懷的詩人，更覺無精打采。早晨，他斜倚床頭，懶得動彈。見霧散日出，窗外景物顯出了誘人的

〔註16〕〔南朝齊〕謝朓著，曹融南校注《謝宣城集注‧卷三‧晚登三山還望京邑》，頁278。
〔註17〕〔南朝齊〕謝朓著，曹融南校注《謝宣城集注‧卷五‧高齋視事》，頁280。

魅力，於是稍振精神，才起身盥洗，走近窗前，憑窗遠眺郊野勝景，在窗邊的桌子坐下處理一些公事，午膳時間已到，餐桌上擺滿了佳肴，他覺得很乏味，嚐了幾口便又回到寢室。謝朓此詩從視覺與觸覺說起；初春乍寒雪未消融味覺無感，並在山水詩的感通上突破空間的限制與感覺，全詩十二句，分別以寫景、敘事、抒情三個層次；寫景，景中見意；敘事，事中含情。字裡行間流露了詩人憂讒畏譏，抑鬱寡歡，急欲擺脫而又難以擺脫的無奈之情。從這首詩發覺謝朓在感通上的描繪，比起他的族叔謝靈運要來的細膩，字詞地運用更能透過敏銳的筆端帶出情感從憂國到憂慮自己的前途。「餘雪映青山，寒霧開白日。」此句是倒裝句，先有觸覺上地「寒」春寒料峭，接著「餘雪映青山」在視覺與觸覺間密切聯動，可以從視覺與觸覺的感通下摹寫，接著對「俎」的味覺與嗅覺作為感知，以表達內在情緒及所處的狹小空間的埋怨，似乎在訴說他心裡的感受與仕途發展受限。這首詩除具一般的感通外，更將心裡空間之情懷密切連貫銜接，於此可看到感通在心理空間的轉移，時空挪移上的運用在山水詩中更進一步發展，因此山水詩在審美藝術達到更上一層。

兩晉以來到劉宋山水詩之產生，以及山水詩所體現的超邁絕俗的氣象，實際上與山林的景色不無相關，也許是大謝的詩過於高蹈玄理，喚起人們對那種玄遠奧理的追尋，對水澤江畔的景緻而言是無法效尤的。南朝的詩風綺靡這是江南環境所致，水天綿邈在齊梁山水中卻成為思鄉的感懷寫照，像何遜的山水詩裡，江漢晚秋，蘆岸沙渚，桅檣飛舟，回川湍流……一幅幅的在訴說著生命無情的感通，何遜的詩與大謝不同，他的詩風較清遠，何詩善寫水岸江畔的綿綿思鄉與冷清、靜謐的氛圍下襯托佗傺動人的歸思鄉情，卻不淺露直說，如〈曉發〉詩云：

> 早霞麗出日，清風消薄霧。水底見行雲，天邊看遠樹。
> 且望沿溯劇，暫有江山趣。疾免聊復起，爽地豈能賦。

〔註 18〕

是詩，詩人由他的視覺出發看見早上的旭日，光線、清風的觸覺，作者在詩裡的感通上所引發的並不多，在病後初癒的晨間難得愉快地出門，視覺上看見雲的倒影入水，江上人來人往的忙碌著，與謝靈運〈登池上樓〉病癒後的詩相似。這詩大概是何水部詩裡最平淡的一首，在感通上與謝靈運的詩較爲遜色，然其詩在色彩的運用，及形式卻輕鬆愉快許多，因此感通並不一定所有的感官都要聯繫，二個或三個的感通仍能讓詩意通曉明暢。何遜的〈下方山〉詩云：

寒鳥樹間響，落星川際浮。繁霜白曉岸，苦霧黑晨流。

鱗鱗逆去水，瀰瀰急還舟。望鄉行復立，瞻途近更修。

誰能百里地，縈繞千端愁？〔註 19〕

詩中抓住黎明前的黑暗之景，曙光乍現的觸覺卻仍被黑暗籠罩。〔註 20〕詩中描寫晨霜景物細緻入微，有聽覺與色彩。寒天鳥在樹枝間發出悲切的叫聲，稀疏的幾顆星映照在秦淮河裡，閃爍著微弱的光芒。繁霜遍地，黑沉沉的濃霧罩在江上，一切景物都籠罩在一片陰霾之中，隱隱約約依稀可辨。「寒鳥」、「落星」、「繁霜」、「苦霧」，景象淒清；「鱗鱗」、「瀰瀰」兩組疊詞的運用，正是其心潮無法平靜的體現。「繁霜」、「苦霧」在我國古典詩詞中常和悲傷憂鬱的情緒相關聯。

一個轉移的修辭作用，不直說而意蘊深含而能觸傷感情感同身受，因此修辭上的感通，除了五官上各部位的聯繫，而挪移情緒外在字詞的選用上亦能增加節奏上的變化，讓平淡無奇的詩讀來雋詠富含感情。

〔註 18〕〔南朝梁〕何遜著《何遜集，卷一・初發新林》（北京市；中華書局，1980 年 9 月），頁 19。

〔註 19〕〔南朝梁〕何遜著《何遜集，卷一・下方山》，頁 20。

〔註 20〕詩人眼前的天色是黑的，遠景是明亮的，詩人觀察入微，這與地平線的曲度有關，高度越高可見光越早。

（三）陳代詩人山水詩的感通

陰鏗沒有何遜那麼坎坷的仕途遭遇，因此何遜沒那麼深的憂生感慨，他的詩更多之清新如畫，以風景與作爲遊子都會有的離愁、別緒、幾縷思鄉之情，形成動人的詩歌。有時陰鏗又能藉景物抒發自己熱烈的情緒，如〈開善寺〉詩云：

鷲嶺春光遍，王城野望通。登臨情不極，蕭散趣無窮。
鶯隨入戶樹，花逐下山風。棟裡歸雲白，窗外落暉紅。
古石何年臥，枯樹幾春空。淹留惜未及，幽桂在芳叢。
〔註21〕

詩中將鶯、花、雲、暉等景物的描寫極爲精彩，春風吹拂，樹枝搖曳，伸進門窗；黃鶯棲枝，如盪鞦韆，隨之入窗；五彩花瓣，隨風一吹，紛紛落下，好似追逐春風。寺內雕樑畫棟，悠然間飄繞著天外歸來的白雲；窗外林塹，映照著天邊落日的餘輝。眞是寫不完道不盡的春光情趣。視覺、聽覺、觸覺、嗅覺，所有的感通都在詩歌裡出現，其中「棟裡歸雲白，窗外落暉紅」一句，寫出陰鏗在欣賞寺內、外的春光情趣時，湧起了一種歡騰雀躍的心情，但他極力的將這種心情隱藏在景物之內，造成一種悠然疏宕的氛圍。可想社會背景會影響一個人的情緒，不管離別也好、羈旅也好，詩歌的內容與感知情況就是不同，這相對於我們現時的人生不亦復如此。又如〈晚泊五洲〉詩：

客行逢日暮，結纜晚洲中。戍樓因嵁險，村路入江窮。
水隨雲度黑，山帶日歸紅。遙憐一柱觀，欲輕千里風。
〔註22〕

五洲（今湖北浠水）日暮泊舟，愁緒頓起，戍樓因山勢而險峻，村路直到江邊，黃昏的雲層厚重，江水隨著天氣的暗而黑，夕陽的豔麗，群山被籠罩在暈紅之中。陰鏗從視覺與觸覺尤其色彩的感官運用上以非常精闢，全詩對感通而言，雖僅用到兩種感官，但卻牽動著內心的

〔註21〕陰鏗著，劉暢、劉國珺注《陰鏗集注・開善寺》，頁219。
〔註22〕陰鏗著，劉暢、劉國珺注《陰鏗集注・開善寺》，頁230。

知覺意識，讓五洲的夜更顯得淒涼孤寂與一縷愁緒因千里風而起。

江淹的山水詩也是把山水作爲主觀情感的外在依託，將情感融入景物之中，常常充滿傷感情調。其〈赤亭渚〉是一首意在言外、情寓景中的力作。詩中幾乎無一句直接抒情或議論，萬千意緒皆借景物予以表達。陰鏗詩裡的「水隨雲度黑，山帶日歸紅」，就與江淹詩中「水夕潮波黑，日暮精氣紅」〔註 23〕句意同妙。此外，江淹也有許多佳句，他的山水詩裡吉光片羽式之靈思妙語很多；如「煙光拂夜色，華舟蕩秋風」（1561）（〈外兵舅夜集〉）；「幽蘘生碧草，沅湘含翠煙。鑠鑠霞上景，懵懵雲外山」（1562）（〈貽袁常侍〉）；「江皋日慘色，桂暗猿方啼」（1565）（〈冬盡難離和丘長史〉）。這些詩句皆警策傳神，在詩中都是亮點。何遜和陰鏗的詩雖然善爲佳句但相比之下，江淹詩由於全篇稍弱，整體意境的開鑿雕鏤不夠深刻，山水詩的整體感通與氛圍較兩位詩人略差，因此，在選詩描繪感通時，無法得到充分的表達。而何遜和陰鏗卻能讓情與景和諧地凸顯，感通與情感和心靈的交互疊織出更深的意境，使詩篇渾然一體，開拓出山水詩作的嶄新境界。

無論是中國的感通藝術或是法國的象徵主義，它們的形成都有其社會背景，也絕非是偶然的尤以藝術象徵來說，藝術代表法國，長期影響世界的文藝理論，無論浪漫、現實、實證、自然主義的文藝論述，雖各有殊異，然審美的態度是一致的，如果這些思想都抱持著過度矮板或呆滯的主客觀詩學主張，會讓詩歌喪失生命主體的形式美，更失去詩歌形而上的情感體驗，文藝美學要與世界主流價值連繫，勿需過於高蹈才能源遠流長，中國的文學審美藝術，就是在感性的審美形式下體悟宇宙的奧祕。我國在詩學感通上自《詩經》，下逮近代散文、新詩，詩人或是作家的個人思想仍受到社會或民族文化的影響，自古以來對自然萬物抱著和諧相處的理念，精神上受天人合一的影響，潛意識地受制於傳統文化與藝術發展的生

〔註 23〕逯欽立輯《先秦漢魏晉南北朝詩·〔梁〕卷三·江淹》，頁 1559。

成，山水詩歌的感通美學藝術，才能在哲學與現代思想中綻放更豔麗的花朵。

第二節　山水詩人的色彩感通

山水詩如果要寫的出眾雋永，詩裡色彩字或色彩詞的運用是非常重要的，然這些色彩的「色設」及理解與視覺的敏銳度，才能將詩裡的色澤飽和度掌握得恰到好處，而這色彩的飽和度來自於物理的光。宇宙間有許多發光體稱爲光源，而太陽光就是其中的一種。自然界中的物體，有能夠自己發光的與自己不能發光的分別；能夠自行發光的稱光源，不能自行發光的稱不發光體。好像一般的植物與動物，它們必須借發光源的力量才會爲人認識。色彩的問題完全因爲光的關係，物體也因其所受的光的強弱和方向的不同，就會產生各種的變化與複雜的色彩。換句話說同一物體，只要是光源的條件與所要照射的方向有了差異，物體所顯示的色彩也會跟著不同。〔註 24〕

色彩經過我們的視網膜之後，人的眼睛受到刺激即起反映，由生理而心理不管在有意識的情況或無意識的狀態，均對我們的身心造成極大地影響。色彩的影響力不但有好的，也有壞的一面，除了物理或化學因素之外，色彩很少有所謂客觀性質。我們的生活環境就是一個色彩世界、色彩的記憶、色彩的聯想、色彩的嗜好，都與我們在生活裡與色彩有密切關係，這些結果也許可說成驚豔；色彩在各種複雜的原因下造成的，色彩的喜好就是性格的表現，憂鬱的情緒志願爲暗淡的色調包圍。〔註 25〕所以不同性格或個性的人，舉凡文學家、藝術家，宗教家，或生長在不同地域，受傳統生活經驗的影響，流行趨勢的左右，年齡與學習環境的差異，其對特殊色彩

〔註 24〕林書堯著《色彩學・色彩的物理與化學現象》（台北市：三民書局出版，1983 年 8 月），頁 73。

〔註 25〕林書堯著《色彩學・色彩的感情與心理》，頁 149、155。

的喜好都有極其明顯的差異。相對於每位山水詩人的特質或社經背景與生長環境，或經過生活或隱仕的歷練，他們對山水詩裡的色彩表現藝術也會有所不同。南朝是中國歷史上非常紛亂的時期，國家社會動蕩不安，人民日不暇暖，官宦朝不保夕人人自危，宮闈中的紀綱紊亂門閥士族職務的壟斷，寒士進祿無望下；山水詩的崛起給了這個時代一個抒發情感的機會，本節僅就山水詩色彩美學藝術對當代詩人詩中用色與人生觀，依據色彩心理學的審美形式作一窺探：

一、山水詩人對色彩的映照

（一）劉宋山水詩人的色彩運用

謝客在描繪山水景物時，還非常注意自己與大自然中色彩的感通與體驗，這是靈運山水詩不同於其他遊覽詩的一個重要因素。建安以降，詩人對色彩的描繪已開始注意，然而謝靈運對色彩的關注與描寫遠比前人早了許多，顯現其更加重視與更爲先知先覺。他把眾多的自然色彩寫入詩中，給人以五彩繽紛的感覺，而且還有意識地通過不同的色彩的對比映襯，來產生山水審美的形象美。

謝客特別注意冷色系色調對比，近代色彩學將色彩分爲冷色與暖色兩種，紅、橙、黃等屬暖色，青、綠、紫等屬冷色。這種分法在中國一千五百年前已經有了。緋是紅色，所以是（熱）炎，碧是青色，所以是寒的。相傳爲南朝蕭繹所作的〈山水松石格〉中即說：「炎緋寒碧，暖日涼星。」〔註26〕在此之前康樂已在山水詩的創作中，經常表現這種冷暖色調交織對比的技巧，如：

> 陵隰繁綠杞，墟囿粲紅桃。〔註27〕（〈入東道路〉）
>
> 銅陵映碧澗，石磴瀉紅泉。(196)（〈入華子岡是麻源第三谷〉）

〔註26〕周積寅著《中國山水畫論輯要》（南京市；江蘇美術出版社，1985年），頁510。

〔註27〕〔南朝宋〕謝靈運著，顧紹柏校注《謝靈運詩集校注》，頁161。

山桃發紅萼，野蕨漸紫苞。(173)(〈酬從弟惠連〉)

都是用不同冷暖色調的對比組成豔麗悅目的畫面，經營和諧的題面美感，增強詩歌裡的基調。色彩在大自然中，與光線的關係是密不可分的，謝靈運注意到了色與光間映襯的關係，像〈登江中孤嶼〉:「雲日相輝映，空水共澄鮮。」與雲相輝映的陽光照耀在水面，澄澈的水面融涵青天雲影，炫光的折射讓眼睛看不見，水天上下晶瑩透明，整個景色彷彿都是水的顫動。謝詩描寫景物現象用他的語言，顯得更加淋漓逼眞令人讚嘆，可見他對大自然的色與光的關係觀察細膩入微。陳祚明《采菽堂古詩選》說:「康樂情深於山水，故山遊之作彌佳……抑亦登覽所及，呑納眾奇，故失愈工乎？……善遊者以遊爲學也。」〔註28〕此說甚是。謝靈運是一位傑出山水詩人，也是位喜好周遊覽勝的旅行家，他對自然向來一往情深，可以將自然的美用獨到細緻的摹寫賞悟後完整表達，因此他將山水詩及遊覽詩或傳統的寫景詩，在色彩美學與山水詩間，在色設之處理及運用上產生深遠的影響。

謝康樂山水詩景物密集，其原因是深入山林移步換景，光線幽暗，所以有那般杳冥飄遠的神秘感，如〈從斤竹澗越嶺溪行〉詩云:

猿鳴誠知曙，谷幽光未顯。巖下雲方合，花上露猶泫。
逶迤傍隈隩，苕遞陟陘峴。過澗既厲急，登棧亦陵緬。
川渚屢逕復，乘流翫迴轉。蘋萍泛沈深，菰蒲冒清淺。
企石挹飛泉，攀林摘葉卷。想見山阿人，薜蘿若在眼。
握蘭勤徒結，折麻心莫展。情用賞爲美，事昧竟誰辨？
觀此遺物慮，一悟得所遣。(121)

沿溪步行一路景色幽邃靜謐，溪流曲折處飄萍浮蕩菰蒲搖曳，詩人裒了甘冽的泉水到樹上摘取卷葉，此時想到《楚辭》裡的山鬼，似乎像自己似的失魂落魄，等待美人得雋賞，心思的紛亂憂懣，還像沉醉在

〔註28〕葉華〈山水和旅遊的結合——論謝靈運山水詩與傳統的寫景詩、行旅詩、遊覽詩的不同〉收錄於《安徽大學學報（哲學社會科學版）》（合肥；安徽大學學報編輯部，2003 年 11 月第 27 卷第 6 期），頁 82。

眼前的美景吧！康樂在用典上，更讓這些本是爛漫的山光水色色彩美景添入了幽思之冷色的情緒。

謝靈運的山水詩清新別具一幟，卓然獨立於劉宋詩壇，他的山水詩極具色彩美濃豔皆宜，有其清、幽、豔、鮮、的特色，讀起來不覺得癯；幽靜而新且不黯淡，在濃筆與重彩的絢爛下確無淫靡，寫景蘊涵鮮明活潑的氣息。謝客的山水詩是天然清韻自然可愛，綻放山水姣美的風貌更喚醒了南朝詩人生命的覺醒。

詩歌是一個色彩斑斕的世界，色彩的運用，通常可以評估一個詩人的藝術才氣。這是詩人在藝術修爲上基本的素養，一首詩除非爲了特別的事件或情狀外，如果詩裡沒有含融令人感受的顏色或聲音，那作品就顯得不融洽，好的詩人總能在色彩詞上運用巧思，創造與敷陳優雅動人的藝術意境，抒發細膩的情感，讓筆下的警句鮮明的畫面，能夠打動讀者發揮感染力。

謝靈運的山水詩並不是具有進步思想或崇高理想的一面，然現實與理想總是有差距的，他的一生有許多的悲劇，然他並沒因此而沮喪，內心總是具有堅忍的韌性，就算冬景在他寫來未必是淒楚陰涼，「明月照積雪，朔風勁且哀」嚴冬的皓月，狂風飛沙走石萬物蕭條，這些山水不會因爲悽風苦雨而使心緒雜染愁苦色調。「江山共開曠，雲日相照媚」詩人巍峨壯美開闊的胸懷，雲霞和太陽相互輝映多彩的天空倒光波影，這都是令人喜悅的色彩，山水能娛人明媚鮮豔的色彩感染了詩人忘卻煩擾，心理懷抱著豐富的色彩美學的底蘊。再談鮑照：

檢視鮑照的詩，發現他在詩裡特別喜歡用「丹」字如：

清繳凌瑤台，丹羅籠紫煙。〔註29〕（〈代別鶴操〉）

五圖發金記，九籥隱丹晶。（174）（〈代昇天行〉）

丹蛇踰百尺，玄蜂盈時圍。（184）（〈代苦熱行〉）

〔註29〕〔南朝宋〕鮑照著，錢仲聯增補集說校《鮑參軍集注》，頁163。

輕步逐芳風，言笑弄丹葩。(190)(〈代堂上歌行〉)

列置幃里明燭前，外發龍鱗之丹彩。(226)(〈擬行路難十八首・二〉)

金鼎玉七合神丹，合神丹。(246)(〈代淮南王〉)

游軒越丹居，暉燭集涼殿。(255)(〈侍宴覆舟山詩二首・一〉)

玄武藏木陰，丹烏還養羞。(260)(〈蒜山被始興王命作詩〉)

谷館駕鴻人，巖棲咀丹客。(267)(〈從登香爐峰詩〉)

三涯隱丹磴，九派隱滄流。(273)(〈登黃鶴磯詩〉)

皎如川上鵠，赫似握中丹。(282)(〈贈故人馬子喬詩六首・五〉)

攢樓貫白日，摛堞尹丹霞。(314)(〈還都至三山望石頭城詩〉)

魯客事楚王，懷金襲丹素。(333)(〈擬古詩八首・一〉)

天寒多顏苦，妍容逐丹壑。(388)(〈歲暮悲詩〉)

從他的詩集中，共計有十七首詩裡用「丹」這個字，當然不是每一首詩都跟藥有關係，但我們知道鮑照的身體並不好，從詩裡可找到很多與藥有關的詞語如「黃精」，當然「丹」字的運用不是每一處都是指藥；多數的地方還是指色彩，「金」、「素」、「玄」、「紫」，從這些顏色看多屬冷色系的色彩，色系的使用與作者的心理因素有很多正相關的結果；從分析上看他的詩裡還可以發現到許多摹「寒」的觸覺字，何遜詩裡用到「寒」字也有許多處；寒字的意象除了代表鮑照身體的問題，對自己前途無望外，可以發掘玄理的道家對當時求長生不老的思想，仍影響當時的社會與文壇，從鮑照詩裡的色設來看「金」、「紫」、「玄」都屬於道家的思維，有些確實是作者描寫實際景象下植物的色彩，以及光的照度所反射的結果。相對於謝靈運的詩，鮑照在色彩上的使用上就比較單調，更談不上對比，所以顏色詞的使用確實與作者的生活背景有關，從兩位同時代不同社經背景的詩人所寫的詩，所用的色彩字可以略見端倪。

（二）齊梁陳山水詩人色彩的運用

齊梁時期山水詩與劉宋時不同的地方在於對偶比較整齊，比較重視格律，因此在每首詩的字數上在有限制的情況下，山水詩句寫得比較聚歛於景物上，或以景物的色取代色彩字的描摹以下我們從謝朓詩來看：

> 金波麗鳷鵲，玉繩低建章。〔註30〕〈暫使下都夜發新林至京邑山西府同僚詩〉
>
> 拂霧朝青閣，日旰坐彤闈。……春草秋更綠，鴿子未西歸誰。能久京洛。
>
> 緇塵染素衣。(203)〈酬王晉安德元詩〉
>
> 白日麗飛甍，參差皆可見。餘霞散成綺，澄江靜如練。(278)〈晚登三山還望京邑詩〉
>
> 紫殿肅陰陰，彤庭赫弘敞。……玲瓏結綺錢。深沈映朱網。紅藥當階翻。
>
> 蒼苔依砌上。(213)〈直中書省詩〉
>
> 餘雪映青山，寒霧開白日。(280)〈高齋視事詩〉
>
> 風草不留霜，冰池共如月。(269)〈冬緒羈懷示蕭諮議虞田曹劉江二常侍詩〉
>
> 寒槐漸如束，秋菊行當把。(230)〈落日悵望詩〉
>
> 茹溪發春水，阰山起朝日。蘭色望已同。萍際轉如一。(266)〈春思詩〉
>
> 西戶月光入，何知白露下。(265)〈秋夜詩〉

謝朓山水詩是承繼謝康樂的山水詩的風貌下，因時代的嬗變依循清新鮮豔的色彩格調之形式，對時序之寫作與形態已有所不同，劉宋的詩歌形式，在格律上較自由，詩句上沒有平仄音律的問題，可以自由與

〔註30〕〔南朝齊〕謝朓著，曹融南校注《謝宣城詩集註・卷三》，頁205。

瀏亮的表達描摹沒有字數的限制。齊梁時在格律與聲病的講究下，謝朓在色彩的描寫上並不是具體以顏色字來表達，卻是以寫景來帶出色調的美，因此，要論謝朓詩色彩美時就要會意融入詩裡的景與時序裡一同體驗，「日旰坐彤闈」、「寒槐漸如束，秋菊行當把」、「蘭色望已同。萍際轉如一」等，並沒說明顏色，但顏色字都藏在詩句之中，如「彤」赤紅色，也就是日正當中時；「槐」樹其黃色花可以當染料，寒槐指代秋天，所以齊梁的詩在藝術上比劉宋更爲進步。顏色刺激了詩人的視覺器官，引起詩人強烈的色彩感受和審美上的愉悅進而創造想像與聯想，喚起不同的表象與色彩的美感，從謝朓的詩諸如色相、色度、色調及對比上，都呈現映襯色彩審美的表現，描摹景物傳神寫意透過字詞的渲染烘托詩的主題意識，表達詩人特定的色彩審美的藝術感受。

筆者從何水部集檢視其詩，有關其詩在色彩的使用亦屬冷色系，可以看出何遜藉詩歌表達其對官位與不得志的埋怨，如〈登禪岡寺望和虞記室詩〉:「北窗北溱道，重樓霧中出。接樹隱高蟬，交枝承落日。」(99) 古人以蟬居高飲露象徵高潔，向駱賓王（約 640～684）、李商隱（813～約 858）的〈詠蟬〉及虞世南（558～638）〈蟬〉，寄寓詠物，具有濃厚的以蟬自況的象徵意義，可見何記室隱喻的精妙，格調婉轉。

春草似青袍，秋月如團扇。(56)〈與蘇九德別詩〉

繁霜白曉岸，苦霧黑晨流。(61)〈下方山〉

虛信蒼蒼色，未究冥冥理。(62)〈入東經諸暨縣下浙江詩〉

含悲下翠帳，掩泣閉金屏。(69)〈和蕭諮議岑離怨詩〉

何遜詩從上面的列舉色彩偏冷，從山水與詠物詩中的色調上數「清」，雖然多是以時間爲背景說明場景，但所指的時間都在凌晨黑暗時刻或是夕霞將暮時分，或是悲傷的情素描寫，色系上就較爲暗淡，此時期的他不得志情緒意象投影在色彩上都是清色較多，比官宦士族的歌詩色彩用色上有顯著的區別。在何遜詩裡，我們還可以發現其喜用疊字如「蒼蒼」、「冥冥」、「悠悠」、「沈沈」、「淵淵」、「淫淫」、「修修」、「鄉鄉」、「處處」這在其他詩人其意象運用或色彩美學上，或修辭美學上是少見的現象。

縱觀何水部詩歌的色彩藝術，所呈現的都是鮮麗清新這一美學的特色，這是讓何遜山水詩色彩煥發，讓其在文學上奠定地位。杜甫〈秋日夔府詠懷奉寄鄭監李賓客一百韻〉說：「陰何尚清省，沈宋欻聯翩。」〔註 31〕清字在詩人不多的詩集裡共出現二十次，寒字十六次；在〈寄江州褚諮議詩〉就出現兩次：「分手清江上……清吹或忘歸」（35），〈入西塞示南府同僚詩〉：「露清曉風冷，天曙江晃爽」（37）等，寒、清兩字一起入詩的〈暮秋答朱出記室詩〉：「寒潭晃底清，風色極天淨」（25），清、寒都具有清幽之意，且詩人反覆多次使用，可見何遜審美的執著與詩歌色彩審美藝術風格。

胡應麟在《詩藪・外篇・卷四》說：「清者，超凡絕俗之謂，非專於枯寂閒淡之謂也。」〔註 32〕清有淡泊無求的意思，這是詩人的寫照，哪是他超脫的精神意表。何遜的詩「清、寒」的藝術表現，凸顯在清幽意境上，及他所執著的追求上。

筆者概述何水部的山水詩在寫景上色彩的運用，其所塑造的形似向神似轉化，在「清、寒」的美學藝術審美上，可以看見淡泊名利的清閒，而其詩與大謝相較，寫景色的摹寫在文字的熔煉上欠缺氣魄，但不可否認的山水詩到何遜時已嬗變爲精工，這卻可彌補遊宴詩風、詠物詩風、宮體詩風，然何遜的詩當然無法超越其生活的時代。

二、山水詩人對設色的直覺

如果說南朝山水詩人對設色的直覺與講究的話，莫過於梁元帝

〔註 31〕〔唐〕杜甫著，錢謙益箋注《錢注杜詩集注・卷十五・秋日夔府詠懷奉寄鄭監李賓客一百韻》（上海市；上海古籍出版社，1979 年 10 月），頁 519。

〔註 32〕〔明〕胡應麟著，《詩藪・外篇卷四・唐下》，頁 185。

蕭繹（508～554），從小有一眼看不見然天資聰穎博覽群書，也是中國歷史上著書最多的帝王之一。除著述外，繪畫在《歷代名畫記》中列爲中品，〔明〕張溥（1602～1641）《漢魏六朝百三家集》對他的評價「帝不好聲色，頗有高名，獨爲詩賦，婉麗多情。」〔註 33〕，在詩歌的作品中特別重視色彩的運用，有很強的視覺效果及造境功能，還充滿細膩的情感，因爲他是詩人兼畫家，對色彩的敏銳度有較高的覺知感受，且具語言表達的能力，因此詩作中在色彩的運用上具備兩種形態，一種直接運用顏色詞，一種是色彩鮮豔的體悟意象。

（一）以設色裝飾色彩詞

對大自然的觀察景物的捕捉，對自然光與色的變化都有很強的辨識度，善於在詩歌中表現自己對景物的色彩美，所以詩歌中色調鮮明絢爛視覺效果極佳。如〈納涼詩〉云：

> 高春斜日下，佳氣滿櫚楹。池紅早花落，水綠晚苔生。
>
> 星稀月稍上，雲開河尚橫。白鳥翻帷暗，丹螢入帳明。
>
> 珠綦趨北閣，玳席徙南榮。金鋪掩夕扇，玉壺傳夜聲。
>
> 〔註 34〕

陳設種類非常豐富，蕭繹似乎用染料於調色盤中繪製一幅畫卷，色彩詞彙靚麗多姿。更喜愛用大量的色彩詞，蕭繹從視覺的角度對景物審美藝術在詩裡充分地表現，如：〈赴荊州泊三江口〉詩云：

> 涉江望行旅，金鉦間彩遊。水際含天色，虹光入浪浮。
> 柳條恆拂岸，花氣盡熏舟。叢林多故社，單戍有危樓。
> 疊鼓隨朱鷺，長蕭應紫騮。蓮舟夾羽氅，畫舸覆緹油。
> 榜歌殊未息，於此泛安流。（2036）

大量敷設色彩詞，在蕭繹的詩中是非常顯著的，這可以說是他的習

〔註 33〕〔明〕張溥著，殷夢倫注《漢魏六朝百三家集題辭注・梁元帝集・蕭繹》（北京市；人民文學出版社，1963 年 6 月），頁 215。

〔註 34〕逯欽立輯《先秦漢魏晉南北朝詩・卷二五・蕭繹》，頁 2046。

慣，蕭繹對審美的視覺角度有非常獨到的看法與見解，藉助於他對繪畫藝術與構圖著色的能力，部分構思發揮巧思營造畫境。山光水色柳樹紅花搭配戍樓、雕舸、朱鷺、紫騮，宛然一幅早春江畔秀麗的景色畫面，色彩豔麗卓絕畫面生動意境、造境尤其是色設的藝術審美。

蕭繹用繪畫的方式來遣詞造句，鋪陳色彩渲染景緻，筆觸所到五彩繽紛，然而色彩的使用如前所說的背景與人格特質，所以蕭繹如同一般狀況不是平均用色，細品其詩就會發覺，他對靚麗的、鮮豔的色系有明顯的喜好，尤以金色在他的詩中出現最多次，其次是紅色、綠色、青色。劉勰說「情以物遷」的道理我想在設色的部分最適合用這句話來說明。而他又說「辭從情發」指出所有的感情都是由景而生發，文辭也由於感情才產生的。

蕭繹他一直都很瞭解自己的作爲行事目標明確，自己需要什麼非常清楚。文如其人詩如其人，他詩裡的用色非常強烈的、大膽的、飽含高亢的。他不喜歡用那些平淡無奇、空寂幽遠的景物，也不愛種類似清淡壓抑的顏色。他的色彩無疑表現了他的個性和思想，少年時的狂妄、青年時的激情勃發，中年時的志得意滿，在其詩中便散發著瑰麗、絢爛的色彩。蕭繹詩中常用金、黃、紅等給人積極、躍動、溫暖、豪放的暖色系，而藍、白、黑、灰等，冷色系的顏色在他的詩中就很少出現。

除了對顏色的使用具有明顯嗜好外，蕭繹的詩歌在色彩與色設的搭配也有明顯偏好。一個熟諳繪畫技巧又熟諳文學藝術創作，且對其有所堅持的藝術家或詩人，蕭繹了解如何讓畫面更具層次、更富立體感，所以他詩中常常利用色設的冷暖、明暗形塑氣象，將冷暖或明暗兩種相對的色彩搭配構成強烈的對比，進一步強化了視覺形象，使描寫的畫面產生律動、跳躍、心神飛揚的藝術效果。蕭繹最喜歡用的對比色彩是金與玉，這種色彩的搭配在其詩中俯拾皆是：

金門練朝鼓。玉壺休夜更。(2038)(〈和劉尚書侍五明集詩〉)

玉題書仙篆。金榜燭神光。(2038)(〈和鮑常侍龍川館詩〉)

玉珂逐風度。金鞍映日暉。(2050)(〈和劉上黃春日詩〉)

玉節居分陝。金貂總上流。(2040)(〈別荊州吏民〉)

香因玉釧動。佩逐金衣移。(2944)(〈樹名詩〉)

試上金微山。還看玉關路。(2033)(〈驄馬驅〉)

除了金與玉的搭配外，青(綠、翠)與紅(朱、丹)的映襯也有許多：

自有銜龍燭。青光入朱扉。(2047)(〈詠池中燭影詩〉)

向解青絲纜。將移丹桂舟。(2040)(〈別荊州吏民〉)

霞出浦流紅，苔生岸泉綠。(2040)(〈示吏民詩〉)

葉翠如新剪。花紅似故裁。(2046)(〈詠石榴詩〉)

汗輕紅粉濕。坐久翠眉愁。(2055)(〈詠歌詩〉)

設色對比越強烈，畫面就顯得生動活躍。蕭繹就是利用強烈的對比設色，採用色彩的深淺變化，以移步換景的方式，描繪詩裡的景以結合其詩中的表現方法來展現一幅鮮豔奪目、絢麗斑斕的構圖。

(二)設色鮮明的意象物取代色彩

詩歌的顏色有眞實色設與虛擬色設之分。眞實色，是指用來描繪具體物象眞實的顏色；虛擬色，是指不直接描繪出具體物件的顏色，而藉助物體意象讓人感知到色彩的存在。蕭繹既善於直接運用色彩詞來以色飾物，更善於運用色彩鮮明之物的意象來代物或代色。其詩在色彩摹寫中，或虛擬、眞實對舉，或全用虛擬色，形成了豔麗雋永、韻致凸顯的藝術效果。比較具代表性的詩歌有〈芳樹〉：

芬芳君子樹。交柯御宿園。桂影含秋月。桃花染春源。
落英逐風聚。輕香帶蕊翻。叢枝臨北閣。灌木隱南軒。
交讓良且重。成蹊何用言。(2031)

詩歌裡沒有直接運用一個色彩的字眼，所呈現在讀者面前及心中的卻是月朗風清、桃紅桂綠之華美意象，尤其是「桂」蘊含秋月至「輕香帶蕊翻」四句，構圖華麗，聲色俱佳，充分展現了蕭繹善用虛擬色的特點。

虛擬色設的運用有時能達到眞實色設所不能達到的效果。詩歌雖然不能像繪畫那樣，直接地從自然中去鋪陳色彩的色相、明度和純度以描摹客觀事物，但是它可以用具像色彩意義或者能暗喻色彩意義的詞彙，引起讀者對色彩的聯想，在心中呈現具像美。詩可以通過語言、通過想像讓色彩靈動活躍起來，可以表現出繪畫不能表現的意境。〈登江州百花亭懷荊楚詩〉是虛擬色運用最好的一首寫景詩：

極目才千里，何由望楚津。落花灑行路，垂楊拂砌塵。
柳絮飄晴雪，荷珠漾水銀。試酌新春酒，遙勸陽臺人。
（2048）

此詩取意雖是人所熟悉的落花、柳絮、露珠等物，但仍富有新意，「柳絮飄晴雪，荷珠漾水銀」句，意境唯美、色彩清新，那如晴空中飄拂白雪般的柳絮，水銀般晶瑩滾動的露珠，輔以漸殘的落花、新發的楊柳荷葉，像一幅寫意的小畫。一個「漾」字，生動又新穎。整首詩虛實相濟、形神互參，表現了一種明麗靈動的境界。又如〈望江中月影〉詩云：

澄江涵皓月，水影若浮天。風來如可泛，流急不成圓。
秦鉤斷復接，和璧碎還聯。裂紈依岸草，斜桂逐行船。
即此春江上，無俟百枝然。（2045）

月亮本是詩人常寫的自然物，如此美倫美奐似乎像一個不斷換裝的女子，一會是青銅色的秦鉤、一會是綠色如藍的和氏璧、一會又成了輕薄柔滑的紈素、色濃而馥郁的桂枝。月在這裡是以一種最接近自然的面貌呈現，展現出最動人的一面，將蕭繹想追求的最大限度、最充分地詩作畫面用繪畫的技巧呈現色設美的詩歌創作觀。

蕭繹詩裡的色設，不是任意爲之而是意到色至，詩中色彩與明暗渾然天成。詩人敏銳地將自己的直覺經由意象的色設，將這一意象感覺的符號形式傳遞給讀者，讓讀者感受到多樣的色彩美學藝術。若不是畫家，又豈能達到如此意境。

詩的色設如果沒有意象，蕭繹這樣有詩與畫雙重造詣的藝術能力，對南朝時期詩的色彩或詩的設色，那是很難有所成就的；一般詩人都用意象或以物的本相去形容將其融匯入詩意中，總讓人覺得少一份眞實的藝術涵養，有經過訓練的詩人與畫家的蕭繹，他從不吝於手中的色彩，黃雲紫蓋、綠柳紅桃、金巵玉碗、綠蘚青苔，色設在蕭繹的筆下生動意趣，充滿靈氣。蕭繹用他的詩歌創作，充實了古典詩歌中詩畫相容的意境，豐富了詩歌審美藝術與抒情藝術融合的詩人，在中國璀璨詩歌史上多留一筆生動的色彩影響甚鉅。

第三節　詩人的審美感通

對於藝術感通的研究，不是從語言的描摹或修辭的形式，或從相關藝術與共同的審美藝術特徵上去發掘感通審美的奧妙。目前完形心理學與文藝美學的理論越來越受到重視，很多文學藝術上的論證透過感通的修辭內含已經有初步的認識與發展，然還是很有限需繼續面對理論層面再進一步的深究與探索。

前兩節我們從南朝山水詩，詩人的審美感通在文意上做了一些探討與研究，這是一個初步的開始，還有努力與進步的空間，畢竟南朝山水詩人以時代背景而言，對審美藝術與感通去做完美地結合是不容易的，在時代與物質條件有限下，山水審美的感通無法達到深邃的層次，如果勉強解釋只能說是表層的觸覺，或視覺上再加上味覺與嗅覺，但詩人並未注意到詩裡的關鍵字所扮演的感通角色，一字之錯詩的感通藝術完全消失，那是非常可惜地！南朝的詩人注意的是煉句與用字的技巧，卻忽略觀照感通審美的重要性。所以詩歌創作時詩人除了審美意境的創造外，也必須注意藉助於心理的感受形式，審美感通就是其中之一。

當詩人的詩興進入藝術想像空間時，官能上的感通與隔閡就會自動撤離，彼此間還可以相互的聯繫交替感受，亦可碰觸出更多的火發。南朝以前的詩人多數對新的詩風仍處於啓蒙的階段，因此要擁有特殊璀璨的物象感通世界，心靈上要自然而然的去撮合，當前的知覺驚豔，通過表象系統，轉化或想像與移情從化育、遞嬗、轉化、生成等時空的交會與感覺（視、聽、嗅、觸、味、動），驚豔的意象感通產生感通審美的特殊成效。西方的文藝美學認爲審美感通是「一種感覺引起另一種感覺的心理活動」。如果想要解釋感通的文學美，審美感通間的聯繫與配合不可以將其簡單化，隨著文藝美學的進步，認爲審美感通在心理上還有一些需要在釐清的。

一、詩人的感通審美心理機制

我們在討論古典詩的感通心理問題前，我們先要認識美的形式層次，形式原理可稱之爲構成感通的原理，針對著所有可瞰的客觀事物，做理路與層次上的組織分析，深入體會形式美的共識觀念，把人類在生物學上對美感反應的恆常特性作有組織有系統的研究，來幫助我們了解造境的意境就是它的目的。〔註 35〕意象在不同的科學，其內涵自然也因學科不同而相互區別，我們在這裡主要討論的當然是文學理論範圍。……意象是現代文學批評中最常見也最含糊的術語。它所指的範圍包括從被認爲是讀詩者所能經歷的心像，直到構成這首詩的各種成分的總和這些物即稱爲「意象」群。而意象「就是一幅以詞語表現的畫，一首詩可能本身就是由很多種意象組成的意象」〔註 36〕筆者認爲，視覺所及的物，每單一事物都有它的意象，而一個單一的意象未必能讓觀者心理產生造境意境，因此，必須在多個意象物集中以一個可觀瞰的範圍內，且能引起觀者內在

〔註 35〕林書堯著《視覺生活的象限・形式原理》（臺北市；維新書局，1971 年 2 月），頁 208。

〔註 36〕嚴雲受著《詩詞意象魅力・第一章・意象的內涵》（合肥；安徽教育出版社，2003 年 2 月），頁 6。

心靈產生悸動，或產生特殊情境者謂之意境；而這「意境」就是一種物對視覺感官神經的刺激後，反射於大腦前葉皮質的陳置圖像，能讓人感心動念的效果，這效果「意境」因人而異，我們常說這是每個人心理活動下所產生的觸動，又可稱之謂通感，或稱感通。我們在本章一開始就做了解釋。而這些心理的變化，就包含視覺、觸覺、聽覺、味覺、嗅覺、動覺等，經過瞬間運思後所呈現的秩序現象及表徵，主觀的經驗綜合成覺知或感知，這種感覺因人而異，詩人搦筆卒章，畫家構圖成畫，對一些人而言卻沒有所謂的感觸。感通的心理機制，對文學而言它可以在多面向下出現不同的結果。這些心理機制的內蘊變化下我們可以稱之爲審美的歷程，或藝術地呈現，統合言之就叫美學。

這個機制必須經過人的生命歷程與豐富的情感經驗方能存在，但是生命的存在與感情的生活，……顯然是美學研究的方法與對象上間的矛盾關係，儘管任何轉移，合理的美與藝術生命的本質，是否能夠用合理且冷又呆版的灰色理論去掌握。〔註37〕所有的一切視覺所感受的美，對現象學來說都是一個表徵，經由內在思維的法則，情感移入美學這即是一個審美的過程，所以我們可瞭解南朝詩人對山水美學的審美上已經奠定一定基礎，雖然不如歐洲的象徵主義或實證主義那樣來的明確及有理論之佐參，詩人仍有一定的審美能力與哲學素養，否則我們現在所賞析的詩歌就失去審美的價值。而屬於心理上的移情作用，是一種自我與非我的對立狀態，客體擬人化或有情感的心理現象，即自我內在的生命客觀化、象徵化的意思。〔註38〕因此感通的審美歷程它需經過情感轉移，內在心理的轉化過程中，從意象到構成意象群是經過內在運思下所形成的意境，意境透過感通審美就是美學藝境的呈現。

〔註37〕林書堯著《圖解美學・現代美學在方法與對向上的苦惱》（臺北市：三民書局，1974年6月），頁70。
〔註38〕林書堯著《圖解美學・情感移入美學》，頁148。

（一）古代山水詩的審美思維

山水詩的審美創作思維，在我們的固有思想裡有其特色，皮朝綱與李天道認爲有以下三個主要特徵：

1、貴悟不貴解；中國古代審美心理思想主體需要進入「悟」的心理狀態去體驗美和創造美，「目擊道存」、「心知了達」與「妙悟天開」強調心領神會。而「心」指澄靜空明之心境，「神」則爲騰踔萬物之神思。審美主體應摒棄理性的束縛，以自己超曠的心靈藝術進入審美對象去體會自然、社會及宇宙的哲理。以己心去領悟神會，神理湊合，應會感神，始能體驗宇宙之眞美。

其次重視整體的把握，審美主體在審美體驗中應追求主客關係的融合，於「物我交融」、「物我一體」與「天人渾一」之中全面地把握物象，籠統地感受宇宙本源，以獲得心解妙悟。山水詩的審美就是重視主客觀精神融恰後將自然萬物，在不同的意象下和合而成。是不同於格式塔質所組合而成的生命體。主觀審美下事物內在的規律性和一致性，對陰晴晦明、風霜雪雨、曠野林壑、高江急峽、月落烏啼、水流花卉等自然現象，都不需採細膩分析的態度，而是以心靈去冥合自然，無限的完形心理，在中國的審美意識中人與自然，無生物與有生物都是宇宙間交互依存的實體。因此，審美者不可被動的追尋殊多的「一」，而失落於紛紜繁複的「萬」，要能把握特定的「一」，以統攝紛繁的「萬」，掌握雜而多美的精神審美與山水詩的和諧美之精神意旨。

再次，山水詩人要眞正的讓自己參悟到生命的奧妙，滲透進自然萬物的深層結構，在審美過程中嵌入審美物的核心，深切體驗審美物之內涵，還需經過反覆的構思，古代的審美心理特別強調詩人對審美物的觀察與體驗過程，以穿透客體的表層，悟透審美對象所蘊含的精緻意涵，使審美經驗逐步深化，眞美總是通過有限的形式，來展現其特有的本質與相應的內涵，因此，具有多義性和不可窮盡其本性，審美主體只有經過內在咀嚼玩味，才能體悟，山水景物內在最深刻的審美意涵。

中國古代的山水審美思想，對於「貴悟不貴解」的審美向度方式的探討和強調，已具備方法論的精神，山水詩人對宇宙萬物的生命本體之「道」，從渾沌、虛無的有機物，因物種的連綿不絕，充塞天地萬物於無形無象之中，渾渾沌沌，恍恍惚惚，視而不見，聽而不聞，搏而不得，這是萬物生命的神秘規律，人憑藉他的直覺去體悟、感通排除一切的干擾，浸淫在這宇宙天地的構思中，去體會、感受超越萬物萬象及自然界的超感官，體悟「道」裡深邃的玄思，才讓「道」的審美體驗，結合中國古代山水詩人審美的心理思維，把美的重點指向人的心靈世界。從而形成中國古代山水詩人審美思維的傳統特色。

2、物我兩忘；山水詩人的審美心理思想應進入「忘」的心靈境界，忘欲、忘知、忘己、忘物，讓其虛靜之心，洞然無物，空明如水，從而始能視而不見，聽而不聞，獲得高蹈的審美自由。

人跟自然，在心物聯繫下，山水詩人常常將自己視爲自然萬物的一部分，視天地自然生命爲一體，影響中國古代審美心理的思想形成物我合一，主客一體物我兩忘的普遍、自然的審美心理特徵，人與自然不是人以外的外在世界，而人是自然中的有機體，與自然萬物關係是親密和諧的都是生生不息的「氣」，氣是自然萬物的生命力，也是生命的源泉，在融匯宇宙萬物中以獲得生命的本源，藝術的創造活動在詩人審美構思中讓自己的心靈完全沉潛到審美對象的底層，讓心靈的律動與自然生命節奏相和諧，達到身心物我兩忘，從而妙悟自然的眞諦。

古典山水詩人審美意象與自然現象是分不開的，中國人對自然強調整體性與物的內在關係，人與自然是相融的，人順應自然，征服自然，目的只有一個就是達到與自然協調一致，即肯定人與自然的統攝關係，認爲人是自然的一部分，在審美的過程中，詩人是順應自然的與自然結合，才能達到「天與人不相勝」的審美境界。中國古代審美心理還要求詩人必須保持內心的和協平靜。詩人的心靈必須一片空靈澄澈，由此才能與自然造化相通與自然生命契合，所以詩人的心靈虛靜對其直覺的感受力，或審美觀照必能全神貫注於天地，使自己的精神與天地結合，由物我冥合到物我兩忘，實踐永恆山水詩的美學意境，以洞鑒宇宙眞諦。

中國古代審美感通建立在「靜思」、「空靜」、「澄懷」的主張中，這是審美體驗中所要達到的渾然與萬物融合的審美最高境界，詩人一旦進入體驗直接價値的世界，達到心醉神迷的心境，就會失去自我與自然山水合而爲一。這是極富民族色彩的內在審美態度，因此山水詩人對觀物審美的精神昇華下，感物與人的精神相互交流，互相影響與物我交融，物我合一與兩忘的過程，實際上，這就是中國古典山水詩審美藝術本體論的反應。

3、美善相合；中國古典山水詩人的審美心理感通，極爲重視完善之人格的培養與塑造，審美最主要在於培養中國固有精神厚人倫、美教化、移風易俗的人格陶冶，因此，審美教育與道德教育是相輔不悖的。這在古代的審美觀中表現極爲突出，中國古代的文學藝術創作，就主「言志」、「情緣」之倫理與道德規範，以美好的道德充實內在修爲，讓詩人的內在實現於身心靈的滿足與外在，符合禮教才能美化人倫，理是情的根本，情必出於理，情理合一，藝術與倫理才能達到眞與善；所以文學藝術應與社會效益相結合，觸發人的本然性情，惕勵品德更需高尚的情操，從鑑賞的角度來說，中國古典山水詩人的心理學思維認爲審美在鑑賞上是知音難求，是精神的內化好的山水詩作可以美化人心，富含深刻的哲學意涵，讀者在賞析的過程中，透過美的感通形式，體驗山水風情及其內在意蘊的美與善，以陶冶教化人的完美情操。

從整個中國山水詩之審美藝術的感通思想與發展，透過政教與審美教育的建構，以共同塑造中國古典山水詩的審美理趣，無論儒家、道家、釋家都應該重視內在心靈塑造與感情的薰陶，在精神心靈的修養和心物崇高的審美向度下，形成中國以心物、景情、感性與理性的再現與表現的和諧統一及傳統審美特性。從文藝美學的審美觀來看，山水詩的美學藝術感通，對古典詩歌的創作歷程言發於聲，而文藝創作主體的感知與審美的對象下，其所引起的心理效應有其獨特的藝術精神，是詩人心靈的外化與物化，所呈現的是詩人的人格特質與性格特徵，好的山水詩都是詩人思想情感、品德操守的直接表現，具有鮮明亮麗的精神流露，有著深厚的藝術意境的烙印，同時具有個體審美與心理人格因素，他直接影響山水詩作品的思想內容與境界。

從以上三個面向的論述中，不難發現審美的內在心理機制，他建立在詩人的人品與藝術作品之個人特徵的反饋裡，屬於中國古代山水審美品鑒過程，心理學主體藝術審美觀的建構與美學發展的過程，從文藝創作、作品、鑑賞三個方面來強調詩歌審美心理結構在審美活動中的重要性，無論是審美創作或是審美藝術與鑑賞，我們都應重視古典山水詩歌，其主體意識與審美藝術的完整性。〔註 39〕

（二）古代山水詩的創作構思

中國古代山水詩審美創作構思的生成離不開情感的堆疊，真實與純樸的情感是山水詩審美創作之情感與感興的主要創作因素；陸機在《文賦》裡說：「詩緣情而綺靡，賦體物而瀏亮。」〔註 40〕而山水詩所呈現的都在表現於「情景交融」、「情以景生」、「觸景生情」、「借景抒情」，都在說明情感對山水審美思維的內在感通之問題，沒有感知的底蘊，就沒有山水詩的審美問題，所以劉勰說：「人稟七情，應物斯感」又說：「物色之動，心亦搖焉……情以物遷，辭以情發」

〔註 39〕皮朝綱、李天到著《中國古代審美心理學論綱・審美心理結構》（成都；成都科技大學出版，1989 年 12 月），頁 16。本段論述與引述均參考並整理此章節之說法。

〔註 40〕〔晉〕陸機著，張少康集釋《文賦集釋》（北京市；人民文學出版社，2002 年 9 月），頁 99。

〔註 41〕，山水審美在詩人通過對生活的體驗，所產生的各種情緒在複雜與微妙及無法掌握之情感下，這些心理的反射激發於胸臆，在見景生情，觸目興嘆裡，借景抒懷，以物言情，進而推動山水詩的創作與生發。

山水詩在心理審美創作的因素，通常論及心理情感因素不外乎，哀、樂兩端，這對山水詩人在創作審美的過程來說也是一樣的，「傷感」、「達觀」都需要宣洩和抒發內在情緒，亦間接的促成山水詩的創作之心理情愫。

對「傷感」的心理情緒對山水詩審美創作，所產生的重要關鍵作用，歷來的山水詩人都喜歡將其生活上的遭遇、變故、譏讒、悲懷、感慨、流離、貶謫之情，寄情於山川水澤，可說正是由於這一份憂思、悲慨、憤懣與怨懟，從而感悟於山水審美的情懷之中，因而產生許多山水詩的佳作名篇，讓我們撫往今來流連賞析。激憤、深沉、悲怨的情思是山水詩審美創作的動力，對生活沒有強烈地感受，沒有積鬱衝動的情緒與發洩的需求，就很難激盪出山水詩的美學創作，也不會有優異的山水詩作，山水詩審美之構思需要詩人具備強烈的悸動，且相較一般人敏銳，更容易受到感動。而「傷感」的情懷還能增強審美主體的感受力，激發創作者的精神意志，刺激詩人對詩興的主動性、積極與堅毅的創作決心，悲慨正是創作者對生活歷程中的感受，在深陷憂患的情節中，促使創作者去追索問題的根源，試圖揭開生活的面面觀，一個人想試圖瞭解自己與社會問題，其所感受的壓力痛苦是正增強的。對生活持嚴謹態度的人，審美理想總是崇高的，因此他們不會自欺欺人的面對心理上的矛盾與感知，並藉由體驗山水審美的高度去追求超越，實踐山水詩的審美創作，我們可以說沒有這些痛苦或內在的衝突，就很難產生好的山水詩作，強烈的「傷感」在於促成山水審美心理思維的原動力。

〔註 41〕〔南朝梁〕劉勰著，范文瀾註《文心雕龍註・明詩篇》，頁 65。又〈物色篇〉，頁 693。

「達觀」是山水審美另一種主要情緒的反應，所謂的「達觀」是一種自由超脫的精神情感，這情感的來源往往來自於，審美主體高尚的人格與對自然、社會生命產生特殊的理解，進而採取樂觀的人生態度。它是超越功利目的的感官覺知，企求與自然萬物合一，希望在自然中能獲得精神的慰藉和淡泊達觀之情。山水詩審美是一種心靈的構思，屬心理層面的一種審美體驗。既然是山水詩的審美心理的創作活動，那麼山水詩的生成審美之心理感知，便需要山水詩人對現實人生保持樂觀、超曠的心理態度，以達任自然的自由心境，觸景生情，觸物感興，使山水詩的審美思維激發出來。唯有達觀超越俗物的內在精神，與現實物質保持一定距離的人不受外界所羈絆，才能與天地精神往來而不傲倪萬物，增強其精神心理的穿透力，便能縮短與自然山水的心理距離，最終使心理與自然物的律動和諧一致。

「達觀」對山水詩的審美創作思維，在推動上它來自於與山水詩審美創作目的的一致性。山水詩審美構思的審美境界是達到心靈的自由與高蹈。〔註42〕人來自於自然萬物，自然萬物與人同樣具有生命，審美的人必須保持自然達觀的情境，融入自然，超越自然的束縛，更要回歸自然，與自然山川相親，與天地宇宙同一節奏，才能瞭解自然的真諦，當然那是要真的排除世俗一切雜念，少思寡慾，才能創作出具審美思維的山水詩，從而使山水詩的審美藝術創作獲得人生與精神的心靈慰藉。

可知，「達觀」是形成山水審美創作思維的另一主要心理因素，中國山水詩的審美心理創作思維之形成總離不開情感，心理的愛憎情懷是產生山水詩的原動力，要實現感通的情感調節，則須從人的內外在精神機制去調整「達觀」之情，使人在艱難的過程中超越進而貼近自然，達到認同自然，「傷感」的人則能促進深層的生命思維。唯有

〔註42〕李天道撰〈古代山水詩的審美構思心理研究〉收錄於《青海民族學院學報（社會科學版）》（西寧：青海民族學院編輯部，1990 年第 2 期），頁 83。

兩者心理平衡，思維感情對兩種機能在山水審美的創作程序中，體現托情寓物。綜論之，唯有瞭解自然，才能深入自然，從心理機制的推動，山水詩審美感通藝術模式才能成形，且讓山水詩的審美藝術得到愉悅地感通經驗。

二、詩人的感通審美生理模式

古典詩人的審美感通生理模式，指的是詩人在長期的創作中，能對各種藝術觸類旁通，加以融會貫通；在日常生活也能經常有感於物，體悟於心促進創作。這現象不僅出現在古代迄今，許多的藝術家或詩人，或各行各業亦復如此，在工作中感覺到同樣的情況。感通不是故弄玄虛，然從認識論的角度落實到生理活動上，以解釋感通的產生與運用，這仍是值得研究的課題。

從客觀的審美感通，它並不是孤立地存在，互相間存有一個複雜有序的聯繫。所以從客觀的事物反射進大腦而產生各種心理的現象，這些現象都是從生理發揮主觀情緒作用，這對古典詩人的專業規律有所認識，則此客觀條件都是存在的，一般的感通也會出現在正常人的心理。而此處所說的感通是一種專業之自覺過程與特殊的認識結果。它僅能從古典詩人在專業實踐中主觀能動的基礎上透過專業規律來認識，時時帶著敏銳的視覺去對其它所指（意象物）事物進行生理上的專注，才能成為古典詩人專業的敏銳度，善於感受和認識其它所指事物與自己的詩作間，產生內在聯繫形成意境，且巧妙地把這種感知在詩裡呈現，本節所談的是藝術感通對生理機制的影響過程，因此論點著重在剖析藝術創作的意象對古典詩人生理感通刺激後的專業創作事例。

生理刺激即是所指中視覺、觸覺、聽覺、味覺、嗅覺、動覺，這些都體現在實際的天地之間，如天地山川、日月星辰、雲霞草木、文物衣冠、鬚眉口鼻、蟲魚鳥獸、骨角齒牙等，這是我們一般生活中常見的物，圍繞著我們生活周遭，在我們的腦海裡將這些事物的物象融匯入詩歌創作之形象思維裡。有感於心、有悟於物；我們所感的物是那麼平常，詩人所悟的理卻是那麼深刻。從詩人爲了深刻認識客觀事物及自己所觀察與聯想，發揮了無可想像的成效，主觀上「能指」與能動的作用，並能精確、精準地與美聯結，這是不可忽視的生理過程。

審美感通應注意生理上覺知系統的相對關係，說明詩人的文藝作品並不帶神秘的色彩，他是從詩人平時的官能反射出來的，它追根究底是古典詩人在覺知的過程中，充分發揮他的視知覺及各官能之能動與審美作用，去深刻體認各種事物所指間聯繫的結果。

（一）古典詩人生理感通機制

從生理上對詩人的藝術感通可以分成下列三項：

1、感覺轉移

人的生理會隨著外來的生理刺激而接受或改變覺知，而那些感覺經由生理的傳達成爲一種內化的審美態度，這內化的過程我們稱爲刺激，有視覺、聽覺、味覺、嗅覺、觸覺、動覺等，它們靠各種不同的器官接收器，分別的感知，再由不同的神經傳導到神經的中樞「大腦」，這時就可以產生一種聯繫。林書堯在視覺的認識對視器官之分析，他說視覺的活動，關係藝術本身的生命所在。視覺的產生是由光的刺激，而接受光的刺激是我們的眼睛。可知眼睛爲視覺活動的器官，爲視覺藝術的前衛，尤其對於造型藝術的重要性質，不言自明。〔註 43〕這些原理不僅可以解釋心理現象，也可以將人類生理機制上的聯繫過程從圖可以完全瞭解。

在各種心理現象的產生它的感覺是彼此牽引的，這是最常見的，從視覺中我們對物的覺知感，是由光線的視知覺，即視覺思維作爲人類最高的感覺，而光線和色彩這兩種要素在我們觀察事物的視覺系統中有很重要的作用，作用於我們敏感的感官系統，並通過不同亮度和

〔註 43〕林書堯著《圖解美學・視覺得認識》，頁 160。

色彩度的判斷和吸收完成不同事物的感性認識。光線和色彩是我們視知覺系統裡最活躍的因素，也是阿恩海姆的視覺思想的重要觀念，通過對光線的分析，能夠更加瞭解詩歌色彩表現的藝術感，在阿恩海姆看來，對光線象徵性地理解能夠給詩歌藝術作品的意義更加完整地表現。〔註 44〕

圖二　視覺傳達圖

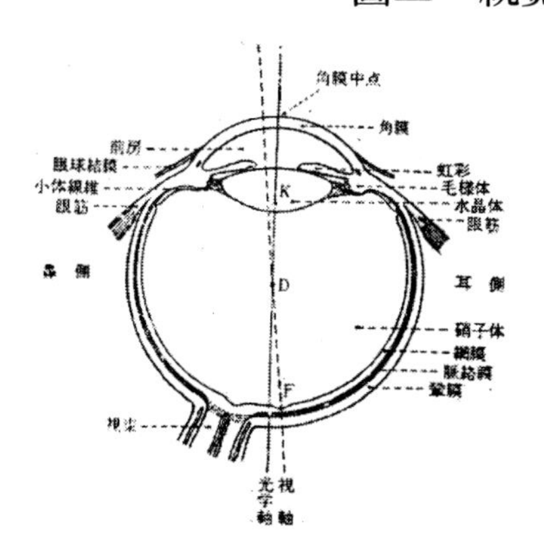

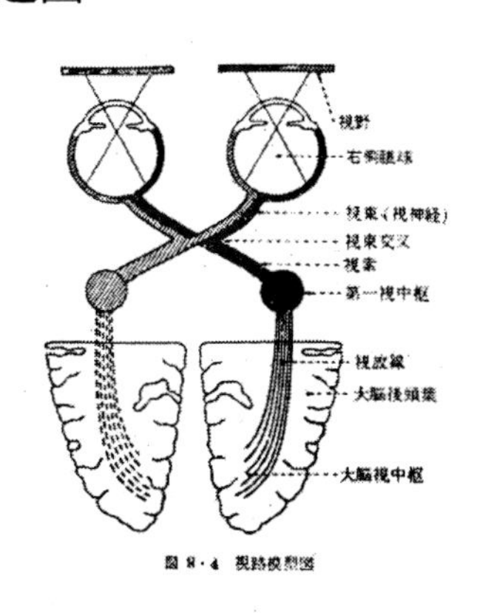

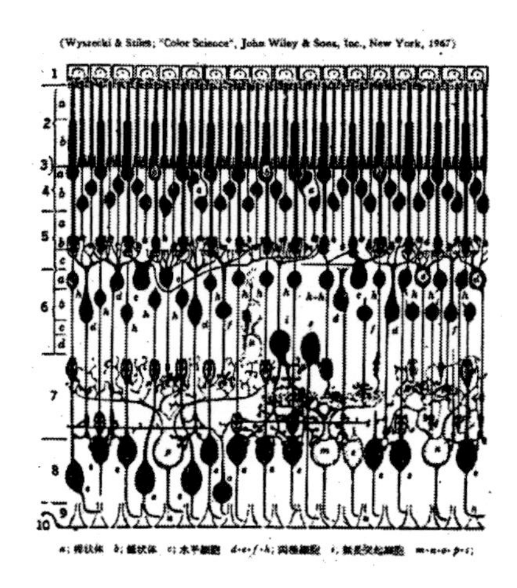

眼球直徑約……22mm
角膜的曲率半徑…… 8mm
前房深度…… 4mm
水晶體厚度…… 4mm
玻璃體厚……16mm
眼軸長度……24mm
水晶體前面的曲率半徑……10mm
水晶體後面的曲率半徑…… 6mm
焦距……17mm
眼球中心距角膜頂點……13mm
玻璃體折射率……1.33
角膜的折射率……1.37
水晶體的折射率……1.43

〔註 44〕陳瑤撰〈試論阿恩海姆視隻覺理論中的光線色彩〉收錄於《大眾文藝》（北京市；大眾文藝出版社，2009 年 11 月），頁 34。

感覺之轉移是一種自發的內在活動，它可能作爲感通過程中最普遍的視覺信號所產生的聯想作用，這個聯想凝聚成語詞來加以表述，從而清晰地反映詩人所歷經的情感轉移。而光線在生理上只是一個初步的感通程序，顏色、味覺、視覺的聯想，便不會扭曲，從聽覺或觸覺所感受的積極反映，詩人在這特徵的突顯下，更樂於構思摛藻以表述其感覺的轉移。其它如顏色的「冷」、「暖」及詩歌的滋味，亦都會感通其中。感覺器官接受的結果，離開了生理的客觀事物感覺即消失，所以一切感覺性的生理活動都只是創作的步驟，而無法直接進入詩歌藝術的思維，因此景物反映在詩人腦裡的成像，一切構思不可能把客觀事物的反射原封不動地使用，詩人要考慮景的角度，光線等投射於詩人的心海裡客觀呈現在詩的內涵，然而這一切的覺知過程都無法由大腦加工，而是感覺轉移後初步的感通過程中發揮更大功效。

2、表徵的聯想

表徵與聯想之間有一種相互吸引的形態，表徵是生理上在記憶裡所保持對客觀事物的印象，離開客觀事物後，表徵仍有可能保留在我們的記憶區中，有時候會滯留很長的時間，所以藝術表現與審美的活動，它要比感覺轉移的空間要爲寬廣。以表徵聯想爲內容的感通，在語意藝術的譬喻中常被使用於文學與詩歌審美藝術上，因爲都是比興，所以對表徵聯想的技巧變化，可以巧妙地運用，更能讓詩歌增添突出形象的效果涵義更爲多彩多姿。

在詩歌的創作過程，審美表徵的運用與聯想，可以增加詩歌藝術美學上的審美感知。表徵的聯想不只在詩歌創作上有具體的成效，對其他藝術表演都能透過象徵物的聯想，發揮創作藝術的聯想與創作審美之想像空間，讓藝術性之表演更能發揮淋漓盡致的審美感通。表徵的聯想可以說是極爲豐富的文學修辭或語詞抽換，聯想的審美藝術感通，無疑是從多個象徵物中加深詩歌的審美感受與理解。

3、表徵的轉換

表徵的轉換與象徵的聯想，兩者間很是難區隔，然表徵的轉移對文學在感通上、藝術上有其修辭的作用，表徵的轉化確實由象徵的聯想所引起的，但詩人在詩歌創作時，並不會因爲某一些表徵而引起相關聯想的問題，詩人的內在活動並沒有因而停止，他仍會繼續對一些留在心裡的表徵記憶進行研析，以求更深入地把握它的某些徵候，經過藝術審美的思維構想，讓那些表徵轉換爲特定的表徵呈現出來。表徵轉換在審美藝術的創作中有其重要性，許多的詩人經過長期的心靈覺知活動過程中，經過他們的心理運思行爲累積相當豐富的知覺經驗，與生動優美的審美創作內涵形塑感通表徵。如果不善於經營表徵獲得靈感與聯想，又不善於轉化爲藝術的表徵，雖然累積很多的表徵意象，僅視爲徒增塡鴨。

（二）古典詩的美學藝術感通

古典詩歌經過藝術審美感通的說明後，我們更瞭解感通對詩歌的審美藝術來說，它是複雜的官能轉換或刺激之傳達，因此詩歌創作對詩人來說，必須經過長時間的觀察與學習，而這些學習跟其閱歷及背景都有密切的關係。柳宗元沒被貶謫，東坡未經黃州流放，他們的詩詞不會流傳至今。這都是感通後所積累的審美藝術成果，南朝山水詩的創作過程同樣經過藝術感通，感通與官能的聯繫是一個很重要的環節；從心理學的角度看，觀物聯想的內在思維程序，它的興象趣味受到很多的制約羈絆，譬如一朵花從植物學家的觀點、從花店裡人的觀點、從買花人的觀點、從畫家的觀點、從詩人的觀點，不同的角色都有他們的想法，出發點都是不一樣的，換句話說；他們在感通官能上之審美藝術其出發點就是不同。如果從專業的角度去發現它的美或它的實用性，則感通就是有意義的官能知覺，而轉換或轉移爲藝術審美的氛圍。許多人的經驗證明，在專業的工作中創造出成績，是對專業情感的付出，所以感通的過程也需要一段時間的試煉，古典詩歌也是如此，都在勤學苦練下獲得逐步成長。

藝術感通對詩歌創作有其重要的影響，那麼能感的東西、事物越多他的創作越多元，而能通的事件越多他的聯結越多，他對詩歌審美藝術的創作越深入專研，除此之外還要全面提升審美藝術的內在修爲；深入社會瞭解實際情況對各個層面的知識內涵，都需要累積相當的經驗與知識。中國歷史上史學家、畫家、哲學家，古今有成就的文學家、藝術家無不追求深厚的文化藝術修養，這些藝術家經過理性的薰陶、情感的薰陶、美學的薰陶、審美藝術的薰陶直接或間接地，對他們的藝術與詩歌創作有豐富深刻的啓示，雖然不像知識的意象或表徵那樣直接在詩歌創作裡表現出來，在古典詩歌的審美藝術質跟量來說，他們的高低與精緻和粗獷發生巨大的變化；自從人類的語言系統成熟後，他們對客觀事物的反應自覺地與語言分不開，語言的表達可具多樣性，而對語言的思維邏輯來說，它基本上存在著概念、判斷與推理。所以邏輯推理是一般人的基礎思維，藝術創作雖然離不開感性的活動，由於古典藝術創作中表徵活動是一種自覺地、有意識地心理機制，所以它是經由大腦的語言運思、傳達命令、指導表徵行爲，也藉助語言把表徵行爲的成果透過文字流傳下來，古典詩歌即是語言表徵行爲的創作成果，也代表語言的基本思維形式，自然也是始終與審美藝術活動發揮作用。在古典詩歌的藝術創作中，所遵循的形象思維，都是受到感通的作用，在官能上相互的配合與運作下將意象、意象群化爲意境，所以在理性的薰陶，在生理機制或心理機制下，藝術創作的質與量經過陶冶後，藝術的闡發更加成熟，藝術感通的探討，也許能使人更爲具體地成長，因爲審美藝術思維會因而實踐，審美陶冶對藝術感通才能更深入地醞釀持久。

表面看來不相通的感知，在詩人的情意覺知層上，憑藉心理深層的內在結合形成一種感通結構，這種感通是詩人對生活獨特的感受、觀察和發現的結果，而不是潛意識或超現實的玄想，集中在客觀事物與詩人主觀情思整體的複合之美。詩歌中審美感通的運用，誠然從美的表現與生活，到人的精神爲旨歸，詩人各異心理、生理機制複雜，單憑幾種模式及美感的效應來概括，還不足以對詩歌感通作出全面性地論述，爲了發展詩歌藝術有必要進一步對感通現象在做研究，使其在詩歌的領域中，開闢更新的理路與視角，體現創作上的精神超越，產生更美的山水詩歌的美學藝術效應。

第七章　南朝山水詩的完形心理藝術觀探究

完形心理學（Gestalt psychology）在審美藝術觀念中是非常重要的理論，完形一詞是由德文翻譯的名詞，我們統稱它爲完形心理學，大陸則以直譯的方式稱爲「格式塔」，而其所研究的議題最主要集中在於「形」，這個「形」所代表的是一個完整性，閉塞性即異質同構的問題。我們在詩論中常講到象、境、物，情景交融等的問題，其實統整後發覺他的整個形式上的觀點就是完形的心理解釋與探究，接下來我們從完形理論來介紹，完形心理學裡山水詩的美學觀，及山水詩中各個場閾間的關係。

第一節　山水詩與完形心理學理論

完形心理學，又稱格式塔心理學。德文 Gestalt 一詞可以被用爲「形式」或「形狀」的同義詞，在哥德時代曾經在他的著作中談及「Gestalt」這個名詞具有兩種含義。一、是作爲事物的一種特性的「形狀」或「形式」。二、是具有作爲某種被分離的和具有「形狀」或「形式」。因爲這一屬性的事物，其存在著具體的獨特性，實際上這理論根據其傳統含義，在格式塔的學說裡，乃指任何一種被分離的整體而言。「完形心理學」學派於一九一二年創立於德國，主要代表人物有威特海默（Wertheimer.Max）、苛勒（Wolfgang Köhler）、考夫卡（Kutr Koffka）。在討論完形（Gestalt）的意義以前，有必要先對心理學的發展有一些基本的瞭解。心理學（Psychology）這個字是由希臘文 psyche（心或精神）及 logos（研究或學科）演變而來。按照字面上的意義解釋，心理學是「研究心靈或精神」的學科。該學派反對還原論分析，不論這種分析起源是屬於結構主義的還是行爲主義的；他們強調心理學現象的整體性，認爲心理現象的特性是神經系統內，生理興奮過程的全體依存而具有動力的次序。因此任何研究均應該保留心理現象的原來形狀，盡量忠實而完備地觀察其特色。他們得出結論，「整體大於等於部份之和，意識不等於感覺元素的集合，行爲不等於反射弧的循環」〔註 1〕；而部份之間的關係，在孤立分析時，是難以包括進去的。

一、完形心理學的美學觀

完形心理學的美學觀是探討人類對於整體現象之認知反應的一種學問，它是心理學發展中的一個重要分支，對於視覺影像工作者而言是十分重要且是基本的素養。過去身心二元論的時代，心理學的研究侷限於心靈層面的探討，因此往昔的心理學是十分主觀又缺乏科學實證的學門。隨著科學的不斷進步，心理學在本質上逐漸轉變爲系統性、客觀性且依賴科學實證的學問，同時心理學界發現人類的身、心、靈是不能切割的，「行爲」是「身、心、靈」一體的結果。由於「行爲」具有客觀性，而且可以觀察量度並訴諸於優美的文字描述，因此行爲美學藝術研究，逐漸成爲現代心理學的重點學門。

Gestalt 這個字源自德文，它有兩種涵義：一是指形狀（shape）

〔註 1〕〔美〕庫爾特・考夫卡著，李維譯《格士塔心理學原理・心理學是什麼的》（北京市；北京大學出版社，2010 年 12 月），頁 2。

或形式（form）的意思，也就是指物體的性質；另一種涵義是指一個具體的實體和它具有特殊形狀或形式的特徵。Gestalt 如果用在心理學上，它則代表所謂「整體」（the whole）的概念。而以 Gestalt 為名的「完形」心理學（Gestalt psychology）則於二十世紀初發源於歐洲，它主要是在研究人類知覺與意識上的問題，「完形」心理學反對結構學派（Structuralism）以自我觀察、自我描述等內省的方法分析意識經驗之成份，以及行為主義心理學派（Behaviorism）過分強調動物實驗，完全排斥心智歷程的作法。一般而言「完形」心理學視心智歷程和結構為心理學的內涵，企圖以比內省法更科學的方法，來分析瞭解人類如何對於視覺刺激產生視覺上的認知概念。此一學派在國內有人以「完形」稱之，也有人音譯稱為「格式塔」心理學。因此「完形」心理學和「格式塔」心理學其實是同一名詞。

「完形」心理學派是以 Gestalt 作為其理論之基礎，他們認為人類對於任何視覺圖像的認知，是一種經過知覺系統組織後的形態與輪廓，並非所有各自獨立部份的集合。易言之，「完形」心理學的基本理論認為：「部份之總和不等於整體，因此整體不能分割；整體是由各部份所決定。反之，各部份也由整體所決定。」由此觀念推論，人們在欣賞一幅圖畫或一山光景色時，畫面裡的每一個部份形成了各自獨立之視覺元素，如果想讓觀者留下深刻的視覺印象，元素與元素之間必須彼此產生某種形式之關連。人類的認知系統，如何把原本各自獨立的局部訊息串聯整合成一個整體概念，正是「完形」心理學所要探討的研究課題。

雖然「完形」這個字起始於視覺領域的研究，但是在實際應用上它確超越單純的視覺甚至於整個感覺領域。德國心理學大師沃爾夫・苛勒（Wolfgang Kohlr）認為，「完形」其形式或形狀上的意義在完形心理學中已退居次要地位，並非完形學派的主要研究中心。廣義地說，完形心理學家是用 Gestalt 這個術語，來研究心理學的整個領域。雖然完形學派的發展歷史很短，但是它對於人類視覺「場」之形成與視覺上「整體性」(wholeness)之美學觀念，對於人類的視覺美的認知(審美)做出重大貢獻。

在探索完形理論以前，我們可以閱讀書籍和圖像來加以說明，當我們閱讀一段中文寫成的文章時，看到的是一段由部首與字形組成的句子，再由每一個單字彼此間的相對關係與文法結構，串接成一個可以被他人理解完整的文字意義，並非一連串各自獨立的符號與圖形。同樣的情況，一般人在欣賞一幅圖畫或景色時，賞者也是由不同濃淡、色彩、造形、輪廓或動態與靜態景觀形式組成的完整圖像，並非彼此毫無關連的獨立構圖。如同詩人在欣賞一處景緻時，所接受的訊息也是由連續的畫面與聲音等組成的情節，而不是一連串各自獨立的停格片段。由此可知，知覺過程中最自然也最關鍵的工作項目，就是將不同時間與空間之訊息作一次整合。唯有如此，才得以讓訊息的接受者，能從容不迫地接收並處理隨時湧入之思緒寫就美好盪氣迴腸的警句。但是它對於人類視覺場的形成與視覺上整體性(wholeness)的問題，曾經有十分獨特且深入的研究成果，對於人類的視覺認知有很大的貢獻。

(一)何謂 Gestalt 心理學之名詞解釋

一般而言「完形」心理學，視心智歷程和結構爲心理學的內涵，企圖以比內省法更科學的方法，來分析瞭解人類如何對於視覺刺激產生視覺上的認知概念。此一學派，指具像的實體與形狀，與所具備的形狀與特徵是一個整體的概念。

1、解　析

(1)所謂的完形其實它所表達的是當我們在觀察事物的時候，不可以由一個或數個面向去審視其內在或外在的變化，主張應該從所有的背景物的全像，也就是說；所有的一切事物都要完全具像。換言之，山水審美的意象物爲單一的物，如指一棵樹、一株花、一扇窗、雲、月等，這只代表單一意象，是個體完形，單一意象物是個整體，如果把這景象全部視爲一個閉鎖式的情狀，則所有物皆包含於其中，而其產生的內外在心裡情感，或所謂的意境就會不一樣，我們無需分析目前的意象爲何？然而我們要體會的是整個全視覺內的物，所凝聚和具像的完整形態，對此形態再加以分析，體悟其完整形態下，所代表之有意義的行爲或感悟情境。

（2）指形狀與形式。

在我們的視覺角度中的每一個成像、景觀；它所呈現的方式位置，與審美者的距離，背後所具有的形式問題與意義。

（3）人類的認知系統，如何把原本各自獨立的局部訊息串聯整合成一個整體概念，正是「完形」心理學派主要的研究課題。就是形成意象群構時亦爲整體，此時產生質變的內再問題而，有意境，也就是意象群的所指，形成整體結構產生意境的能指，視覺內省認知問題。

2、理論上的先行者

（1）德國哲學家康德（Immanuel Kant）的哲學思想：知覺不是一種被動的印象和感覺因素的結合，而是這些元素主動地組織成完整的經驗和結合起來的經驗。

（2）物理學家馬赫（Ernst Mach）（《感覺的分析》1885）：空間模式（如幾何圖形）和時間模式（如曲調）的感覺與元素無關。即使觀察者注視客體的空間方位可能變化，但是它對客體的視覺或聽覺是不變的。例如，無論從哪一邊或從上面，或從某個角度去看，在我們的知覺中，一張桌子仍然是一張桌子。同樣一系列的聲音，譬如一支曲調，即使可能改變速度，但在我們的知覺仍然是同一支曲調。（我認爲，即使音階改變，或有錯音，也不影響人們對這支曲調的知覺。）

（3）奧地利哲學家厄棱費爾爵士（Christian von Ehrenfels），有些經驗的質，不能用傳統的各種感覺的結合起來解釋，這些「質」叫格式塔質，或形質。知覺是以個體感覺之外的某些東西爲基礎的。一

支曲調是一個形質，不依賴於組成它的那些特殊感覺。〔註2〕

3、產生背景與發展

在二十世紀初發源於歐洲，它主要是在研究人類知覺意識上的問題，完形心理學反對結構學派，以自我觀察，自我描述等內省方法分析意識的成分，以及行爲主義心理學派過分強調動物實驗，完全排斥心智歷程的做法。解析：

（1）結構主義認爲部份才是最重要的而非整體。

（2）行爲學派認爲行爲是人類的全部，受到外在的刺激，而非有意識。

（3）完形學派認爲部份重要，但是更強調整體的重要。意識是必要的（從知覺圖像的認知動手實驗）。更進一步解析：部份與整體的差別例如：有一紅色桌子部分是指，描述它的質地、顏色、形體、明暗度等等；以拆解的方式解釋，整體是指，一張桌子。

他認爲視覺元素的組織是所有心智的基本，而且是與生俱來的，並不是刻意去學習，它把視覺元素之組織的因素，定名爲知覺組織律，也就是知覺法則（包含：接近、相似等）他首先提出群化原則！有些人認爲這個世界是由一種神祕所構成，這些神祕與另一個神祕探討人類——完形心理學之研析物，即自我相互作用就產生了感覺。世界是心物的，以自我爲有機體去體驗這個世界，除了有視覺、觸覺、聽覺、嗅覺與味覺外，尚有膚覺的觸覺感知，而人體

〔註2〕此論文爲〔德〕M.魏特曼（M.Wittmann）發表於一九一二年的《似動的實驗研究》，標誌著一學派的興起。格式塔心理學派強調整體並不等於部分的總和，整體乃是先於部分而存在並制約著部分的性質和意義。這一觀點在一定範圍內來說是符合客觀事實的。格式塔心理學家們從這一觀點出發，堅決反對，對任何心理現象進行元素分析，這對於揭發心理學內的機械主義和元素主義觀點的錯誤具有一定的作用。同時，他們在知覺領域裡進行了大量的實驗研究工作，並取得了很多具有科學價值的成果；因時間久遠無法得知其載於何文獻中。

所經驗的感覺又以視覺最爲強烈，他認爲視覺可分爲色彩感覺和空間感覺；

圖三　完形心理學視覺傳遞

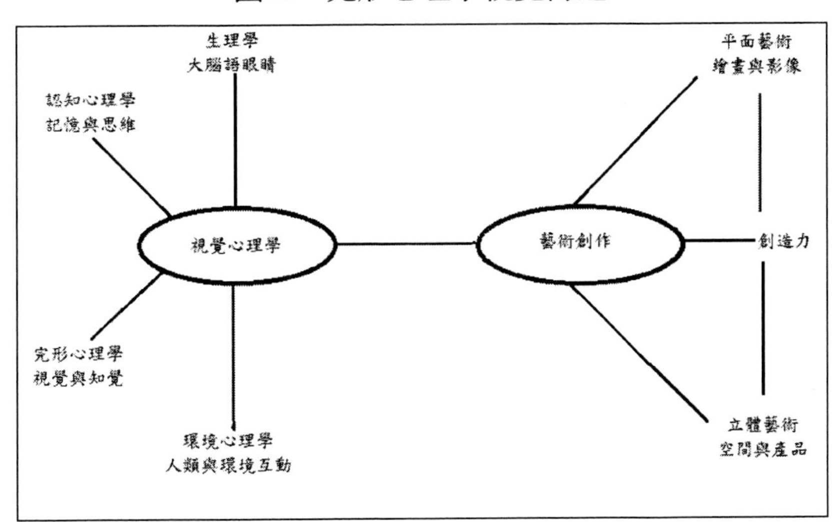

（二）何謂視覺心理學

視覺心理學的範圍「包含使眼睛接受刺激的物理光學、觀看生理機制的大腦與眼睛、研究視覺知覺的完形心理學、研究記憶與思維的認知心理學、以及探討人類行爲以及其它的境象下，如何與環境互動的環境心理學。」用藝術的方式把握生活的能力並不是少數天才文學家或詩人所能，而是屬於每一個心智健全的人的；因爲大自然給每一個心智健全的人都賦予了一雙眼睛。對於心理學家來說，藝術研究是對人本體探析一個不可或缺的部份。藝術創作的範圍包括以詩作、繪畫與影像爲主的平面藝術，以及空間與詩人視覺爲主的立體藝術。

色彩感覺——主要是對於有利的或不利的化學生存條件的感覺，在對這些條件的適應過程中。色彩感覺經過了發展與變化。光對於有機體之存在是重要的。葉綠素在綠色植物體內行光合作用，以及紅色的血紅素在動物體內的化學作用。都是具有重要的功能。空間感覺——觀察兩個色彩不同而形成相同的物體，雖然顏色不同，但我們還是能夠一眼就看出它們的形狀相同，所以兩者一定含有相同的部份，那就是空間感覺。即兩個圖形的空間感覺相同。創造力則是藝術創作中關鍵的心靈能力。

1、完形所強調的理論基礎

整體並不等於部份的總和，整體乃是先於部份而存在並制約著部份的性質和意義。

2、解　析

（1）場所指的是物理學，所謂的「範圍」；而在個人來講可分為「環境」（自我環境）與自我（意識）。

（2）心理場的「心」指的是人，包含動物的心理意識。

（3）物理場的「物」指的是物理現象。物理之特性，可分為任何的物質皆是有界限的。物質是動的，指人相對於環境而言是不斷的在改變。

（4）心物場的「心」與「物」，以整個宇宙來看待，指的是作為，「可動」所謂移觀；如謝靈運的知覺活動，後為「不動」所謂靜觀；如陶淵明的知覺活動。

（5）心物場可解釋為世界的心理場與物理場。

（6）第（3）環境指的與（1）相同。

（7）環境自我指的是我的形體，跟我接觸的。

（8）環境自我等同於心物場。

（9）行為環境意指認知的非眞實的。而地理環境是指眞實的狀態。

（10）細微行為意指心理或是指內顯，而顯明行為則是指外顯，兩者相互作用。

（三）完形心理學派產生背景及其發展

「完形」在「視覺場」中的定義是：「視覺場」的各種力量組合

成一個自我完滿而平衡的整體。在一個「完形」中，任何元素的改變都將影響整體以及各部份之本來特性，因此整體是大於或不等於部份之總和。而「完形」法則證實了馬克思・魏泰默博士（Dr. Max Wertheimer）的視覺觀點：一個物體被人們感覺的方式由它存在於「場」的狀態或條件所決定。也就是說，人類「視覺場」中的諸多元素，不是彼此吸引而形成一個整體（grouping），就是彼此排斥而各自獨立（not grouping）。「完形」心理學所歸納的認知結論，其實就是描述在「視覺場」中整體（grouping）的認知如何形成？除此之外，心理學家庫爾特・勒溫（Kurt Lewis）及 Fritz Perl's 利用「完形」理論與法則研究發現，潛藏在人類知覺系統內某種群體化的動力，在心理活動上是一種嶄新的觀念與嘗試。詩人透過敏銳的視覺思維與分析對其所得經驗及行爲均有所覺察。詩人對景物透過完形心理的概念與影響下，詩人攫取美景在互動的歷程中經過發想、感覺與行動，遠比聽人詠頌景物之美更重要，因此強調實地經驗。而他人觀察景物與詩人身歷其境的參與觀察是有差異的。觀察包括：頓悟、接受自己、對環境了解、對自己的選擇、能與景物（環境景物，自然界的生態結構）與接觸物體的能力等。經驗是不斷變動的，詩人、遊客被期待重新擁有自己的眼光，非被動式的發掘欣賞美的山水景物。必須靠自己主動覺知，自己處理自己的感受。詩人移除環境的變化轉爲整合景物成爲文字詩篇。

在任何一個「視覺場」中（也許是一幅畫，或許是山水詩），能否把其中的幾個視覺元素連結起來，看成一個有組織的外觀輪廓，端視這些元素之間是否存在知覺上的某種關連性。爲了找出元素間並不眞實存在之關連性，完形心理學派找到了若干著名的原理及法則，被稱爲 Gestalt Law（完形法則）。它們有所謂的「圖與相（景）」之概念，還有對視覺創作十分有用的「相似性」、「對稱性」、「連續性」、「閉塞性」、「共同性」及「異質同構」等法則。這些被完形心理學派研究歸納出來成爲視覺規律，可以幫助詩人、旅者開闢一條能夠穿透點、線、面及空間重重繁瑣之造形、色彩、圖案、質感、動作等罣礙，進而通往形成視覺認知與審美藝術的道路。

事實上，「場」的範圍與觀念還可以擴充至人類的社會與生活，如由多數人組成的封閉團體——公司、學校、社區、族群等，也可形成一個類似的「場」，「場」裡的位元是——同事、同儕、家庭、親戚等也會彼此影響。其中興趣相同、背景類似、年齡相仿的成員可能彼此吸引，進而時常往來，這剛是成語中「物以類聚」的最佳詮釋。反之，種族、身份、地位、個性、教育程度差異較大的，比較會產生疏離感甚至衝突摩擦，關係也會比較淡薄或對立，這個現象和完形法則的「相似性」十分吻合。此外，每個人在面對日常工作時，一定要做完一個段落才願意罷手，否則心裡會有不安的感覺。這也是完形法則的「閉塞性」的眞實寫照；未完的工作（象徵未閉塞）將會造成心理上的壓力與沮喪感。相對於景物的陳置出現不協調，覺得有某些事看起來總是不對勁，那麼就是「場」閾出現問題。

因此，要評斷一位詩人他的視覺表現水準，究竟是高是低，並不能只考量觀察其詩作與美學藝術的表現而已，還要審視他（或她）對於存在於「視覺場」內各種元素間關係的敏銳能力是否足夠而定。誠如完形心理學的主要理論：「整體與組成部份之和不同」，讀者可以選擇去看各自獨立由樹、花、月、水、石、詩組成的物象，也可以說成一台單眼相機的圖像。而後者就是將所有的元素看成一個整體，這種將視覺元素聚集成單一形象的動作，其實這就是一種「完形」（Gestalt）。如何運用「位置」營造視覺效果？觀賞山水景觀時，有很多的旅者常會讚嘆山水景物的壯麗，有時候可以確切地說出：「啊！這眞是天下奇觀！」或者說：「此景渾然天成，美麗極了！」有時或許會讚嘆山水的鋪排精緻、綺麗，但是大多數的觀賞者，通常都是說不准的，到底這些山水景物好在哪裡？爲什麼會美？很簡單的美在哪裡？怎麼的美法？這些問題並不是那麼容易可以回答出來，因爲山水的美好與否牽涉的層面廣泛它包含了景物、色調、取景角度的位置等，渾然間矗立於此，卻要從景物裡「物的位置」，應該就是視覺效果所產生的因素吧！

簡言之，山水景緻與人在面臨大自然的斧鑿時，它所扮演的角色和電影拍攝中的導演很類似。也就是說，在確定好故事情節、人物角色背景之後，有一件非常重要的工作，就是不可理解的自然現象，其貫穿一個個美的畫面，讓這些畫面成為有連續性的美，同時又具有吸引人的藝術張力，讓人印象深刻並營造意境美。雖然說兩者的基本美學概念是相通的；但是山水與人在自然界中之體驗，與創造一個立體的三度空間，是視覺意識下所形成的藝術意義。所以不論是景中的人、物或建築物的場景，以至於景物陳設的位置，都關係著當時所營造的向度空間是否能夠吸引賞視者的視覺目光。

然而山山水水的「位置」意義，「位置」所占的空間、大小、物體的位置，亦云「位置」不但可以讓景物產生向度的立體感，同時也可以傳遞出山水景物美的氛圍與情緒。所以不只有人物表情可以傳達情緒，「位置」也可以傳遞表情的。我們一開始先從眼睛的生理構造談起。人類的眼睛是一套十分精緻的視知覺系統，經過一連串複雜的過程，讓我們可以「看見」，但我們也必須了解，「視知覺」不單只是依循著外在環境的刺激，觀者的器官（眼睛）本身，有其生物特性，外在環境及各式各樣的視覺刺激，只是我們的視覺系統會過濾掉很多訊息，僅能接收到部份資訊（受限於視角的影響），我們同時也依賴這些資訊，來認識外在環境與山水美景。

人類的眼睛就好像照相機的構造一樣，皆負有成像的光學組件，可見光（visible light）或是物體反射時，可見光進入人的眼睛，光線由角膜（cornea）的折射→穿透內部的水晶液（aqueous humor）→調整光量的虹膜（Iris）與瞳孔（pupil）→透過負責調節功能的水晶體（lens）→再匯聚穿透大片的玻璃體液（vitreous humor）→落入視網膜（retina）上，我們的凝視點落在視網膜上的中央小窩（fovea）及其附近區域。如圖式：

圖四　眼睛的構造——主要視覺器官

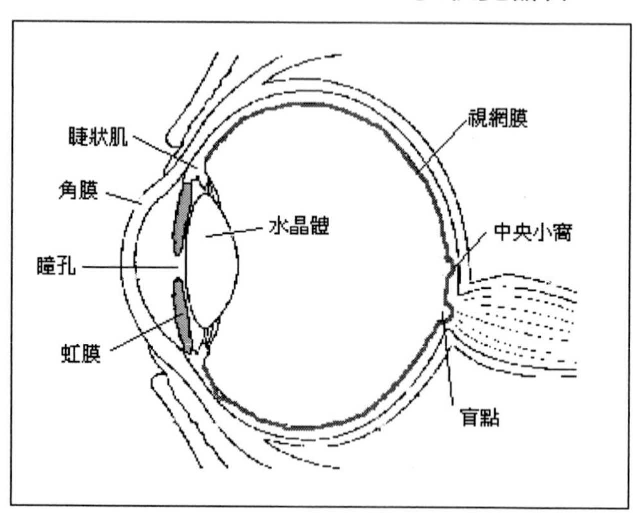

我們將以上所論述的名詞，做個簡單的解釋：

1、可見光（visible light）——光線是視覺刺激的來源，但是人眼可以接收到的波長，約為 400～700nm 之間，稱為可見光。

2、角膜（cornea）——面積約為眼球六分之一，類似相機保護鏡作用，覆蓋在眼球前方提供鞏膜的保護膜。

3、水樣液（aqueous humor）——充塞於角膜與水晶體之間，99%為蛋白質、鹽分與水。

4、虹膜（Iris）與瞳孔（pupil）——肉眼有不隨意肌組成的虹膜（Iris），位於瞳孔（pupil）開口處，藉由肌肉收縮來改變虹膜孔徑大小，一旦光線強度產生變化，虹膜會適時的調整瞳孔大小，所以虹膜與瞳孔的組合，類似相機光圈（aperture）的調節機制。

5、水晶體（lens）——類似照相機的鏡頭，負責光學成像。此外，人類利用一組牽動水晶體的睫狀肌（biliary muscles），以肌肉的收縮動作改變水晶體厚薄，形成類似相機調焦（focus）動作，變薄來看遠處，變厚來看清楚近距離的東西，生理上的機制則稱為調適

（accommodation）。〔註 3〕

6、視網膜（Age-related）有感受光的視桿細胞和視錐細胞。這些細胞將它們感受到的光轉變為神經訊號。這些訊息被視網膜上的其它神經細胞處理後轉變為視網膜神經節細胞的動作電位。視網膜神經節細胞的軸突組成視神經。視網膜不但具有感光的作用，它在形態形成的過程中，視網膜和視神經是從腦裡延伸出來的。物體上所發生的光線經過眼睛的折射系統，會在視網膜上形成像，被感光細胞（如同底片）感到。感光細胞受刺激後將其刺激的形態傳遞到大腦，大腦的不同部位同時感受到外部環境的概念。

圖五　眼睛對光源的傳導

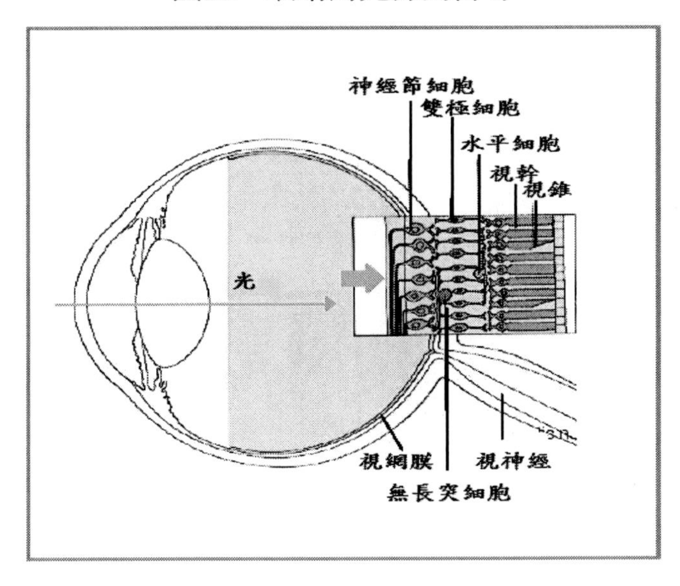

視覺心理學所關注的就是使視覺場閾內，各元素合理定位、合理走向、合理分布，使景色有明確的視覺焦點、清晰的視覺脈絡及合理

〔註 3〕〔英〕格列高里（Gregory）著，彭聃齡、楊旻譯《視覺心理學・第五章眼睛》（北京市；北京師範大學出版社，1986 年 11 月），頁 60。本章筆者參考此書透過整理後呈現內文。

的空間陳置，形成一個有秩序的景觀。美與醜是通過視覺被人的心智（腦）所接受，經過邏輯運思，設想這樣一種視覺，「非邏輯」形式表現邏輯形式，這樣的題目似乎是一種符號的表意題。要求通過非邏輯形式抽取邏輯形式的主要特徵，……視覺的邏輯形式是把眞實事物放在抽象的形式中去考慮（腦）。〔註 4〕因此完形心理學家清楚的說，透過眼睛視網膜的刺激與鑲嵌圖案，引起對物體的知覺，幫我們在大腦組織某一特定環境，將物體意象傳達到我們的大腦，以影響我們審美的判斷產生印象感覺。

圖六　視覺與腦神經的傳導

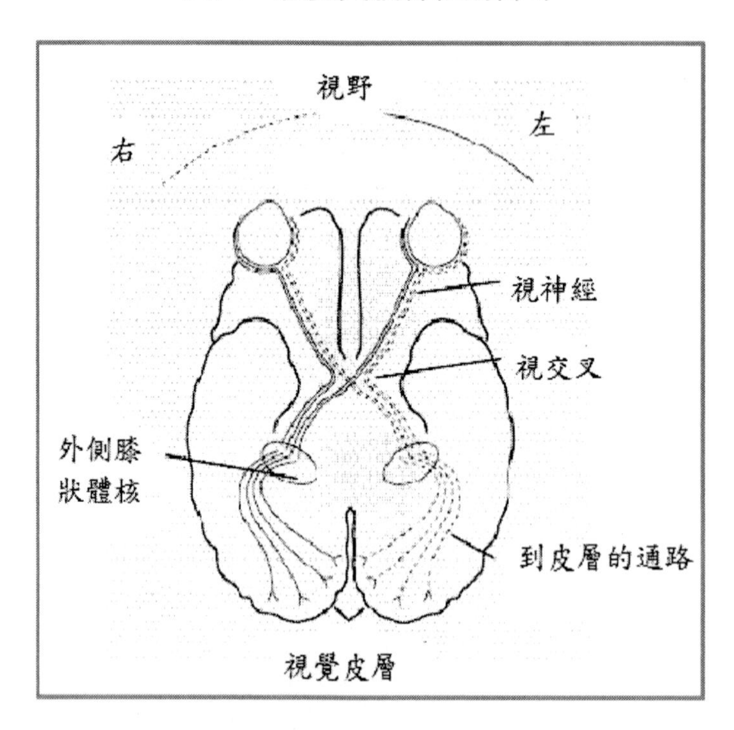

完形心理學認爲物理世界也好，還是心理世界，其萬事萬物都表

〔註 4〕錢家渝著《視覺心理學・第二章視覺與思維的特殊關係》（上海市；學林出版社，2006 年 1 月），頁 31。

現在一種力的結構上，柔與強、和諧與混亂、管與被管，這是一切存在物的基本形式。潮汐的變化，地球的自轉，太陽的東升西降，……這是宇宙創造力的一種形式上的表現，不過物理世界和心理世界雖然在質的上面不同，但其載力的結構上是相同的，這就是完形心理學「心理場」所說的「異質同構」之觀念，也就是物我合一身心和諧的審美體驗。

藝術的創作與欣賞活動過程中，完形心理學的「異質同形」說得更爲廣泛，山水詩審美藝術，詩可以借景抒情，而又不用抒情性的文字來加強上色，只是讓景色自己去表達，其所謂的「摹狀能寫的景如在目前，含不盡的意，見於言外」，文學的審美藝術這種作品的呈現，讓我們感受各種大自然不同的物象，提供了許多的暗示和意緒。

二、山水詩與完形心理學

中國山水詩，詩人在以景爲詩時，山水景物的整體凝像是很重要地，若不瞭解全貌，就不能創作完整或欣賞詩的美與共鳴。完形心理學的美學認爲，山水詩的文學作品是文藝藝術的一部份，但是，經過詩人精準地描繪景物塑造形象，既能與讀者的心理構成某種微妙的聯繫，從而讓讀者在讀詩時能在「異質同構」下看盡整個景物的眞實面目。心理學家將這種現象提出所謂「場」的理論，認爲生活空間有縱橫與範圍，歷史與情境，詩人或人生或其中的整個情境，就是自然的我與他的心理環境構成的。環境裡的人可以透過相互作用的「場」（透過詩人），也就是影響創作者的情境。完形心理學家認爲有兩個基本概念：「異質同構論」、「整體論」，對我們進行中國古代詩歌分析有其助益。

（一）異質同構與意象的選擇

中國古典詩歌十分講究含蓄、凝練。詩人往往不是情感直接地流露，也不是思維的直接表露，而是言在意外，也就是言在此意在彼；寫景是借景抒情，托物言志，這裡寫的「景」，所詠的「物」就是客觀的「象」；借景所抒的情，所詠的志，既爲主觀的「意」，「意」、「象」的完美結合，就是意象。它又是現實生活中的寫照，也是詩人審美創作後意念情感的載體，詩人能創造一個一個奇麗的「意象」，含蓄地抒發自己的情感，意象選擇之準確度是很重要的，這關係著一首詩歌的創作，也影響到詩歌的美與審美的藝術，我國古代詩歌尤其是抒情詩裡的無數異象形塑，更在歷代詩人中吟詠沿襲，造出新意，顯示出意象在遞延中持續嬗變；完形心理學就以「異質同構」提供我們一個思考的方向。

「異質同構」字面上的意義是不同於它的內涵，與其它事物都俱有其相同的結構樣式，最初它只是一個完形心理學上的一個名詞，指的是客觀物理性的結構力場，與大腦中的生物電場、心理活動過程受到心理場的牽引，而發生微妙的變化，初期稱爲心物的溝通也是創造力的發端，山水詩從景、情、物三個位置，它們之間確實是詩人微妙心靈變化的作用下，和事物產生的表象，產生「異質同構」的藝術形式，人的生理感知（尤其在視知覺上）及心理感情之間存在著某種一致性。這就是審美經驗的形成，阿恩海姆在《藝術與視知覺》中他認爲：「藝術創作的目的僅僅運用直接的或類比的方式把自然再現出來。」、「藝術中發生的事情其實也是如此，最成熟的藝術品，能夠成功地使其中的一切成分服從於一個主要的結構規律。在完成這一步驟時，它並不是將現存事物多樣性歪曲爲千篇一律，而是通過將各種不同的事物相互比較，使它的差別性更加清晰地顯示出來。」〔註 5〕完形心理學強調藝術知覺過程是感知物與感知主體互動的結果，景刺激詩人的視覺感知神經在交互作用下，達到契合與交融，就會產生於藝術創作的表現。中國人的邏輯與西方的觀念是有顯著的落差，較傾向認同主客體同一，物各自有性，

〔註 5〕〔美〕阿恩海姆著（Rudolf Arnheim），滕守堯，朱疆源譯《藝術與視知覺》（成都：四川人民出版社，2001 年 3 月），頁 631。

而萬物在人的感受下各有其存在的方式，這與阿因海姆的觀念是相同的。中國山水詩的意象選擇與共鳴提供必然性的前提。陳滿銘再論辭章意象之形成時——據格式塔「異質同構」說加以推衍，他認爲「格式塔」心理學派「異質同構」或「同形說」之出現。這種「異質同構」說，用於解釋意象之形成，是被公認比「移情」、「投射」說更爲精確的。因此以此爲基礎，分別就意象形成之理論基礎、類型，進行探討，並特別將其類型，依據辭章四大要素之聯結，除了就個別意象由「異質同構」擴至「同質同構」外，再就整體意象擴大到「異形同構」與「同形同構」，這顯然較能周圓呈現意象形成之各個面向。盧明森指出：

> 它（意象）理解爲對於一類事物的相似特徵、典型特徵或共同特徵的抽象與概括，同時也包括通過想像所創造出來的新的形象。人類正是通過頭腦中的意象系統來形象、具體地反映豐富多彩的客觀世界與人類生活的，既適用於文學藝術領域、心理學領域，又適用於科學技術領域。〔註 6〕

這與劉勰所說的內心虛靜，才能醞釀文思，經營意象，才能產生美感。而意象即主體之「意」；而景物形態之原貌更形象更具體，即爲客體之「象」。對這種意象之形成，完形心理學家就以「同形同構」或「異質同構」來解釋。李澤厚在〈審美與形式感〉一文則說：

> 不僅是物質材料（聲、色、形等等）與視聽感官的聯繫，而更重要的是它們與人的運動感官的聯繫。對象（客）與感受（主），物質世界和心靈世界實際都處在不斷的運動過程中，即使看來是靜的東西，其實也有動的因素……其中就有一種形式結構上巧妙的對應關係和感染作用……格式塔心理學家則把這種現象歸結爲外在世界的力（物理）與內在世界的力（心理）在形式結構上的「同形同構」，或者說是「異質同構」，就是說質料雖異而形式結構相同，

〔註 6〕黃順基、蘇越、黃展驥主編《邏輯與知識新創・第二十章》（北京市，中國人民大學出版社，2002 年 4 月），頁 430。

> 它們在大腦中所激起的電脈衝相同，所以才主客協調，物我同一，外在對象與內在情感合拍一致，從而在相映對的對稱、均衡、節奏、韻律、秩序、和諧……中，產生美感愉快。〔註 7〕

李澤厚認為完形心理學之審美藝術，依據「場」的概念去解釋，山水景物裡的意象是在審美與視知覺的感受過程中形成，並從中引申出了著名的「同形論」或稱為「異質同構」的理論。按照這種理論，他們認為外部事物、藝術樣式、人物的生理活動和心理活動，在結構形式方面，都是相同的，它們都是在「意象」的作用模式下形成美學審美藝術。他們把「意」與「象」之所以形成，因而產生美感的原因、過程與結果，扼要地交代清楚。若單從辭章層面來看，則意象和辭章的內容是融為一體的。而辭章內容的主要成分，不外情、理與事、物（景）。其中情與理為「意」，屬核心成分；事與物（景）乃「象」，為外圍成分。它可用下圖來表示：

圖七　意象情理程序

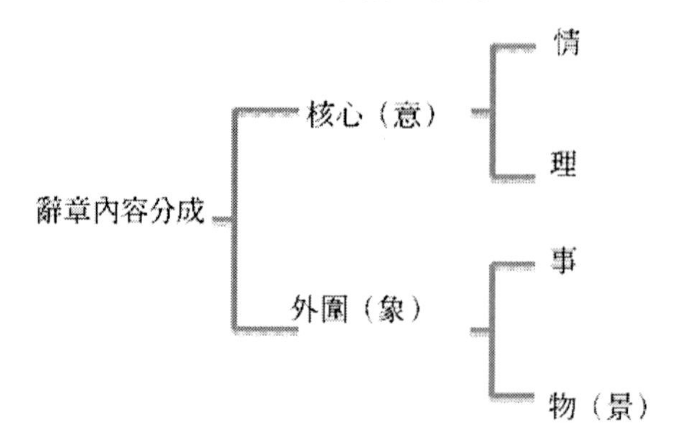

由此情、理與事、物（景）之辭章內容分成，依其情、理而言，是「意」；就其事、物（景）而言，是「象」。

〔註 7〕 李澤厚著《李澤厚哲學美學文選》（長沙；湖南人民出版社，1985 年 1 月），頁 442。

所謂核心成分，爲「情」或「理」，乃一篇之主旨所在。它安排在篇內時，都以「情語」或「理語」來呈現，既可置於篇首，也可置於篇腹，更可置於篇末，以統合各個事、物（景）之「象」。〔註 8〕因此意象在詩歌美學上扮演一個很重要的啓發功能，即引發情緒詩興的重要關鍵。

（二）完形心理學裡的「場」

「場」是物理學相關的電子磁場的一個現象，指物體在共振的效應下所形成的一個狀態，完形心理學派借用「場」來描寫主客體的關係，以建立完整的完形概念，審美是在主客體間相互作用下，而實踐「場」的概念，並將其導入美學審美理念中。

這裡所說的「場」是一種條件，唯有「場」的存在才能創造出物質；它也是一種效應就如同磁場中有粒子一般，脫離粒子這磁場就消失了，因此「場」是有意義的，有其「存在」凡是所有的生成物都是具體的物質，具多元的特性及綜合的效能。所以在不同的場閾中有不同的場存在，它不具備形狀且是一種形塑的狀態，在這狀態下，可以完成內在思維或行爲上的運思而達到完美；也就是詩人所說的意境，有意境則詩興全開，以下就山水詩的審美藝術相關的「場閾」介紹：

1、文學場

在歐洲的「場」產生於沙龍之中，沙龍之所以與眾不同，與其說聚集一些人物，不如說是排斥一些人物，它有助於在跟本對立的強大力量周圍建構文學場（在場的其它階段，雜誌或出版社也是這麼做）；一部份是宮廷沙龍裡的折衷和上流社會的文人，另一部份是偉大的精英主義作家，後者聚集……此外還有落拓不羈的藝術家團體。〔註 9〕可知歐洲文學場的建立與中國的文學場，建立的方式概

〔註 8〕陳滿銘撰〈論辭章意象之形成——據格式塔「異質同構」說加以推衍〉收錄於《高雄市；文與哲，2006 年 6 月第八期》，頁 481。

〔註 9〕〔法〕皮埃爾·布迪厄（Pierre Bourdieu）著，劉暉譯《藝術的法則——文學場的生成和結構》（北京市；中央編譯社 2001 年 3 月），頁 67。

略相同，只不過他們的沙龍是在咖啡廳中建立文學討論場閾，而我們的文學場閾之建立大都與貴族有關，在苑囿裡飲宴與遊賞，逐漸形成文學場閾。至於那些落拓不羈或寒門文人，有些可能藉酒吟嘯而聚集成一個下階層的文學場。

山水詩人的許多行爲表現，有些則要依附在權力中心才能找到舞台，魏晉時的鄴下集團、建安七子、竹林七賢，齊、梁時的竟陵八友，這些官宦文學場，或出世遠禍的士隱文學場，都在箇中因素或機制下，擁有不同的文學場。多數山水詩的建構亦是，在權力場失意下或思歸、懷鄉下，借景抒懷的山水作品，另一些詩人則悠遊如僧侶、道士，爲修煉或遠禍、隱逸中賞玩山林塑造了山水詩的文學場。

齊、梁以後這個文學場較爲開放，山水詩人對避禍保身，是從比較優雅的賞會山林，與釋僧、術士結爲他們的詩歌文學審美場，山水詩創作的形式，在詞彙的運用上較有組織，場的建立也較有山水詩的形式價值，文學場的形勢也達到完美，對隋唐以後山水詩的場閾流布，在行爲藝術下對觀察山水的美引起興趣，更進一步發展形成山水詩，在情景物交融下的詩歌文學場。在此舉江淹〈秋之懷歸〉詩云：

> 悵然集漢北，還望岨山田。澐澐百重壑，參差萬里山。
> 楚關帶秦隴，荊雲冠吳煙。草色斂窮水，木葉變長川。
> 秋至帝子降，客人傷嬋娟。試訪淮海使，歸路成數千。
> 蓬驅未止極，旌心徒自懸。若華想無慰，憂至定傷年。
>
> 〔註10〕

詩歌描寫的風景，皆是從望中所感，江淹原本惆悵的心境與秋天的蕭瑟，景、情、物在蒼茫中渾然神交，文學場裡的漂泊羈旅，思歸的憂傷，瞭解整首詩後，會發覺望在詩中的作用，他將整首詩的文

〔註10〕〔南朝梁〕江文通著，〔明〕胡之驥註，李長路，趙威點校（北京市；中華書局，1984年4月），頁107。

學感情使惆悵的心境更加憂鬱，這就是文學場對山水詩重要的作用。

2、物理場

意境再生狀態，是讀者與詩歌之間發生情感交融，是詩人借語言文字創作下，其所代表的語境的聯結方式，對讀者來說，是一個先驗的「物理場」，在欣賞時作品的物理場，被催喚出來，激發讀者相關的經驗、記憶與感情，其所引發的相像力即爲「物理場」，與讀者的心理場產生交互的情、景融合成視覺圖像，同時體驗詩人所要展現的情感主導使意境再生。從完形心理學的角度來說，從接受的過程到閱讀的進行，作者所提供的就是「物理場」地展現。讀者的「心理場」，被外來的「物理場」吸引，在心與物的交匯作用下所構成的一種新的「場」。意識的心理活動，隨著心物場的變化，不斷地獲得一種完形概念，終於接受「心理場」與作品的「物理場」，原來相異的心、物理場轉趨同質的場，這就是意境再生下語言的中介關係形成內在圖像的相結合，產生「物理場」與讀者「心理場」的結合。

在詩歌欣賞的過程中，意境再生也是一種審美認知狀態，意境再生是以讀者爲中心，它同時是主體也是客體，主客體兼併沒有分離，如從完形心理學的角度來說，審美體驗主客體間的媒介就是靠語言建構起來的，透過詩歌語言建構主體的意趣而形成相同的完形概念，以提供合適的「物理場」，爲審美體驗與意境再造的條件。詩歌語言所構築的適度物理場，因爲意境生成的條件，完形學派認爲人的心理具有這樣的知覺與組織能力；心理活動即會依循其原則與背景，與同一個軌跡運作，合於這些原則的事物，容易被人知覺爲整體。在詩歌的鑑賞思維過程中，詩歌語言形成適當的物理場，就可激發主體的心理活動，發揮「物理場」，的創造力。

3、心理場

人的心理也有一種能量，或可說人的心理是一種特殊的狀態，它有特殊的表現形式，這種能量一樣會向外散射，也接受其他方所投射過來的力量，因此，心理也存在著特定的能量。我們普遍認爲自然界裡的事物或其他事物對人心理的影響，卻很少人認爲語言在語言的媒介情況下，人的心理也會相互影響，這個影響是客觀存在的現象。有時可以注意到這種現象，但有許多的影響卻被我們從語言中忽略，人們會通過直覺發現，實際上是人透過能量感受到的作用。

心理場具備所有自然界「場」的特徵，即有內在心理的內化性、變化性、輻射性、慣性。人的心理可以自我內化成一個特定的場，同時，心理場也會隨之變化，這變化的原因來自於內在及外在環境的變異：如人的衰老即會發生內、外場的變化是一樣的，還有其他不可預知突如其來的變化，都會隨著心理場的結構改變問題。心理場的輻射性，它具有所謂的感染力，在一特定場所，會因一件事或一個問題，馬上改變在場的每個人之情緒，與一個家庭的問題類似。所以心理場具有慣性。我們在賞觀山水景物的同時，也會因爲參與者的不同發生心理上的變化，這變化確實會讓心理場發生變化，本來有雅興賦詩，會因突發的一件事或一個人，而將意興給改變了，而失去心理場審美藝術的活動。所以心理場與自然場的融匯，人是自然的一部份，他與其它的景物可以形成自然場，他透過心理的力量組成特有的心理場。對於個人來說，自然的能量與作爲精神的心理能量，交織在一起，就是一個完美的整體，是一個特定的場。兩者是無法區分的，因爲它本身就是一個事物。

影響心理場的因素，有自然因素，作爲一個特殊的心理力量發生影響，實際上這種力量也是組成心理場的一部份，自然相對於心理場必定有很多的意義，具體來說：

（1）空間因素

對於由心理力量參與的心理場而言，空間必然影響這個特定的場，在一個多彩姿的物象空間，與一個幾乎沒有什麼物體的空間，人們的感覺是不樣的，這是因爲心理場之不同所造成的，而造成這個不同的是數量、排列組合、空間大小，這與環境的物體排列都會造成場的問題。還有其他特定因素；對於一個場來說，在許多情況下會出現各種問題，影響心理場做出不同的決定與表現，間接影響空間心理場的表現與發揮。

（2）時間因素

特定的時間長短，對這個場的影響越明顯，如這個特定的場時間發生作用之結果；有時會因爲固定的時間，以至於無法抗拒和改變。因此時間對心理場來說是一種壓力，景物相對於時間，時間與時序會影響活動的週期，對有週期性的區隔時往往時間會給心理場諸多限制。

（3）個體因素

個體的自然因素，就是指人們的生理因素，這因素對於人們形成特定的心理場的作用，有其重要的影響，具體來說有；體態容貌，自然界必然存在著不同特徵。出現的地點，一個是大區域性的，與氣候地理與季節有關而產生個體出現，在個體因素與環境條件下卉影響心理場的作用。

研究證明，任何事情越早經歷對人的心理的作用越大，對人心理場影響最大的是第一次接觸的經驗，因此心理場相對於環境「人」的影響最大。對山水詩的表現來說，詩人對心理場也有很多變化的時空因素，直接或間接影響到詩人的表現。南朝山水詩人在山水審美的態度，初期是用消極的態度面對山水，因其生活的環境與空間及時間上，對他們來說有其相對不利的因素，所以山水詩的表現上會出現玄言寓理的問題，到了南朝晚期，山水成爲遊賞的標的物，山水詩的內涵當然就出現質變，所以完形心理學，所提出的心理因素諸條件及限制，對當時詩人的藝術表現確實在時光的回溯上可以略見端倪。如：謝靈運的山水詩，移步換景以記遊寫景，後抒發理想，作結時以玄言形式，將時間、空間、個人的因素相扣接。

4、審美場

從客體或主體的美來研究美都是片面的，主、客體——心物同構契合成審美問題。「審美活動」或「審美關係」都是活躍的。審美活動是相對非審美來說的，人們在審美活動中可以與對象生成物，山水審美建立關係，但並不是所有的人都與審美物山水有所關聯，只有在審美主體與審美對象發生作用、交相融合達到共鳴效果才能產生美感，此處對審美中的主客體相互作用所形成的和諧，若用「審美關係」來形容，似乎不那麼完整，我們描述的是山水的線性或網狀，山水具有概括性、抽象性，卻無法描繪出山水審美中特有的那種感性與流動的時空變化狀態。如果用「審美場」這個概念則可以滿足這樣四度空間狀態的描摹，審美關係只是審美場的一個構成因素，美是在主客體發生審美關係時所形成的審美場裡生成。這可以稱作「審美生成論」。美的生成，離不開審美場。對審美場的研究必將有助於深刻揭示美的生成奧祕。〔註 11〕邱燮友在〈謝靈運書寫山水詩層次結構〉一文中提到其審美的向度是四度空間，其云：謝靈運在山水詩的特色，歸納爲六大項，他是摹山狀水、白描山水的高手，甚至開創四度空間的遊仙、山水詩和海洋文學，以及山水詩層次結構寫法，始後世山水愈形波瀾壯闊。〔註 12〕

山水美學藝術的形成，確實需要主客體，相對之間產生磁場，而這個場就是審美的空間與審美的向度，它不是平面的它是多維的，包含審美物的每一面向，與主體審美者的能力，越是高級的藝術，越需要有審美鑑賞能力與素養，相應的審美能力，審美能力來自於審美的

〔註 11〕葛啓進撰〈審美場論〉收錄於《四川大學學報（哲學社會科學版）》（成都；四川大學學報編輯部，1991 年第 1 期），頁 71。

〔註 12〕邱燮友撰〈謝靈運書寫山水師層次結構〉收錄於《第一屆語文教育暨第七屆辭章章法學學識研討會》（台北市；東吳大學中國文學系，2012 年 12 月），頁 1。

與非審美的活動，他是透過視覺、聽覺、觸覺，經過心理運思後對審美活動的欣賞與培養，可見審美藝術是複雜的，需透過學習與經常地觀察，才能體察自然山水藝術美的眞實鑒賞力。

第二節　山水詩的完形意境

現代物理學中「場」畢竟還是指物質存在的方式，而山水詩的「藝境」是人類精神的象徵，它們之間雖然有許多相似，確並不在同一個研究的層次裡。要將兩者做個溝通，中間還需要去探究其枝節問題，這些問題與生物學與心理學上可以再分析研究。完形心理學是以「場」的理論來論證詩人的心理結構與心理活動的心理學，透過這個理論試圖架構，山水詩在完形心理學裡對藝境的關聯性。

完形心理學較側重現象學中形式與關係的面相理論，它賴以立足的一個論點基礎是整體大於局部的和，形式與關係間可以生成一種新的概念，即「完形概念」，這是一個現象裡新的概念，這種新的概念並不屬於具體的任何部份，卻可以涵蓋每個問題的細節，賦予新的涵義。

一、山水詩的援景入情

完形心理學是精神上的，我們要將它釋義爲生物性地，以便進入理性的探討，對於文學藝術創作來說，這轉變的過程即「情因物感」、「文因情生」，「情」、「景」、「詩」，大體上可以分成這三個層次，山水詩作形成歷程中的三種形態。至於如何轉化，完形心理學沒有特別說明，文學創作之過程是相當複雜的「援景入詩」的關係，與「意境」的氛圍提供我們一些可參考的資料與線索。

近來有學者以唐代詩僧皎然（生卒年不詳）的詩歌理論研究認爲，皎然論詩重取「境」，「意境」說是其理論的重點論調，皎然說「境」，並不是客觀存在於自然環境，甚至；不是客觀存在於環境的反映，而是主觀緣慮的產物，主觀上是詩人的心理幻境。實際上皎然「意境」的觀念是從佛教法相唯識之學中借用的。王昌齡〈詩格〉中說：「搜求於象，心入於境」、「處身於境，視境於心」〔註13〕，在異質同構的理論下來闡釋詩歌審美經驗的形成，由於觀物取象、援景入詩，轉化為心理事實；在外部事物，與藝術的形式，人的知覺組織，以內在情感之存在為一統攝的根本。一旦這幾個領域的作用模式達到一致，就能激起審美經驗。以完形心理美學來說，景與情結構上本身與人的生理——心理結構有相類似之處，因此它們情與景就是客觀的對象，這對象之所以要「移入」人的情感，其實就是由於情與景是「異質同形」；微風中搖曳的柳條因為擺盪不定的景與情，傳達了一種結構上的悲哀情感形式，人才會立刻感知它的悲，所以事物形體結構和運動本身就包含著情感表現。藝術就是要善於通過情與景，而援景入情，造成這種結構完形，來喚起觀賞者身心結構上的類似反應。

這是詩人帶著強烈的情感接觸外在的景，將其主觀的「情」投射在客觀的「物」，使「物」著我顏色，成為感情的主體。這便是以情寫景，或稱之為以神寫形。「神」固然指山水通過形體動作所代表出來的氣質與特性，更指詩人對山水所產生的或特有的審美心理。詩裡所表現的完形心理的異質同形觀念，而形似外，景處於次要地位，情甚至會產生不同於原型的改變。對於完形的詩心而言，在物我感應，神形交織中，物我可以化為情，景可以化為情，不離自然屬性，偏重主觀意識，詩中形象有更強烈的主觀色彩。

援情入景與情景交融在王夫之來說：「情景名為二，而實不可離。神於詩者，妙合無垠。巧者則有情中景，景中情。」〔註14〕王

〔註13〕〔宋〕陳應行編，王秀梅整理《吟窗雜錄．卷四．王昌齡詩格．取思三》，頁208。

〔註14〕〔清〕王夫之著，《薑齋詩話箋注．卷二．夕堂永日緒論那編》（北京市；人民文學出版社，1981年9月），頁72。

國維說：「上焉者意與境渾，其次或以境勝，或以意勝。」〔註 15〕中國詩歌情景交融的最高境界，是二情與景渾爲一體，這是一種中和之美。也是完形心理學裡所說的景與情不是一部份，而是整體的架構下，才能達到中和之美，與異質同形美的情感質，傳統的詩學中最反對的是情感的直接流露，而是含蓄有節制地抒發，是一種溫和的詩歌，山水詩的形式，初期的表現也是含蓄地隱沒在玄言詩或遊仙詩，到劉宋謝康樂將詩的內涵以山水的意蘊爲表達的重點後，謝朓畢其功於後，奠定了山水詩的基礎。山水詩才別開生面地談到情與景的交融與重視整體美的概念，完形思維的心裡氤氳爲我國山水詩奠下基礎，擺脫敘事說理的所謂審美藝術美之中，這與中國自然崇拜有其特殊意義與密切的關係。

綜論之；西方的文學發展比中國晚好幾個世紀，然而，中國古代不重視人的價值與人與自然間的關係；十九世紀末，二十世紀初西方的思想哲學，使我們對詩學的理論從單純的審美觀念進入心理層次，超越自然將天與自然並列，這是在「和」的作用下，在詩人的創作下觸景生情，或以情就景，情裡有景，這才達到天人合一，而不強於天的情景交融。這又與西方的移情是不同的，其不同在於移情說是以人爲中心，強調我及物，中國強調的是情景交融的感物論，物及我，是物的泛我與物的中和之美。

中國從原始文化之原型基礎下，強調援情入景而後情景交融，的審美運思即所謂神話的原型。西方的原型強調的是一些主題的穩定性，情、景、人類型不同，而是心理上接近原型，更妥貼的是從完形中進入山水詩的內蘊裡，由於審美主體的感情結構與外物「力」的結構式樣具有一致性、同構性，因此審美活動中，觀賞者處於一個激動的審美活動中。從文學的角度看「援景入情」其實是一種藝術直覺上的心理機制，它所重視的是「援景入情」的統一，指審美

〔註 15〕王國維著，徐調孚注，王幼安校訂《人間詞話・附錄》，頁 255。

主體所產生的一種美的特殊直覺與體悟或領悟，這妙悟才是審美藝術下的基礎，意境取之於當下，產生於物我猝然相遇瞬間，是一種能動的創作，當審美主體凝神在客體時，主體也可以擺脫一切，成爲呼之欲出內在的形象，也可以說沒有審美感興就沒有意境，就沒有山水審美藝術結構的條件，讀者就無法體會在完形心理學的意境下，異質同構，援景入情之美的山水詩。

二、山水詩的情景交融

情景交融的意境是我國古典詩歌審美藝術上重要的因素。所謂「情」意表「感情」、「情緒」、「思想」、「想法」等的主觀內在意識；「景」則是由詩人有意或無意間所見、所想、所遇到的「人、事、物、景」所建構的山水畫面，它是一種客觀存在，山水詩在作品中就是創作者對生活的或景、情、物的再現，也就是「形象」的出現。

山水詩人在雕刻「情景交融」的意境時要解決三個問題，其一、繪景難「歷歷在目」，其二、有情難「情眞意切」，其三、融情難「合於無形」。〔註 16〕在創作山水詩的過程中，確實要準確地抓住時間、空間、景物的融洽一契，進行精緻的描摹，使詩歌如在目前，「有情」如繪龍般「胸中有睛」就能掌握龍的神韻，畫家表達於畫紙上時龍即躍然紙上，宛如活龍活現於目前，這就是畫家將胸中的一種情緒，流入筆端融情入景，此即是一種表現山水「寫景」不刻意要求，卻可以透過關鍵性的「點」在山水自然中，描寫「情」時亦不能刻意要求情在景中。對完形場閾的觀念裡從整體來看情與景的融合才有意義，如果我們將情、景、物、時間、空間，每個部分看成獨立的個體時，就如同畫虎不成反類犬，也就是主體同構，主體的情感與客體的對應物間同質對應，完形心理學家認爲，外在「客觀事物」的表現，與內在世界「主體心理」的展現雖然不遝相同，卻在結構上可以產生「同質

〔註 16〕李道生撰，〈中國古代詩歌營造「情景交融」意境的方法淺探〉收錄於《高中語文》（北京市；人民教育出版社，2005 年 11 月），頁 168。

同構」也就是「異質同構」的關係。這是外在自然物與藝術審美之所以可以傳達情感上的基礎，人的情感從客觀的物存在著對應與關聯性。

在寫景中詩人會選用感情色調不同的字詞，來化景於情，這些作品很多，我們將於後用專章接著討論；色彩的用字，可以觀察出詩人的主觀意識，及其目前的情緒等心理因素而融於景裡，轉化成寫景來點出其淡淡的情思。當然似可寫而不寫，也是景情物交融多變的文學形式，在無寫處著筆寫，在別人覺得不該寫處下筆，將創作者心裡似無卻濃的感情藏在字裡行間表現出來。受完形心理學「同質異構」學說的影響，景的形式對人的情感之間存在著邏輯上的問題，亦是說它們具有相同的思維觀念，朗格提出了生命形式，朗格認爲人的感覺能力是組成生命活動的一個概念，某些程度上生命本身就是感覺。因此，作爲感覺能力的生命，給人們觀察到的生命就是應該一致的。因爲感情的流動下藝術的形式與生命形式儘管不同，但在邏輯上前者有後者的樣式。

如果要用完形心理學的藝術形式來解釋，藝術與生命形式具有相同結構的可能；換言之，情與景的形式在邏輯上各有其生命的週期，在這規律下顯現了並無停息的變化與永遠的生命本質，這就是藝術形式存在著，與生命相同結構的可能性。無論是情或景藝術形式與我們的感覺、理智和情感生活所具有的動態形勢是同構的形式，結構與形式在結構上是一致的，所以符號與符號間的表現意義似乎就是相同的。看來（意）情感本身，甚至可以感受到生命的弛張，如此藝術與普遍（意）情感在由邏輯的相似或說異質同構之基礎下統合。如我們以王之渙的〈登鸛雀樓〉來說雖然只有二十字，卻意韻無窮，這就是結構形式上的張力，文字上的符號有其符號表示的意義，「白日依山盡，黃河入海流」在文字符號上是非常通俗樸素的語言，將日暮時分登樓眺望大自然將雄渾遼闊的意境表意出來，一輪烈日即將在千山萬壑中，歸向黃河流入大海可以想像所見，浩翰的大海吞沒了黃河的水，熾烈的太陽在群山點綴下共同編織成壯美的山河圖像。「欲窮千里目，更上一層樓。」顯見所說之景並不是眺望時的最高處，這裡的筆觸出現作者未告知讀者的部分，要讓讀者自己去體會。詩人說，如果想要看到更美、更遠、更壯闊的風景，須登上更高的一層樓，越高越美，卻受限於樓的高度。除了提醒進取向上的精神意趣（屬生命層次），人要開闢更新的視野，看到更美更新的世界及天地間的美景，就要不斷努力克服困難（登樓屬精神上的）更需加倍努力才會出線。詩的前兩句寫景，景物描寫得令人感到該順著寫景的筆意著筆寫景，詩人沒有寫理，理含於景此卻意境全出，再上層樓吧！看看還有什麼驚異的景象？到此詩人就打著留給主體去體會，看似平淡實具深邃之意。

所以，要將景情或景情融和，或援景入情或援情入景，都在於詩人的營造統攝。完形心理形式與（意）情感的架構，異質同構或同質同構，都在詩人信手捻來時的詩興，完全在於其情緒，景、情、物的結合體悟眞理，情景交融後激化在意境上化情、繪情、抒情，改造情境成爲合於完形心理邏輯思考中，山水詩是可以再更具體，更完美的表情達意，將山水詩的美學藝術審美觀摹寫得更波瀾壯闊。

第三節　南朝山水詩的完形意境

我們對視覺非常熟悉，以至於需要放開想像的空間，才能察覺還有許多的問題需要解決。眼睛所接觸到的是一些細小的、上下顚倒的、被歪曲的形象。我們所環繞的空間裡，可以窺見一些彼此分離的物體，根據視網膜上的刺激模式，（如第一節圖四）讓我們覺知到物體的世界。〔註17〕

要覺知世界上的東西，就需要光，這是每個人都瞭解的，由於所

〔註17〕〔英〕R. L.格列高里，彭聃齡、楊旻譯《視覺心理學．第一章．視覺》（北京市；北京師範大學出版社，1986年11月），頁1。

有對事或物的觀察都需要光線，特別是視覺，透過光其有限的速度傳達大腦的神經資訊的耽擱，我們感覺有東西從身邊通過時，我們對太陽的知覺要晚八分鐘，肉眼能看到的最遠的物體（仙女座星雲），我們看到它的時候，它已經是存在地球上出現人類以前的一百萬年。因此我們可以瞭解看見物體時，相對於物都是過去式，因爲我們對光線有反映；植物接受光進行光合作用，動物利用光或陰影和影像，以避免危險和尋找食物，皆因爲眼睛可以成像，以及可以解釋來自視網膜上的視覺成像的腦神經信號，才產生形狀與顏色知覺。

藉由完形心理學的概念來回溯南朝山水詩人，當時在視覺發展觀念下對視知覺下的物體，如何透過異質同構，或同質同構下，如何產生情感與形式的作用，並依據符號的觀點摹寫詩句，這是一個反推的研究，並非所有的理論都可成立，但透過這個命題，探索南朝山水詩人在視覺上觀察物體與自身心理的狀態，及其成詩的感之過程。本節從視覺、聽覺、觸覺抒情上來研討詩人心理內緣情及狀態。

一、山水詩人的視覺抒情

在孫美蘭的《藝術概論》裡的審美感覺一節中提到，色美以感目，音美以感耳，這一點就是美術之美和音樂之美通過視覺、聽覺等不同感官的作用發生心靈感動而談的。以審美感覺的角度來說，音樂被成爲聽覺藝術；美術與音樂相對，被稱之爲視覺藝術。〔註18〕

英美現代詩歌中有一個流派叫意象派，產生在一戰前夕（二十世紀初），該派詩人的詩歌最顯著的特點就是把詩歌中的「意象」推向極致，所謂「意象」是指凝結作者思想或感情的形象，它既寫實，也是詩人審美創作和情感概念。這一群詩人高明的地方，在於他們能創造一個或一群新奇的「意象」來含蓄抒發自己的情感。在意象派詩人

〔註18〕孫美蘭著《藝術概論，審美感覺》（北京市；高等教育出版社，1987年7月），頁183。

之前，沒有哪一派的詩人將意象的地位提升到這樣的高度。意象種類包括視覺意象、聽覺意象、觸覺意象等。視覺意象是通過明晰的視覺與視覺外形象和內心情感的完美結合來反映生活，表達感情體驗心靈。〔註19〕視覺意象包括直觀的視覺意象詩、想像的視覺意象詩。直觀的視覺意象詩，強調詩中質的外在藝術形式與具體事物形象的形式，通過直觀可視的形象，直接訴諸於讀者的視覺來體驗作者的思維。詩歌可以直接傳達情意，就如同以雕塑和繪畫的方法來展示意象一般。視覺意象詩則較重視意象（指景或物）的組合建構，忽視語詞間的聯繫，它對具體意象逼眞地刻劃，看起來較獨立，通過豐富自然的想像巧妙地組合，實現意象所需蘊含的思維感情成爲意象詩。

中國古代詩人較重視視知覺的審美直觀功能，強調臨景結構，寓目輒書的視覺造境。自覺地追求詩境的立體意象，讓古典詩能空靈含蓄地寫景抒情，產生「詩中有畫」的明顯特徵。從魏晉時期陸機（261～303）「佇中區以玄覽，頤情志於典墳。」〔註20〕，鐘嶸的目擊「直尋」、劉勰「物沿耳目」的藝術觀，歷代都有探討視覺經營意象的方式；尤其古代藝術家在自我的實踐中，視「身之所歷，目之所見」視覺審美的營造具有其獨特審美觀，此從客觀的角度切入景物到達心裡的過程。我們從三個視覺方向來作山水審美的活動；直視、由上往下、內在審美範疇，從詩人可能的審美角度，到視覺心理的內在審美前後，兩個階段審視山水詩人對視覺藝術審美的意象營構方式。

（一）直觀；物順耳目，移步換景

直視就是直觀，就是從審美物體直接觀察其外觀，所謂的當下即悟。從眼前看見的審美對象，直接營構出詩歌的意象；直觀，也

〔註19〕楊彩賢撰〈論視覺意象詩〉收錄於《文學自由談》（天津市：天津市文學藝術聯合會編輯出版，2010年第1期），頁183。

〔註20〕〔晉〕陸機撰，張少康集釋《文賦》（北京市：人民文學出版社，2002年9月），頁20。

是中國傳統的哲學思維，《周易・繫辭》說：「是故形而上者謂之道，形而下者爲之器。」〔註21〕形而上與形而下進行調和，此乃古人妙悟自然山水所獲得審美藝術的方式，初始於「觀象」的具體做法。從自然界的具體俯仰觀察營構意象，從視覺的觀察去認識自然對象演變爲思維的符號，從遊觀移步換景，如謝靈運的山水詩；而直覺察觀以陶潛的田園詩爲代表；目擊物象可以感性的興發，正是受中國哲學思想的影響，到魏晉南北朝，中國古代詩歌藝術開始奠基於視覺審美的形式。

漢末六朝是一個最富精神藝術的時代，從封建的社會到文人寒士，如履薄冰的過著，朝不夕保，深嘆人生苦短，棄儒求老，希冀隱逸在山水自然中追尋生命中的寧靜。這樣的思想被人們從審美的角度加以發揮，「以玄對山水」、「以山水媚道」的行爲模式。在這樣的思想影響下，山水詩人一開始所重視的是眼前所見，接近自然寫出許多如「池塘生春草」、「明月照積雪」這樣美麗的佳句，從視覺觀察對山水形貌進行細微地雕鏤，因此直觀的視覺審美逐步形成。早期的山水雖重視「直尋」的視覺構思，仍未將自然的美單純地審視，如謝靈運的山水詩常托有玄理，結構上顯得鬆散，意象受到破壞，劉勰、鐘嶸等詩評家，在理論上都進行了評說，要滌除玄意，爲情而造文，強調「寓目輒書」的視覺審美的直觀，可以置於眉睫的鮮明視覺審美意象。劉勰在〈物色〉中說：「是以詩人感物，聯類不窮，流連萬象之際，沈吟視聽之區，寫氣圖貌，既隨物以宛轉，屬采附聲，亦與心而徘徊。」〔註22〕指詩人直觀感物之境，讓進入視、聽覺區域的萬物，流連沈吟中，結合成詩歌意境。直覺的觀察其審美方式，偏重形似的構圖，加上當時的風氣，成爲其時代創作的流風。

其實，「寓目輒書」純粹意義上是不存在的，眼睛所視要轉換成

〔註21〕金景芳著《周易・繫辭傳》（瀋陽市：遼海出版社，1991年10月），頁93。

〔註22〕〔南朝梁〕劉勰著，范文瀾注《文心雕龍注・卷十・物色》，頁693。

心靈的構圖，物象方能成意象，無論直觀或是移步換景，或內視皆是如此。直覺重視的是眼前極目，內視是一種內在造境的過程。所以直視、懸視或是內視，三者可以視爲視覺審美的完整系統，即直觀──→懸觀──→內視，直觀是物象到意象的營造過程，時間極爲短暫，卻具有極大的自我發揮的空間，懸觀將視覺上的審美意象構成方式在直覺中懸念著，就在內視「直尋」時而轉爲內在審美的視野，方能窮貌寫物，到達視知覺的審美終點。所以，視覺之審美意象，似乎是從思而得，在內在經營構思下把握視覺審美的理論基礎。

（二）懸視；登高遠眺，一覽無遺

漢賦的描寫多重雕蹟，然而其「大」的思維，對魏晉詩歌的審美觀念在懸視產生之過程中，有著重要的影響，《西京雜記》「合纂組以成文，列錦繡以爲質，一經一緯，一宮一商，此賦之跡也。賦家之心包括宇宙、總覽人物，斯乃得之於內，不可得而傳。」〔註 23〕總攬人物，俯仰天地的思維活動下，就是懸覽的特徵，踞高臨下，才能動照萬物，所以登高而賦，變成了當時的思維模式。劉勰〈詮賦〉中說：「原夫登高之旨，蓋睹物興情。」〔註 24〕指作家在登高的過程中，將大千世界的萬象，達到感物興情的目的。更重要還是在於遠眺萬物視界全開，所營造的意象就更豐富。因爲在制高點上四目所極，都印入眼簾能審美的對象更爲完整。如果作者的視線受到限制，無法極目八方九垓，就難以建構雄偉壯景，登高能讓詩人有更多的意象，通過視覺的聯動與構思使精神昇華審美藝術更爲廣闊，再跌宕起的詩興中移情於境，從完形的觀念下產生異質同構的生理、心理活動，因此詩家可以即景會心。

懸視登眺是審美詩歌意象形成很重要的過程，而它可從兩個方面來進行。一是不同的地點時空環境審美視野進行空間併構；二是

〔註 23〕〔晉〕葛洪輯，成林，程章燦譯注《西京雜記全譯・卷二・百日成賦》（貴陽；貴州人民出版社，1993 年 8 月），頁 65。

〔註 24〕〔南朝梁〕劉勰著，范文瀾注《文心雕龍注・卷二・詮賦》，頁 136。

將同一個審美的視野，在不同的物象的圍繞下視覺焦點虛實同構。漢時的文學家登高的焦點是固定的，視覺上是單調的，靠神遊宇宙式的想像來彌補意境，隨著山水詩畫在審美藝術上的成熟，視覺的焦點已經變成多點的、散狀的透視點，使整體的視覺審美藝術放入山水詩歌中，詩歌的內容不再是形式美，而是結合內在心靈的滲透，從不同的角度用視覺意象，營構立體意象的審美視野，對於懸視登眺整體觀照的感官，就可以從知覺場形塑一個完形的視覺意象的審美觀。

（三）內視，由心造境，視境於心

內視，是一種心理的活動，從直觀到登眺，由外在的轉化為內在的心裡構思，外在的耳目進入到內在的視聽。就如同目在神遇，都是一種審美的形式，創作的主體由形似、神似的審美心理活動，進入審美的具體實踐。

老莊的觀念認為人應超越具體的、侷限的、感性的聽覺世界，虛靜凝神，靜以觀物，達到心物合一才能入此境界。莊子〈在宥〉裡云：「至道之精，窈窈冥冥；至道之極，昏昏默默。無視無聽，抱神以靜，形將自正。」〔註25〕從內在藝術的審美中，詩人目即萬象，虛靜凝神於山林，還是神思邈邈，當進入內思的階段以前或當下的視覺內容，便開始變為回憶式的虛靈幻象，外在審美的視覺意境蛻變成心靈的內視空間。虛構胸襟而萬象歸懷，目光散射而意志集中，情感從冷靜中醞釀熾熱，伏流於內蘊的血脈中跌宕，心物同神悠遊，從而詩歌成為藝術審美的心理歷程，詩則直視而構境，懸視而出內視而悟，內視成為詩歌美的表意，這是一種妙悟自然的過程，此時詩必著我顏色。直視、懸視、內視之對象是客觀存在的一切，主觀則較為清晰明朗。內視就是要達到物我合一，所謂的以物觀物，我已然融入萬象的存在之中，從而了然大象，攫取大地的美，表現於

〔註25〕〔戰國〕莊子著，〔清〕郭慶藩撰，王孝魚點校《莊子集釋・卷四下・在宥》（北京市；中華書局，1986年8月），381頁。

詩的無限神韻裡。

從視覺審美的意象造境思維下，直覺（直觀）、懸視（登眺）、內視（內思）就可以視之爲從物象到意象，可以看成三種不同的審美行爲，直視強調整體性的觀察，懸視，強調的是登高遠眺臨空俯瞰，內視則洞徹詩人的意識主體，化物我爲一。視覺審美過程中景的營造活動，是山水詩藝術審美重要的經歷，審美的方式很多，心理的運思更是複雜，還需進一步體悟洞澈視覺對內在心理活動的完形，山水詩的形式審美才有藝術價值。

二、山水詩人的空間抒情

任何藝術的形成都需要一定之時間與空間，作爲人類情感的連結者不外乎詩歌，詩人將詩歌創作出來之後，詩歌完成後在客觀的世界裡必然有它的藝術空間，並隨時間的發展而流傳，具體地讓詩歌存在於這現實的物理空間，不會因人的意志而有所改變，詩人在詩歌裡藝術的描繪，其自成一個完整獨立的藝術空間，因爲詩歌的意境都依時空的形式存在，有它既定的時間流程，也可以代表一定的時間而展開，構成詩歌內在的歷史過程，且表現在時間的向度中，這空間向度更是詩歌藝術空間最佳的代表。

古典詩歌的藝術空間，是詩人對當時空間上主觀的審美藝術之反映，詩人透過時空傳達他的藝術理念，以時空作爲詩歌意境的延續，它是詩人當下心靈感受的直接投射，最終經過時間的長河後，詩歌作品得以具體呈現在我們的眼前。此時的作品不在具現實的時空性，而成爲今人追懷的一種虛幻時空，由於主觀的心靈在時空不同的心理狀態下，留下不同時空中可供憑弔的藝術結構，除了詩人當時豐富的情感涵詠，及其生命力的內蘊顯現提供後人雅賞。

詩歌是感情抒發最根本的表現形式，它是藝術創作之所以活躍的主因，客觀來說現實的時空會因主觀情感的因素嵌入使詩具主體化，儼然詩歌裡含有一定的時空結構，詩歌裡若沒有主觀的藝術感情的顯現，藝術時空無法浸潤藝術家的審美感覺，就失去詩歌存在的意識，其流布最大原因是受情感的支配。所以詩歌中的時空結構，所含的最大特點是歌詩裡具有濃郁的主觀感情色彩。山水詩也有其同質性，山水詩人藉由詩歌的特性抒發個人的情感傳達意境，經過時間與空間的過程而流傳，但我們今天要討論的是南朝山水詩的時空性；從古至今，唯有能忘情於山水的人才能體悟生命，山水詩人就是對自身生命的關懷，與對時空中的意識有所觀照，利用詩歌的特性傳達一種對生命的「意境」，與對人生的價值的感悟與其它古詩相較，山水詩將意境的實與虛、有與無已接近畫作般的形態融入感情，進而使情景交融，如是的交織中促成意象之形成更成爲詩歌延續的體系，且賦予意象主觀的情感意識及其藝術亦隨即成形，就是山水詩的意境，山水詩變更具空間感，因此山水詩的空間意識遂逐漸生成。

（一）山水詩的空間感

空間感的形式是在事物存在之形態下形成所謂的空間，空間是事物間關係的體現，山水詩的空間是通過各種意象的交錯、層疊、呼應、延續所形成的一種可觀賞的意象次序，空間感的構造完成其主觀的意義是人的問題，因人與物之間彼此交疊下，不同的意象與意象群組成不同的心理空間層次，由於空間感的形塑直接影響山水詩意境的思維，意味著空間的形成對主體意象的影響，之後進入情感思維間的循環，所以空間感的形成是詩人的主觀情愫與客觀的景情交會的結果。

產生空間感的前提，要以每一意象間形成相對穩定的次第，給自己足夠的空間，意象間組成的方式與時序，這是空間感的首要條件。古代的山水詩，節奏、數量尤其在動詞的使用上讓山水詩更具空間性；所謂的節奏就是自然環境在此時有它的循環性、易質性，承繼性；有同質性也有異質性，因不斷的更迭轉換的意象結構或意象群，在錯綜複雜的生態環境中，映照著自然的奧妙，山水詩人經過持續的觀察體驗，創作不同的山水詩，或許在同一地點，不同的時序下，所運思的山水詩各有其不同的意境與形態，及詩人在不同時期不同的感受，創造的就是空間感的特殊性，有時還伴隨著季節性的感覺，讓山水詩更具聲色，然生命的時序也會隨時歲的變換，景情的物換星移，給詩人帶來愁思、哀思、歸思或緬懷等，在山水詩的時空表現風貌上呈現也會不同，因爲山水詩是具立體時空性的因素，這都讓山水詩的內容及意境發生變化，可以出人意表，山水詩它具多面向性的文學意義，隨時與生命時間交互呼喚，具體表現生命的次序，由生命的次序與時歲的循環，節奏上意象的整體性，促成聲色與情景的融合，交織繪製出山水詩的生命意義，表現在時間的永恆與無常的時空變化，在具象與抽象間給予人生命更多的啓發。

（二）山水詩的時間分類

由於情感與思維的觸發，在不同的時空與地點，會引發不同的情思與情緒，與不同的體驗，因此，我們就兩種時空感，對山水空間感的情感因素作個探討：如王融的〈江皋曲〉：「林斷山更續，洲盡江復開。雲峰帝鄉起，水源桐柏來。」（1392）王融在詩作裡，從詩的內涵與意境，藝術時空的形成是感情推動的結果，其詩裡有具體的詩歌意象，不同的時空結構由不同的意象組成，他建構詩的藝術空間及體裁，詩歌中的時空結構本身之所以具有無以倫比的藝術感，正是詩人善於凝聚眾多的時空位置將其巧妙組合成一個藝術整體。

一般來說，詩篇裡會出現一些分別代表時空的方位名詞，如年月日般，藉它們將詩歌明確說明時間或空間，但是「任何一個事物的空間都是特定時間中的空間，任何一個事物的時間都呈現於一定空間的關係中。」〔註 26〕兩者之間關係密切不可分割，更多的詩歌在時間的

〔註 26〕岳麗穎撰〈中國古典詩歌時空結構新探〉收錄於《涪陵師範學院學報》（重慶市；涪陵師範學院學報，2003 年 11 月第 19 卷第 6 期），頁 41。轉引李浩《唐詩美的闡釋》。

流逝中藉自然的物候、時令的變化來表示，它們依照規律將季節、氣候山水的變遷逐一呈現，最終落實在山水詩的空間描摹上。這些事物必然佔據一定的空間，又將時間特性包含於其中，花草、流水都含有時空雙重的意象，當被納入詩裡，由於詩人表達的角度不同，有時會被刻意顯示出它的功能性，成爲時間意象，有時卻在凸顯組成時空的問題。

其次在表示不同時空的意象交融時，讓詩境更爲深邃幽邈，深沈厚重整體呈現出朦朧美感，「窗」、「牖」、「樓」、「雨」、「雪」、「風」，在你的時空與未來的時空作結合，最後在感慨今非昔比的虛擬時空中，形成與自然化爲一體。在時空的落差下，如何讓它平衡具和諧的美，才是山水詩人在擬化美感時，從而突破空間距離的張力美。在詩人的筆下時間表現出的落差是無痕地，可以別開生面另闢蹊境，這種以時間的問題來表示時序滾動的方式，使整個意境雖靜猶動。

山水詩的空間感的形成方式，與中國人的天與生命的意識有密切的關係。由上可以看出，歌詩的空間藝術，是一種和諧的結構，情感彌漫在詩人內心世界，不停的迴盪下，時間與空間的山水藝術對審美藝術來說，空間意象的建構，能讓山水詩更加涵詠其美的意境，使整首山水詩和諧運作，給人無限美感的享受。

三、山水詩人時間抒情

研究山水詩的美學藝術其時間結構，實質是審美藝術裡最基本與一般的問題。一般來說，它是研究藝術形式的形態問題，也是藝術美的問題。

山水詩的美學藝術作爲研究的一個命題，具有物質和精神的雙重價值。一方面山水在物質形式中體現自己，表現於時間與空間的基本形式上，譬如繪畫，在佈局上它要有空間，誠如戲劇之於舞台的空間；另一方面，藝術審美對於現實世界的可感態度地反映，首先要面對現實的時間因素，意義上山水審美是時間關係的重新結構，是把物質時間形態轉爲虛幻的時間形式。從山水詩的藝術形式到藝術時間需要一個介質，那就是感知的過程，當山水詩的藝術審美尚未擺脫功利性質時，視爲物質的一部份，只爲了滿足人生理上的需求，當山水詩的藝術內涵脫離人的生理需求，滿足精神上的需求後，審美藝術便會調節與現實社會一樣的特殊心理平衡，這是與時俱進的審美藝術，更要在不同的時間條件下適應詩人的需求。對於詩人來說，藝術上時間調節的功能是通過感知實踐，通過具體的藝術審美時間感知，山水自然的時間形態才會轉換爲審美時序之對象，現實上時間形態的轉換爲藝術審美的時空形態，通過這一系列的轉換，山水審美藝術完全從形式向時間結構的構形下移動，從而使感知主體產生超越實現的一種心理滿足。

山水詩的藝術審美對時間結構來說是藝術的基本形式，它具有各門類藝術最一般的形態——時間和空間在審美藝術上不是作爲元素存在，而是作爲審美的關係存在，也是美學關係上的感知活動。克羅齊（Benedetto Croce）認爲：「審美的事實就是形式，而且只是形式。」〔註 27〕朗格則認爲，有感覺能力的生物對周圍世界作出反映，往往通過改變其總的條件完成。……不僅那些直接與此有關的器官要受到影響，（比如，雙眼看到物體，雙耳聽到聲音，並循聲電定位置）。〔註 28〕如此一來，形式就無法擺脫情感的兩難境地，一方面，把形式看成內在生命的表現，否定形式和客觀具象的聯繫；另一方面，又認爲表現情感的符號「抽象線條紋，不存於物，不存於心，卻能以它的勻整、流動、回環、屈折、表達萬物的體積、形態與生命；更能憑藉它的節奏、速度、剛柔、明暗、……寫出心情的

〔註 27〕〔義〕克羅齊著，朱光潛譯《美學原理》（北京市；人民文學出版社，1983 年 11 月），頁 23。

〔註 28〕〔美〕蘇珊・朗格著，劉大基、傅志強、周發群譯《情感與形式・第二十章》（北京市；中國社會科學出版社，1986 年 8 月），頁 429。

靈境而探入物體的詩魂。〔註29〕

與西方美學形式不同的是，中國的古代美學無論孔孟或老莊，都把對藝術的審美建立在虛實、陰陽等相對的範疇中，這種概念促成也限制了中國古代美學與藝術發展的方向，它排斥物象的模仿與再現，弘揚藝術的寫意與抒情。虛實相生、無盡處皆有妙境，從而造就中國留白藝術，澹泊的意境，空靈、靜遠的美學觀念。西方的美學也講「形」、「情」的再現與表現，但仍脫離不了「形」重於「情」而以抽象代替具象，西方學者了解的理論著重的都在「形」，認爲對形的感知足以傳達對情的把握。這與中國古典詩裡所講的意境不謀而合，山水詩的呈現就是詩人從形式、情感與藝術之間的表現。他們對藝術之感知的過程可以表示爲；（形式）——虛（情感）——實（形式）的過程。認爲山水詩對「形」的感知不能滿足對「無形」的中國傳統思想「道」的表現，山水詩一樣透過抽象的形式，以虛擬的構思造就形，最後體「道」，這便是莊子〈齊物論〉裡所強調的「氣」，它的表現依舊是虛——實——虛的結構，對虛的掌握成爲中國傳統藝術審美態度的追求，南朝山水詩人的美學觀念，亦無法擺脫這個框架。中國的傳統藝術雖然沒有所謂從具象走到抽象，但在表現上也講「形似」，已經爲中國傳統的美學流風決定了方向，在微妙的變化中將各種物相時間架構，細膩地從簡單的線性思維回環與激揚以忽視時間的體驗。

藝術時間結構作爲藝術感知的基本構形，在於它必須經過藝術審美的感知活動，從直覺與理解的僵化樊籬中跳脫出來，它是「形式」也是「抽象」。它成爲感覺上的綜合，它建構在律動與形狀、時間、方向之基礎上的感覺。在個體的覺知過程中，超越知覺的心理過程與藝術主體對於現實環境之關係，提出超越限制的概念來描述感知的心理程序，南朝山水詩人的感知除了想像外，情感、思維等，

〔註29〕宗白華《美學與意境‧論素描》（北京市；人民出版社，1987年4月），頁127。

是其描摹與投射山水之重要心理因素，而超越時間限制作爲藝術感知的過程，在當時來說，仍是一種特殊的主體意識概念，這概念在劉宋之前不是詩人個別之心理要素所表現的自己，卻要到齊、梁以後山水詩人的感性思維觀念出現後，才有以生命無限的山水審美爲時空發展的詩歌藝術。詩歌藝術作爲精神物質的存在，可將其分爲時間與空間形態及時空的綜合形式，反映出山水詩的藝術感知與審美行爲所依靠的主要時間知覺，與時間與空間的移動和變化，無疑可以證實藝術感知過程主要是時間與空間的覺知過程。從心理學的角度，這算是一種假設，物質世界的時間與空間構造就我們來說，就是內在心理的適應階段與內在生理基礎，現代心理學家也證實形成時間、空間知覺的聽覺與視覺，它們在不同的感受區域在大腦的皮質層上，都有不同地相應位置及不同的點，如第一節的圖五所示，今天的心理學家可以相當準確地對不同的反映與感知在皮質層上定位。

這顯示了在皮層上維持一定時間的持續刺激和空間定位，皮質層並不是因刺激而對時空結構做原樣複製，而是經由大腦的視、聽知覺來核對做機能之處理，回溯當時山水詩人的美學感知過程，其空間及心理圖示，由此可以得知南朝山水詩人在哪個時代，從謝靈運到江總都是時間與空間的流逝過程中，他們的思維也確實因爲內部心理及外部的變化，而影響他們的詩作及直覺與感知作用，更會從其情感與形式上作出不同於山水美學審美藝術上不同意境的表現。

第八章　南朝山水詩的情感與形式

蘇珊・朗格（Susanne K. Langer）的「情感與形式」是二十世紀的美學名著，全面表現了藝術符號的精義，並且分析了各種藝術類型的特色。……適當控制情感，才會有理想的表現。〔註 1〕「符號」是蘇珊・朗格在《藝術問題》一書中的關鍵概念，她對於「藝術符號」與「藝術中使用的符號」來看，其對「符號」不僅是藝術更指藝術品整體，藝術本身也是一種符號，朗格對藝術符號的界定不是單一的，雖然在其論述上有些矛盾，然而我們還是能將藝術符號理解爲一個包含兩個含義及雙重概念，他認爲每一種藝術都有它的幻象性，幻象不等同於畫布上的色彩，這些僅是構成事物的物理現象，所以幻象所具有的形式構造，實際上是一種存在，而是潛在於表面物理結構下，非物質、虛幻、時間與空間的結構，它是一種感知與想像的問題。可以那麼說，藝術符號是「幻象」或「表現性形式」，另一個能動性的「客觀形式」與「主觀形式」從每個細節來看，傳統上一個單一的符號與整體藝術融合爲一，從完形的概念來說一個完整的符號，是由各種符號形成完整的符號系統。它的意義就是經驗的主觀與客觀化或形式化中，理性覺知或直覺反應，不是暗喻、不是形象而是意象，是一種非

〔註 1〕張蕙慧撰〈從情感與形式探討蘇珊・朗格的音樂審美論〉《新竹師院學報》（新竹；新竹師範大學，2004 年第 18 期），頁 387。

理性和不用語言表達的「意象」，意象是一種直接的知覺，一種充滿情感、一種訴諸生命力的官能感受是活的東西。在符號上朗格最突出的表現是擯棄，「所指」與「能指」的二元符號所傳達的意義，相對來說，符號具有「形式內在於感性意義，又內在於形式」〔註2〕，符號也在表達自己，也就是在自己的行爲中實踐自己與凸顯自我。就如同音樂或舞蹈，在虛構的意象裡呈現自己的生命意識。朗格在符號行爲上，她認爲藝術抽象是在藝術品中具體形式中表現，抽象的目的就是達到人類情感生活的藝術本質的洞悉與理解。她認同藝術抽象符號行爲的必然條件，但她並不以爲抽象藝術就是最完美的抽象，她只把它看成整個藝術符號抽象下一偶然性的或附屬之抽象活動。而她對直覺觀非常客觀，她也對直覺下了定義：「一種基本的理性活動，由這種活動所導致的是一種邏輯的或語義上的理解。」〔註3〕從朗格的抽象與直覺的概念，可以那麼說山水詩歌創作與山水詩人從情感抒發的心理需求，對詩人情感世界進行一系列心理的情感駕馭，使之轉化爲具有激情與普遍性的審美情感功能，及審美啓示的動態過程；而詩歌欣賞則是讀者透過文學的形式，欣賞創作者的文學表現過程，對審美物從詩歌文本中獲得某種審美情感經驗。如此，意象派詩論，便在承認詩人情感價值的前提下，將山水詩的情感形式提升爲詩歌審美主體，從而把理論基礎眞正從道德轉到藝術，從庸俗的社會學轉到美學。如同朱光潛以「美感經驗的分析」爲核心，以中國視角與中國文藝觀念相比較下，將這幾種學說融合成系統化的一家之言。朱光潛在《文藝心理學》裡很自然地將美感經驗的分析作爲重點。那麼，何謂美感經驗？「就是我們在欣賞自然美或藝術美時的心理活動。……美

〔註2〕〔法〕杜夫海納（Mikel Dufrenne）著，孫非譯《美學與哲學・邏輯形式主義和美學形式主義》（北京市：中國社會科學出版社，1985年），頁130。

〔註3〕〔美〕蘇珊・朗格（Susanne K. Langer）著，李澤厚譯《情感與形式・關於藝術創作與欣賞——虛象與直覺》（北京市；中國社會科學出版社，1986年8月），頁25。

感經驗就是形象的直覺。」〔註4〕克羅齊（Benedetto Croce）在《美學綱要》中，提出「藝術即抒情的直覺」的定義。這定義不僅突出了藝術裡的情感因素，而且把情感提高到近乎於直覺的原動力的地位。〔註5〕他說：「是情感給了直覺連貫性和完整性：直覺之所以是連貫的和完整的，就因爲它表達了情感，而且直覺只能來自情感，基於情感。」〔註6〕克羅齊所說的「直覺」是心靈活動的模糊感觸與情緒結合下作爲一種具象，這具象的過程朱光潛認爲，克羅齊說得不夠清楚，情感與意象是怎樣綜合的？他借用了「移情說」來說明。

「移情」，是「把情感滲到裡面去」，最早使用這個詞的是德國美學家勞伯特・費肖爾（Robert Vischer），德國心理學家、美學家西奧多・里普斯（Theodor Lipps）對「移情作用」一詞做深入的探討，因而提到里普斯時便想到他的「移情說」，可見其「移情說」在美學上的重要性。里普斯的「移情」，較重視自我的人格。物體本身是無情的，是作者自我移入的，「物」便成爲我的人格象徵。在朱光潛看來，審美活動中的移情絕非「單向外射」的，而是「雙向交流」的過程，我的情感固然投射在外物上，外物的特徵也會影響我。「在聚精會神的觀照中，我的情趣與物的情趣往復回流。有時物的情趣隨我的情趣而走，例如自己在歡喜時，大地山河都隨著我揚眉帶笑，自己在悲傷時，風雲花鳥都隨著黯然愁苦。……物我交感，人的生命和宇宙的生命互相回環震盪，全賴移情作用。」〔註7〕朱光潛對里普斯「移情說」既合了里魯斯的「內模仿說」，又加入了中國傳統文化裡「天人感應」、「物我合一」的思維方式。朱光潛贊同這種觀

〔註4〕朱光潛著《朱光潛全集・第一卷・藝術心理學》（合肥：安徽教育出版社，1987年），頁205。

〔註5〕王維玉撰〈直覺・距離・移情——朱光潛《文藝心理學》對西方理論的中國化解讀〉收錄於《平頂山學院學報》（平頂山：平頂山學院，2012年2月第27卷第1期），頁67。

〔註6〕〔義〕克羅齊（BenedettoCroce）著，朱光潛等譯《美學原理・美學綱要》（北京：北京人民出版社，1983年），頁224。

〔註7〕朱光潛著《朱光潛全集・第一卷・藝術心理學》，頁237。

點，以爲它可以和里普斯的「移情」說共存互補，一重生理，一重心理；一爲由物及我的影響，一爲由我及物的投射。里普斯主張人在觀賞時可以用意念活動去模仿物件的外在形式，這種模仿所產生的內在感知，能使觀賞者體驗到某種快感。在兩者綜合下，移情可被理解爲物我間雙向交流。

朱光潛用中國人的審美態度來看他認爲不適當，他尋找相關理論來加以改變，他首先提出「心距說」。「心距說」是英國心理學家布洛（EdwardBullough），提出的。所謂「心理的距離」，就是欣賞者或詩人「透過客體擺脫人本身的實際需要與目的而取得」恰當的距離，「靜觀」與「移觀」者，從而進入審美態度。布洛強調的是審美活動中主體對審美對象的態度，這實際上是用來強化審美態度。對於布洛的「距離說」，如果是用來補充克羅齊的「直覺說」，其意涵尚屬薄弱。朱光潛認爲，「審美的我」應該同時是「實用的我」和「科學的我」，然不是每個人都生活在審美的環境中，只有在對事物發生自覺審美態度時，亦須保持一定的「心距」，才能成爲具體觀物審美。「距離」使「靜觀」、「移觀」得以審美，將物的關係由實用變爲欣賞。故保持「心理距離」即是審美鑒賞力，它不是與生俱來，除先天資質外，亦須於後天的培養。朱光潛將直覺問題轉換成審美鑒賞力，「審美的我」也變成具有心理活動的內容，可以觸摸的東西。朱光潛將「距離」經由「靜觀」、「移觀」加入「鑒賞」，將「心距說」的能力即是審美鑒賞力，在詩人的詩歌審美藝術下欣賞與創作中得以發揮；尤其山水詩人對「心距說」、「移情說」或「直覺說」都是觀物與審美鑒賞中不可或缺的過程，在轉化爲美學審美藝術下，朱光潛的「心距說」與「移情說」更能彰顯山水詩的情感與形式，更能凸顯審美的價值藝術。

第一節　山水詩的情感與形式

山水詩歌的情感表現方式是一個極爲複雜的問題。我們這裡所說的……「表現方式」，不是指一般所說詩歌創作的具體手法，而是指詩歌作爲一種藝術對情感的審美表現機制。現代詩歌美學對情感表現方式的研究已超過了對情感本身的討論，「形式」成了許多詩論家所關注的主要問題。之所以如此，自然有其社會的與歷史的和美學的原因，但其中一個不可忽視的重要原因在於情感，只有在被表現時，才能成爲具體可感的藝術作品。而且表現具有很大的能動性形式，它所牽涉的問題又是多方面的，相互交織的。因此，山水詩歌的藝術審美的發展不能不深入到有關情感形式的各種複雜問題裡，闡發其內在的審美機制，否則山水詩的藝術美就只能停留在一種空洞抽象的狀態之中。

從西方現代詩之濫觴和縮影的意象主義運動，對上述問題有著十分獨特的看法。儘管這個詩派被許多人嘲諷，缺乏系統的美學藝術，並且「龐雜得像一個令人吃驚的大雜燴。」它在情感表現的問題上卻始終遵循著一個基本的理論原則，那就是它們認爲詩歌情感的表現是一個將主體情感，轉化爲客觀形式的動態過程。簡言之，即在山水詩歌創作過程中，主體的情感需經歷一場動態的轉化，其詩歌的形式，決定著詩歌的情感表現功能。這樣意象派詩歌美學就在承認情感價值的前提下，將形式上升爲詩歌的本體。我們可以把上述理論原則大致歸納成「情感形式化」的命題。意象派詩歌審美觀正是以此爲核心建構起來的。本文試圖對意象派的命題從美學原理上進行剖析，並通過與浪漫派、象徵派和唯美派作比較，指出其理論的獨特性。

一、山水詩歌的情感與形式

王國維曾說：「一切之美，皆形式之美也。就美之自身言之，則一切優美皆存在於形式之對稱變化及調和。至宏壯之對象，康德雖謂之無形式，然以此種無形式之形式能喚起宏壯之情，故謂之形式之一種，無不可也。」〔註 8〕形式美作爲美的形態之一，在美學中

〔註 8〕〔清〕王國維著《王國維文集·第三冊，古雅之在美學上之位置》（北京市；中國文史出版社，1997 年），頁 32。

佔有一席之地，而形式美之所以有這樣的地位不僅是取決於「形式」，還取決於這一形式後所蘊涵的深厚的情感審美的人文內涵。

形式美是符號學裡所指的形、聲、色等，在整齊一致平衡對稱、對比調和與多樣統一裡，所呈現出來的足以引起美感的一種美的符號，有的論點認爲形式美具有獨立性與審美的形式不同，它脫離了一定的具體內容，因爲人們在欣賞形式美時，往往不去尋求或者尋求不出它所蘊涵的內容；假設人們不斷地追溯歷史，就會發現一定的情感形式審美總是與社會一定的生活有著某種曲折間接的主客觀關係；例如整齊畫一、均衡對稱等符號形式美的規律，都在與人類社會歷史生活發生長久緊密的聯繫，情感的符號才能成爲美的，而這種與人類社會發生緊密的聯繫就是形式審美的人文內涵。

形式美的人文內涵主要包含兩個方面；一方面是孕育形式美的社會共性的內涵，它包含作品產生的歷史社會背景，當時的文化特徵和經濟發展狀況等。另一方面是創作形式審美的個體特性（詩人）的內涵，它包含創作者個人的家庭背景，人生經歷，情感符號和個人的創作特色，無論是社會審美情感的人文內涵爲何？還是個人特質的人文內涵，都賦予了形式審美歷久不衰的魅力。

下面僅以中國古代詩歌爲例，從聲、光、色三個符號面向對形式審美的人文內涵略作分析。

從詩歌看情感與形式的審美之人文內涵，中國古典詩歌不僅在中國古代文學史上有著非常重要的地位，在中國美學史上也有著研究探討上的獨特價值，葉燮在《原詩》中說：「詩之至處，妙在含蓄無垠，思致微渺，其寄託在可言與不可言之間，其旨歸在可解與不可解之會；言在此而意在彼，泯端倪而離形象，絕議論而窮思維，引人於冥漠恍惚之境，所以爲至爲也。」〔註 9〕可見詩歌作爲一種獨特的文體情感形式之所以具有獨特的魅力，不僅在於詩歌短小精鍊的形式，而更在於詩歌情感中所蘊涵的人文審美內蘊，這些詩歌

〔註 9〕〔清〕葉燮著，霍松林校注《原詩・內篇下》，頁 30。

的涵詠是通過聲、光、色等，符號表現出來的。

（一）南朝山水詩人與西方浪漫詩人

在西方，「情感表現」的觀念是和古典的「摹仿自然」的觀念相對立所產生的。雖然闡述這一觀念的理論早在古代就已出現，在文藝復興、中世紀、甚至羅馬時期，許多詩人和批評家都曾對其作過表述。然而直到浪漫主義時期，它才眞正受到詩人們普遍重視而確立起理論權威。浪漫主義詩人們幾乎一致認定，詩不是對自然的摹仿，而是詩人主觀情感的形式表現。英國大詩人拜倫（George Gordon Byron）說：「詩是激情的表現。」德國詩人諾瓦里斯（Vittorio Nino Novarese）明確指出：「詩就是精神，是整個內心世界的表現。」〔註10〕法國作家繆塞（Alfred de Musset）用詩的語言表述道：「你要知道，當手在書寫的時候，是心在說話，在呻吟，在融化，是心在舒展，在流露，在呼吸。」〔註11〕而英國詩人華滋華斯（William Wordsworth）的《抒情歌謠集・序言》中關於「一切詩都是強烈感情的自然流露」〔註12〕的命題則可謂是浪漫主義情感表現說的經典表達。浪漫主義情感表現說的提出，無疑是對西方詩歌美學的形式審美理論的貢獻。它不僅把詩的審美物，從外在客觀世界移入到詩人內在主觀世界，讓主體感受客體的情緒和情感等方面，並且將主體的情感或形式作爲詩歌創作審美的基礎動力和最終歸屬，因而第一次眞正確立詩人在詩歌中的主體性，爲詩歌藝術擺脫哲學、倫理、宗教等的附庸地位。華爾華茲的說法，與南朝山水詩人所要表達的詩人主體情感形式的審美不謀而合，而將賞心的物作爲情緒及內在

〔註10〕〔美〕艾布拉姆斯（Abrams）著，酈稚牛譯《鏡與燈・浪漫主義文論及批評傳統》（北京市；北京大學學出版社，1989年），頁71。

〔註11〕引自《歐美古典作家論現實主義與浪漫主義・第二冊》（北京市；中國社會科學出版社，1981年7月），頁173。

〔註12〕〔英國〕華滋華斯（William Wordsworth）撰，曹葆華譯《抒情歌謠集・序言》摘錄，西方文學理論選讀教材，1800年版，頁43。未注錄出版社與出版年。

情感表現的一部分。然而，正如華滋華茲所表述的，浪漫主義表現的是，以主體自我情感無拘束地形式自我「流露」為特徵，他所主張的是詩人以個人的喜、怒、哀、樂去直接影響讀者。換言之，在浪漫派詩人看來，詩歌的情感表現過程無非是詩人內心某種不可抑制的情感或情緒，通過文字寫成詩歌以便把它演繹出來，而這首詩又能將情感毫無保留地傳遞給讀者，使讀者從審美意識中產生同樣的情感或情緒。很顯著地，這樣的觀念在理論上具有不明確或不完整性，因此只是一種仍處於不成熟狀態的表現理論。然而南朝的山水詩人之於西方浪漫主義詩人在情感與形式上的表現，東方的詩人雖然具備浪漫主義色彩，但其詩歌的形式，仍須受到社會倫理的限制，無法具體的表達自己的想法與意見，更沒有所謂的沙龍式的論理抒發提供情感形式的聚會所，因此，中國古典浪漫詩派，自由度是受到箝制，僅能在自我的空間中抒發胸臆，寫詩言志。

首先，西方的理論強調以情感的有無，與強弱作為衡量詩歌優劣的唯一標準，這就難以在實際上劃清詩與非詩的界限。因為，詩雖然離不開情感，但情感卻並非詩歌表現的唯一方式或途徑，但詩在情感的表達是充分與必要條件，詩可以透過簡單的情感形式，達到釋放情緒的形式。換句話說，有情感的文體並不一定就是詩，許多理論性的文章也是在情感的驅策下寫成並包含作者的審美情感。例如，哲學家費爾巴哈（Ludwig Andreas Feuerbach）就講過：「只有在問題激起我的熱情，引發我的靈感的時候，我才能夠講論和寫作。」〔註 13〕而他的許多著作的確洋溢著激揚的感情，其強烈程度卻不亞於許多好的詩篇。所以我們無法僅以情感的強弱、有無，來劃分詩與非詩。對於這個問題，美國當代美學家蘇珊・朗格作過一個形象的比喻，也頗有說服力。她說，一個孩子在嚎啕大哭時的情感表現，

〔註 13〕〔德〕費爾巴哈（Ludwig Andreas Feuerbach）著，榮震華、王太慶、劉磊譯《費爾巴哈哲學著作選・下卷》（北京市；商務印書館，1984年1月），頁 504。

比一個藝術家歌唱時的情感表現不知強烈多少倍，但又有誰願意花錢到劇院去欣賞一個孩子的嚎啕呢？〔註 14〕這說明，以情感的強弱有無來權衡一首詩的優劣，區分詩與非詩，並不具有多大的形式意義。

其次，浪漫派的表現說；忽視詩人在寫詩時作爲創作動力和對象的情感體驗，和讀者欣賞詩歌時所獲得的情感體驗之間的差別，而把詩看作僅是詩人向讀者傳遞自我情感體驗的形式，這意味著詩歌純粹是某種外在的或獨立的審美藝術之宣洩，而這種審美藝術能從詩歌本身分離開來，這就是許多浪漫派詩人和批評家（英國・馬修・阿諾德（Matthew Arnold）爲代表）每當分析一首詩歌時，不是根據作品本身的情感與形式的結構和表現性質去評論它，而是根據作者的經歷、個性、背景等，外部因素對他作出道德判斷。這又正好說明，浪漫主義表現說的理論基礎，仍未眞正從道德轉到藝術，從庸俗社會學轉到美學，仍讓審美標準服務於非審美的或審美範疇以外的標準——即人的內在心靈或情感的道德價值。山水詩的創作主體與藝術審美也有不客觀的地方，這是中外皆然地，或許中國的門閥制度下更限制文學家的創作或發表言論，以至於社會背景、經歷確實會造成主體意識受到不公平的評價得到的批判，然在詩歌的流傳上中國有優於西方的浪漫觀念，繕謄詩歌或文學作品作爲保留或詠誦的文本，在文學流傳裡奠下很好的基礎。

其三，在如何「表現」情感審美的問題上，浪漫主義所強調的是「直抒胸臆」，並將其作爲唯一基本的美學原則。這在理論上混淆了藝術表現與自然表現之間的差異。所謂直抒胸臆，也就是用直陳式語言來表達某種情感或意志，而直陳式語言的特點是抽象和概念性的符號，它們的含義固定明確、單一不變，可謂是一種「矮板」的東西。而情感本身卻是動態的、模糊的和靈動的東西。用前者去

〔註 14〕〔美〕蘇珊・朗格（Susanne Katherina Langer）著，滕守堯、朱疆源譯《藝術問題》(北京市；中國社會科學出版社，1983 年 6 月)，頁 23。

表現後者，無異於用「矮版」的東西去體現一種「靈活」的東西，用一種固定不變的、公式化的東西去體現具體靈活和富有個性的文學。因此，直敘式的表達不可能把內在情感形式化生動地表現出來，只能說是對某種情感的「自然表現」，而「自然表現」更談不上深刻和美的。正如英國美學家李斯托威爾（Listowel）所指出的：「恐懼或憤怒、痛苦或快樂以及其他任何激越的情緒，它們那種自發而又不自覺的表現，肯定地說，其本身既不能說是美的，也不能說是藝術的。」〔註 15〕不少浪漫派詩人熱衷於在詩中隨心所欲地傾洩自我情感，致使詩的感受角度和表現手段始終停留在平鋪直敘、一覽無遺的水準，正是這種直抒胸臆的美學原則使然。顯然這與蘇珊・朗格情感與形式之審美要件是悖離的。

南朝的山水詩雖然有幾分浪漫派的色彩，然在山水詩的情感與形式上，比較重視美的表現，尤其在用字遣詞上，或色彩文字的運用，都能體察其別具匠心與平鋪直敘，應該說東西方對語言的表達方式不同，西方較直接，中國受儒家禮教的薰陶下，文學上也講究形式線條的華美，如賦、奏、啓、碑文等。

由此可見，浪漫主義表現上儘管有其不可低估的美學貢獻，但作為一種不成熟的理論，它同時也潛伏著某種危險，事實上確實亦是如此。到了十九世紀後期，當第一代浪漫派詩人，在政治上的興奮情緒和反古典主義，僵固的教條藝術革新精神逐漸淡化後，這種理論的局限性就日趨明顯地暴露出來，從而導致後期浪漫派詩人在創作上和批評上，一方面把形式外放單純追求形式美，另一方面又脫離形式去追求詩的情感向道德要求傾斜。

（二）象徵主義與情感形式意象

意象派詩歌在情感表現的理論也有它的獨特性，有必要將它與

〔註 15〕〔英〕李斯托威爾（Listowel）著，蔣孔陽譯《近代美學史評述》（上海市：上海譯文出版社，1980 年），頁 130。

象徵派、唯美派，這兩個派別在十九世紀後期反浪漫主義最烈，並且與意象派多少有著淵緣的詩歌流派作簡單的比較。

西方詩歌史上，象徵主義是繼浪漫主義運動之後最大的詩歌派別。它在理論和實踐上都主張用有物質感的形式（不只是意象，而且也包括詩歌的全部形式要符合節奏、韻律、結構、文字等），通過暗示、象徵等手段來間接地表現詩人內心深處的情感體驗，而不是在詩裡直接抒發情感或闡述情感。對此象徵派大師瑪拉美（Stephane Mallarme）有過經典的表述，他反對直指事物云：「叫出一個物體的名字，那就是去掉了一首詩的四分之三的樂趣，因爲其樂趣是要漸漸地去猜；暗示一個物體，這才是理想的境界，象徵構成了對這奧秘的使用，漸漸地暗示著一個物體，以呈現一種精神狀態。」〔註16〕此爲其主要表現的手段，自然與浪漫主義在自我情感的傾洩直陳產生強烈的分歧；前者間接，後者直接；前者隱晦，後者外露。然而，象徵派詩人始終以詩歌形式在讀者心中激起所預期的情感或思想，將反應轉化爲其美學目標。他們認定詩歌情感表現的形式，是詩人的感情通過具體可感知的東西而物化爲作品；讀者通過作品進入詩人的心靈深處，感受到詩人的喜怒哀樂。一八八六年發表的象徵主義宣言稱：「象徵主義追求將思想包容在感覺形式之內，但感覺形式非其目的，……在象徵主義藝術中，所有具體的東西不過是用來表現與原初思想奧秘聯繫的感覺表象。」〔註17〕這說明象徵主義在一個基礎點上仍與浪漫派保持著一致看法，這就是把詩歌當作詩人自我情感的載體。換言之，在象徵派看來，無論是意象、結構還是韻律、節奏都不過是這些媒介或手段，其作用只在於向讀者傳達隱藏在詩人內心深處，來自於生活的某些情感或理念。正因爲這樣，象徵派詩歌在表現上不管多曲折或晦澀，都設法提醒讀者透過形式去

〔註16〕董強著《梁宗岱穿越象徵主義・第一章》（北京市：文津出版社，2005年1月），第32頁。

〔註17〕〔法〕莫雷阿斯（GuyMichaud）著《象徵主義宣言・意象派》（北京市：人民文學出版社，1989年），頁46。

發現詩人內在情緒狀態，如波德萊爾（Charles Pierre Baudelaire）以「信天翁」象徵自我清苦無靠和孤傲之感；韓波（Jean Nicolas Arthur Rimbaud）以「醉舟」來暗示自我放浪形骸的叛逆情緒；魏爾倫（Paul Verlaine）則用「雨絲」來象徵自我濃郁的哀怨。這確實證明象徵主義詩人，仍在追求一種屬於自我情感宣洩的美學目標。由於把詩歌視爲主體情緒的工具，在象徵派看來形式不僅可以與情感審美的內容相隔離，而且是外在的情緒形式內容。

西方意象派詩人嚴格區分「象徵」（symbol,symbolism）與「意象」（image,imagism）。在歐美詩壇上意象主義崛起於 1919 年的英國，而又以龐德（Ezra Pound）與美國的艾略特（Thomas Stearns Eliot）開西方的意象派先河。而其代表人物除龐德外有奧爾丁頓（Richard Aldington）、羅威爾（Amy Lowll），尤其龐德雖非詩學理論家，他二十世紀（1908～1920）在倫敦發起了意象派運動，推動英美詩歌的轉關，因爲龐德的意象詩追求的是瞬間的意象美，所以他反對浪漫主義的不重視格律，而以「量的韻律」（內在的音樂）代之。用字講求精確，整首詩篇幅小，且很少用形容詞；英國意象派詩人弗林特（Fline）雖與龐德同樣主張用韻自由，反對長詩，他認爲這是一個「歷史錯誤」，他也主張人應去掉陳腐書寫當今生活有關的東西，但他還是推崇法國象徵派的詩，他說：「所有實質的詩人都式是象徵派詩人」。所謂的「意象」多多少少是傳統習用的符號，雖然兩派發生的時間不一，但是在人類的思緒和表現手法上，兩者卻有千絲萬縷的關係。〔註 18〕自中國與日本的詩歌中汲取養分，以清晰的意象表現主觀意思，他認爲意象是「表現在一霎那間理智與感情的合體」，意象的描述可能是「任何衝動的最充分的表現或解釋」，是「輻射光束……一個漩渦」，他爲意象派做了許多的宣傳，並極力闡明有關意象派與意象派詩歌的觀點，他主要的作品是組詩〈休・賽爾溫・

〔註 18〕胡其德撰〈意象的疊印與並置：中西意象詩的一個比較研究〉收錄於《第二屆語文教育暨第八屆辭章章法學學術研討會》（臺北市；國立師範大學國文學系，102 年 10 月），頁 8。

莫伯利〉。〔註 19〕英國的奧爾丁頓出生於律師家庭，精通多種語言，他是意象派發起人之一，他在一九一三年爲意象派喉舌，任《自我心中》雜誌的文學編輯，並與他的妻子共同創作意象詩，它的主要作品《新老意象》、《慾望意象》等。而羅威爾亦是意象派重要領導人之一，他出生於美國的望族，一九一二年出版第一本詩集《彩色玻璃大廈》，一九一三年他讀到意象派詩歌時，雖年近四十他卻非常衝動，趕到倫敦參加意象派運動，後來自組後期意象派，對美國意象詩派產生極大影響；〔註 20〕意象派的主張與此有本質的區別。

如前所述，意象派詩人否認詩歌是詩人自我情感的載體，認爲情感的表現乃是一種具創作動力的審美形式，帶有功利性的生活情感，轉化爲客觀形式的動態過程，其結果是爲讀者提供審美物，讓讀者在欣賞中獲得某種情感審美體驗——一種不同於詩人的原型情感形式的新體驗，而非簡單地向讀者傳達詩人某種審美的情感體驗。因此，詩歌形式就不再是附屬品或載體，而是決定詩歌情感轉化功能是否得以實現的關鍵所在。很明顯在意象派中形式已徹底擺脫了附庸地位，而上升爲詩的本體。如果說象徵派是用不同於浪漫派的手法來完成與後者同一美學的目標，那麼，意象派則是採用象徵派的部分手法實現與後者迴異的美學目標。

意象派的表現觀與唯美主義之間的區別是顯而易見的。後者主張眞正的審美創造，美總是來自對藝術的抽象結構或形式的追求，而與人的內在情感無關。王爾德（Oscar Wilde）說：「眞正的藝術家不是從感情到形式，而是從形式到思想和激情。」、「他從形式，純粹從形式獲得他的靈感。」、「形式乃事物的開端，形式既誕生激情，也消滅痛苦。」〔註 21〕這種觀點既是對情感形式之藝術作過分的誇

〔註 19〕黄晉達、張秉眞、張恒達主編《象徵主義・意象派》（北京市；中國人民大學出版社，1989 年 10 月），頁 539。

〔註 20〕黄晉達、張秉眞、張恒達主編《象徵主義・意象派》，頁 503、537、539。

〔註 21〕伍蠡甫編《西方現代文論選・卷下》（上海市；上海譯文出版社，1987 年），頁 385。

張，也是對情感審美的抹殺。從藝術創作角度來說，情感不僅是詩人創作的動力也是詩歌表現的客體，這是無法否認的事實，而唯美派正是在這個問題上表現出荒謬性。其結果是導致反應在創作中過分追求外表的矯情扮演，而非出於表現的需要而去創造形式，從而墮入極端形式主義的泥沼。二十世紀的美學和文學批評，雖然都與形式主義有關聯，或多或少地承認情感在藝術創作和審美裡的價值意義。哲學家們熱衷在討論審美情感究竟是什麼，從貝爾（Bell）的「有意味的形式」到蘇珊・朗格的「生命節奏」，都是一樣的。而詩人們或用作品或以理論探討如何表現情感與形式，意象派無疑是當中較早也最爲獨特的一員，這也許是它被稱爲現代詩之濫觴的主要原因吧。

本文從「情感與形式」這一簡單的命題出發，對意象派的詩歌理論進行了透視和評析。對藝術形式與情感的關係而言，從古到今都有極深的誤解，一方面把形式外在化，另一方面又脫離形式去批評情感內容，而意象派「情感形式化」的命題則強調詩歌創作是詩人從情感抒發其心理需求，對個人情感進行一系列情緒宰制，使之轉移爲具有激情化的觀念，而疏忽審美情感功能與審美意識的動態過程，詩歌欣賞，是讀者從閱讀詩歌文本後產生對作品的審美意識，獲得某種審美情感與歷程。誠如上面所說，意象派詩論就在承認情感價值的前提下，將形式上升爲詩歌的主體。意象派強調表現的過程中，情感與形式的審美仍然互相依存、密不可分，更強調情感與形式的獨特功能爲其理論，與西方現代美學從內容本體向形式本體發展的趨勢是並行不悖的。對它們作正確的理解，有助於扭轉對情感與形式的審美誤解，從而把文藝批評和研究理論的立足點眞正從道德轉到藝術，從庸俗社會學轉到美學。

二、南朝詩歌的情感與形式

南朝山水詩的情感與形式之營造，我們從詩歌的意象與意境中可以獲得一些聯想，這是一個詭譎多變的年代，因此詩人的內在情感審美特別豐富，限於篇幅，我們僅能提綱挈領地舉陰鏗（約 511～約 563）與何遜（480～520）的詩歌意象表現來代表當代詩人情感形式的審美與景物的符號表現，這都可從自然景觀中去尋獲，但在詩人的內心世界，卻幻化成情感的寄寓、假托，因此在變動的時代，相對多變的人充塞著不確定感，致使情感的表達藉由詩歌情感形式來傳達審美藝術，形塑完形的心理架構，透過自然所提供的斑斕符號，添加詩歌美學上藝術性的發展。

在中國所有文藝門類中，詩歌是最源遠流長歷史悠久。唐詩、宋詞、元曲凝結了幾千年文化精髓。詩歌作爲一種藝術的形式，其具文字簡潔、意象繁複、含義深邃等特徵。任何文藝作品都具有主觀與客觀或者情與景、意與境、虛與實，這些因素，與這些觀念的聚合、收斂成爲古典的詩歌，於是藉景抒情，托物言志。詩歌創造意境溝通主客觀關係，主要藉藝術想像的方式，通過藝術意象抒發自己的思想、情感和心緒，同時也使讀者從中得到藝術的感染和美的享受。王國維在《人間詞話》中說：「文學之事，其內足以抒已，而外足以感人者，意與境二者而已。」、「文學之工不工，亦視其意境之有無與其深淺而已。」〔註 22〕文學意境的好壞與作品的意象密切相關。惟有領悟意象寓意，才能了解詩歌內容，領悟詩歌意趣，進入詩歌意境感知詩人情感。意境是指作品通過意象組合所描繪出的生動圖像，與詩人主觀審美情感融合而產生的一種藝術形式，是情景交融、虛實相生的聯動下開拓出豐富的審美想像空間與整體意象。換言之，意境是意象的情感形式，也是文學在詩歌創作中具體運用的審美藝術。

詩歌的創作十分講究含蓄凝練，詩人的抒情往往不是情感的直接流露，也不是思想的直接灌輸，而是言在此意在彼，寫景實則借景抒情，詠物則托物言志。這裡所寫之「景」、所詠之「物」，即爲客觀之「象」；以景所抒之「情」，詠物所言之「志」，即爲主觀之

〔註 22〕王國維撰《人間詞話・附錄・二二》，頁 256。

「意」，「象」與「意」的完美結合，就是「意象」。它既是現實生活的寫照，又是詩人創造的審美藝術和情感形式的表現。詩人總會創造一個或一群新奇的「意象」，含蓄地抒發自己的情感，因此在欣賞一首詩歌時要掌握意象，因爲意象是詩歌情感。只要對意象有了清晰而深刻的認識，我們才能進入詩歌意境理解其藝術價值，始能對詩歌產生全面而深入地審美，才有眞摯的情感形式。

詩人傳情達意的奧妙關鍵就在於創造意象，這是一切藝術形式都必須遵循的法則，更是詩人創作藝術的追求。詩人通過意象世界寄寓情感，讓讀者在想像中去感知與玩味。其或詠物、或寫景、或描摹人物情態，抑或鏤刻生活場景，不一而足。「不知明鏡裡，何處得秋霜」，一個「秋霜」，蘊藏著詩人無限的愁緒，讓讀者不勝唏噓；「輕輕的我走了，正如我輕輕的來。我輕輕的揮手，不帶走一片雲彩。」〔註 23〕詩人「輕輕的」勾勒了一位悄然與康橋告別的抒情形象，依戀之情溢於言表；即使如陳子昂（661～702）慷慨悲涼的〈登幽州台歌〉，也是透過時空的悠遠蒼茫，來表達抒情意境與內心的孤獨悲傷之情。苦吟詩人孟郊（751～814）有感而發地說：「天地入胸臆，籲嗟生風雷。文章得其微，物象由我裁。」〔註 24〕詩人有感於天地萬物，通過剪裁物象來表達內心的感受，解讀詩歌意象的過程，就是在詩歌語言的暗示引導下，改變自我的主觀意識，展現豐富的想像力，對詩歌意象進行捕捉、篩選、美化，重建詩人的意象世界，進而領略詩歌的意境，獲得審美的情趣。

何遜的詩中多次出現「窗」這個實體物象。「南窗」、「北窗」、「牖」等字眼頻頻出現，也可以看出何遜喜好通過窗、簾等來觀賞外面的美景，讓景物的層次感更加澄澈、景色更加動人。如「月色

〔註 23〕徐志摩著《徐志摩全集・卷四・詩歌》（天津市：天津人民出版社，2005 年 5 月），頁 352。

〔註 24〕〔唐〕孟郊著，韓泉欣校注《孟郊集校注・卷六・贈鄭夫子魴》（杭州；浙江古籍出版社，1995 年 12 月），頁 252。

臨窗樹，蟲聲當戶樞。」〔註 25〕（〈秋夕嘆白發詩〉）；「北窗涼夏首，幽居多卉木。」〔註 26〕（〈答高博士詩〉）微風習習，柔和的月色撫摸著東邊的牆壁，窗外有碧樹幽竹，澄靜的天空中懸掛著一輪明月，柔和的月色下有著琴瑟聲、水聲、蟲鳴。窗內佇立著孤獨寂寞的詩人，透過窗戶，靜靜的看著、聽著，心中悵惘無限，孤獨感就耀然於這一幅幅玲瓏清婉的畫面。

而「舟」這一個意象在陰鏗的詩文中俯拾皆是。陰皆描寫江南風景，「舟」、「帆」自然也很平常，但他將清新玲瓏的風景與作爲遊子的離愁別緒、羈旅思鄉之情相交融，形成了更爲動人的境界。「海上春雲雜，天際晚帆孤。離舟對零雨，別渚望飛鳧。」〔註 27〕（〈廣陵岸送北使詩〉）；「鼓聲隨聽絕，帆勢與雲鄰。」〔註 28〕（〈江津送劉光祿不及詩〉），「舟」這一意象在陰鏗的別離、羈旅詩中有著舉足輕重的作用。用小小的一葉扁舟，送走了友人卻勾起了自己內心無限惆悵的襟懷。同時也抒發了人生如「舟」的由衷感嘆，送別之情與人生悲嘆相互感應，增添了詩的厚重感。

當然，情景交融是詩人創造意境和意象時所共同追求的，但意境的特徵又不止於情景交融，突破和超過了具體的意象，從八方到無垠，從具體昇華到空靈；它啓發讀者產生境象和聯想，進入詩人所創造的那種無限豐富的藝術空間，去探索領悟詩人在詩中所寄寓對社會歷史乃至人生的思考和領悟。陰鏗的詩中除舟的意象外，與「荷」有關的意象也占了許多詩篇。「荷」的意象可以烘托孤傲氛圍的作用，卻帶出了明顯的自喻意味。詩人用「荷」自喻，偶而也可見悲涼之句，但詩人的傲然之氣、赫然獨立之意仍存在於詩中。如「藤長還依格，荷生不避橋。」〔註 29〕（〈奉送始興王詩〉）；「欄高荷不及，池清影自

〔註 25〕〔南朝梁〕何遜著《何遜集注・秋夕嘆白發詩》，頁 81。

〔註 26〕〔南朝梁〕何遜著《何遜集注・答高博士詩》，頁 100。

〔註 27〕〔南朝梁〕陰鏗著《陰鏗集注・廣陵岸送北使詩》，頁 212。

〔註 28〕〔南朝梁〕陰鏗著《陰鏗集注・江津送劉光祿不及詩》，頁 213。

〔註 29〕〔南朝梁〕陰鏗著《陰鏗集注・奉送始興王詩》，頁 211。

浮。」〔註30〕（〈渡岸橋詩〉）自從侯景之亂後，陰鏗的詩歌意象有了很大的改變，仕途不算坎坷，倒也還受重用。他後期詩歌一改昔日的浮誇之風，多了一份歷史的情感和賢士不得重用，未能遇上明主的不平之鳴，詩的情感在形式上，所反映的意象更加豐富、闊大。

在這一情感與形式中，何遜用「竹」來營造意境，陰鏗則多用「荷」來自喻。相傳何遜居住的地方有著大片的梅林和竹林，梅和竹，通常都是體現文人騷客的道德操守最好的譬喻，所以何遜的詩中有「竹」這一意象群的出現也就不足爲奇了。「荷」一直都是清高、潔白無汙、傲然獨立的代言，由於陰鏗所處的社會環境和政治生活的特殊，讓「荷」這一意象成爲陰鏗詩的不二之選。在詩中，何遜坎坷的仕途，生活上所產生的不平之嘆，似乎也沒有給他的詩歌帶來振翮的風力。在這類意象所建構的氛圍仍是纏綿至極，語言清麗表現出仍是失意士人遊宦的悲涼，尤其悲嘆之情感與濃烈形式之厚度仍是不容否定的。在這類意象中陰鏗選擇了「荷」並以此自況，這與陰鏗的人生經歷相關，他由得意走向失意。也正因爲如此，這些詩篇的歷史價值觀尤勝之前。這類詩在二人筆下差異甚大，陰的詩雖感沉重，但所蘊含的孤寂、悲涼之嘆，就沒有何遜來的濃郁，陰詩整體感覺是賢士不得重用的深重無奈。

綜觀中國古代詩歌發展情感與形式，無論詩歌創作還是詩歌理論，都著重表現在緣情、貴意和神韻及意境，皆與詩言志的主張密切相關。「關關雎鳩，在河之洲；窈窕淑女，君子好逑」，抒寫古人對美好愛情的追求；「路漫漫其修遠兮，吾將上下而求索」，可見靈均對理想的執著；「采菊東籬下，悠然見南山」，表現五柳先生的隱逸；「舉杯邀明月，對影成三人」訴說著詩仙之寂寞讓人垂淚。意象正是詩歌作者爲了表達一定的意念感情的需要，而選取能夠引起某種聯想的物象。清代東方樹在《昭味詹言》中評鮑照詩說：「意象才調，自然暢

〔註30〕〔南朝梁〕陰鏗著《陰鏗集注・渡岸橋詩》，頁217。

也。」評杜甫詩則說：「意象大小遠近，皆令逼眞。」〔註 31〕沈德潛在《說詩晬語》中評孟東野詩：「意象孤峻，元氣不無所斫削也。」〔註 32〕可見，意象作爲詩歌審美範疇中一個重要的要素，在古代詩人創作中表現是突出的。

「恨世間，情是何物？直教生死相許！」〔註 33〕詩歌的本質就是情緒和情感的抒發。從創作者的角度來說，是人類某種內在情緒和情感在瞬間之靈光閃動。詩歌主要從意象進入意境的形式傳達思想感情，是「情」與「景」的結晶。總而言之，我國古代的詩歌，不論抒情方式如何，不管其抒情主體是否直接出現，都能在我們面前呈現出一幅美好的畫面，創造出各具特色的意境，或形神兼備、或優美動人、或清新雋永、或蕭瑟淒清、或朦朧如煙，使讀者從中得到美感享受，體現出中國人獨與天地精神往來，蔥蘢蘊藉、充塞生機的人生觀與審美態度。因此在鑒賞詩歌時，我們要注意捕捉意象體會意境，借助形象的聯想、幻想、想像，進入到詩人所創造的情感形式中，那種無垠豐富和廣袤之藝術空間，聆聽詩人對自然、對社會、對生命最眞切的傾訴，讓詩人最豐富、最眞實、最細膩的情感，享受最具人文關懷、人文精神的情感美學藝術。

三、山水詩的情感與形式

中國自古從仁者樂山、智者樂水，江山多嬌，山水自然滌蕩著我們的情懷，慰藉著我們的心靈，激發我們審美藝術的情感形式。對山水自然的生命內蘊的斧鑿，聚斂變幻萬千的自然景觀，因之，促使中國山水詩人寫下無數繁複、絢爛、綺麗多彩的詩什。激起各階層對山水審美的特色與構思，成爲中國山水詩的美學藝術思維體系與美學上

〔註 31〕〔清〕方東樹著，汪紹楹校注《昭昧詹言・卷六・三二條》，頁 173，214。

〔註 32〕〔清〕沈德潛著，霍松林校注《詩説晬語・八〇條》，頁 207。

〔註 33〕〔元〕元遺山撰，賀新輝輯注《元好問詩詞集・摸魚兒・乙丑歲試赴并州》(北京市；中國展望出版社，1987 年 2 月)，頁 636。

的情感與形式審美。如果說山水詩是中國詩壇中一朵芬芳馥郁的花朵，那麼山水詩的審美內在思維則構成，中國古典山水詩審美情感與美學的重要基石。

中國古典美學思想是一種「和」的概念，和諧爲美學會通中西皆然。中國人的情感與形式審美思維，人與自然、人與萬象都是和諧一致的，如《樂記》「和，故百物不失」、「和，故百物皆化」〔註34〕，「和」是一種超越時空，充塞萬物，是一般性的和諧關係，所以，我們常常強調「中和之美」爲一切情感形式審美的過程，是中國崇尚美的最高典範，審美的活動只要與自然保持一種和諧的關係，在心靈上物我合一，即能體悟到自然美的生命意味。長久以來這種審美藝術，潛藏在我們內心深處的意識裡，且變成中國人傳統情感與審美心理的基礎，影響我們山水審美的思維。表現在山水詩的審美藝術結構下成爲詩人們心領神會，神思妙悟的情感投射；在美學作品中不加雕琢不著一字於美的鑑賞中，即可意會卻不需言傳。從審美的心理概念，對山水詩的審美創作構思，與心理思維裡的心態特徵，我們可從以下兩個議題進行透視與探究：

（一）中國古代山水詩的審美形式

中國古代山水詩的審美，即是寓目輒書，觸物感興，前面我們提過輒書是有其困難的，興寄成書比較可以表達作詩的過程，其心態開始是模糊的。山水詩的藝術創作中對於山水景物的整體經營與構思，傳情寫意，要求詩人的創作要與自然結合，直覺賞會後對山水蘊含之深厚雋永的審美藝術「神會於心」，妙悟逸想中「頓悟於心」，此時詩人的審美心理是複雜的亦具不確定性，且具有朦朧模糊的意境符號。這問題是多向度的，如意象符號的雜糅模糊了審美主題，意象群的結構不完整，對審美構思產生具體而微的限制因素。

〔註34〕吉聯抗譯注，陰魯法校訂《樂記譯注》（北京市；音樂出版社，1953年3月），頁11、13。

山水自然是審美的客體，然因其氣象萬千、撲朔迷離、深邃廣袤、紛繁雜陳。此時中國古代的哲學家認爲宇宙萬物的生命起源於「道」，此「道」生生不息，流轉時空運行不悖，化育萬物萬象，蔥蘢氤氳，天地山川自然蓬勃的原理，是生命的律動，是大自然的節奏。詩人必須透過感官心領神會，保持心境的虛靜空靈，從身心的審美情感進入大自然的內部，達到物我合一出神入化的境地，才能超越複雜的萬象深入自然底層瞭解物象，體悟大自然中悠遠神秘的美感，對自然審美藝術表現於情感與形式的美學構思中。

山水詩的藝術創作其主要目的是，讓詩人從山水審美過程中體驗人生哲理，以及生命的眞諦。所以要完成審美的思維，就必須盡情去領悟大自然間廣闊的內涵，才能準確的描繪自然萬物之生命歷程。中國的山水藝術建構在整體審美特徵上，也就是說景的一部分不能代表自然山水，如果以朗格來說它只是一個符號「物」，詩人在創作時要將整體的符號納入，如此才能稱得上情景交融、形神一致，以符合完形要求。山水詩的審美創作在追求最的高藝術表現，美學藝術觀念必須注意審美時的心物合一，意（心）與象（符號）、情與景相融的整體思維，使心境、形神、情景達到融合一體，才能創作出形眞神全的山水詩作。

古典的審美心理學在觀念上，認爲詩人之審美觀是整體的與完形的架構，詩人在其心理的情感與形式及審美之過程，以決定詩作的整體內容。除了景物之外人的七情六慾，都會影響詩人的心理因素及詩歌的結構，讓詩人的審美心理思維成爲山水詩中重要的詩歌畫面。葉燮說：「才、膽、識、力四者相交爲濟，苟一有所欠，不可登作者之壇。」〔註35〕詩人的審美除了心理的功能，視覺、聽覺、觸覺、嗅覺各個生理器官是湊合爲一各司其職，此乃形成詩人感知的重要關鍵因素，因此山水詩的審美藝術裡，除詩人的學養外遊心於內或遊心於外，心神同遊的完形審美之情感與形式的結合下，創

〔註35〕〔清〕葉燮著，霍松林校注《原詩・前言》，頁5。

作出山水自然的形神意境，山水詩的呈現才會情景交融，形神交會後形成傳世之詩作。葉燮進一步對詩人的心理層面之形成做了分析他說：「曰理、曰事、曰情，此三言者足以窮盡萬有之變態，凡形形色色，音聲狀貌，舉不能越乎此；此舉在物者而爲言，而無一物之或能去此也。」〔註 36〕也就是說，詩歌的創作是主體面對客體（理、事、情）的創造，作爲主體詩人必須有完善的心理結構才不會拘泥形式。〔註 37〕

中國的古典美學講究「天人合一」的審美概念，與西方的思維和存在、主體與客體、人與自然、自由與必然，理性主義體系與客觀對象間處於不同的立場，是無法彌合的中國美學思想，將心、物、天、人，放在同一個天秤上等同看待，忽略了個別的差異性，在中國人來說人與自然是息息相關，山水自然、天地萬物都與生命相互交融，人與物是可以作爲聯結。可知中國古代的傳統審美意識決定了山水在天地間的美與不美，涵蓋整個宇宙與人的心理狀態。既然作爲審美物體的山川景物它有它的基本架構與組成，人在對它們進行情感審美的歷程中，應取其大數以追求客體關係的融合就如同謝榛（1495～1576）所說的：「可解，不可解，若水月鏡花，勿泥其跡。」〔註 38〕，因此可說中國的古典審美是籠統的宇宙自然美。

再其次，中國古典山水審美的心態，它的特徵是任意隨性所興致，山水詩的創作，應該由詩人登高臨水，深入林壑山川，用一種虛靜空靈的心境逍遙遁世，心神閑逸無爲自得遊放於心因偶感而興發，如王籍的〈入若耶溪〉詩云：

> 艅艎何泛泛，空水共悠悠。陰霞生遠岫，陽景逐回流。
> 蟬噪林逾靜，鳥鳴山更幽。此地動歸念，長年悲倦遊。
> （1853）

〔註 36〕〔清〕葉燮著，霍松林校注《原詩・前言》，頁 5。
〔註 37〕童慶炳著《中古代心理學詩學與美學》（北京市：中華書局，1992 年 3 月），頁 24。
〔註 38〕〔明〕謝榛著，宛平校點《四溟詩話・卷一》（北京市：人民文學出版社，1961 年 6 月），頁 1。

若耶溪，在會稽若耶山下，景色奇佳。王籍這首詩是在無爲自得時遊若耶溪所創作，偶然之間使人感受到若耶溪的深邃清謐，同時也達到了「動中取靜」的美學效果。若依中國人的傳統美學觀念，山水詩的創作是詩人情感與形式淨化後的審美表現，通過各種審美活動，詩人可以從中獲得心靈與精神的超越及慰藉的情感與形式，即是山水詩審美意境藝術與自然生命的聯繫，審美之主體使自己在這個審美過程中建構純粹的精神意含與詩篇，心物交融的霎那間，感受到大自然生命的律動，超脫世俗的干擾捕捉自然萬象，物我契合編織詩意的瞬間化爲永恆。也只有在任性隨心的情況下讓眞的感情流露，在言表間創作純眞完美、自然純樸的山水佳作。

人的生命核心與生命意識，都在追求自由與完美的渴望，也只有在自由與超越的心境下才會顯現人的眞性情，具深層的心理思維才能呈現山水詩的審美藝術創作。山水詩的審美藝術觀，屬於心靈情感形式與完形心理的作用，任由精神意志於遊賞觀覽中獲得心靈的自由，窺視整體的自然面貌率性而爲不期然而然，觸物感興，從靈光閃動，天籟自鳴，讓完形心理包容整個大自然，達到興會標舉的最高審美境界。

莊子通天下一氣的審美觀念，與中國人之隨意的情感審美觀念，顯然相融匯聚，既然人與自然間存在著「氣」，人與自然的對應沒有主客之分，山水詩的審美詩人嚮往自然山川，自然萬物也不停的召喚主體，自然的景情使人悅目，山水是審美主體的知音密友，詩人在自然的陶冶下淨化心靈，險路舒坦與中和的意興悠遊閒適，以純粹爛漫的情思，撥動大自然的琴弦，遇景詠嘆，觸目興懷，天籟悠揚，在山水自然的風動觸發皮質層的神經，心中寧靜的氛圍下，與自然靈秀互爲表裡，觸摸到自然嗅到大自然四溢的芬芳，把握山水自然的美，讓情感交織投射成形式的美，從而構築純化的美學意境。

（二）山水詩的情感與形式審美

中國古代山水詩審美創作思維的生成，主要在詩人的情感形式的審美過程，劉勰說：「神用象通，情變所孕。物以貌求，心以理應。雕鏤聲律，萌芽比結慮司契，垂帷制勝。」〔註 39〕山水詩之審美與情感形式，是離不開美的構思的。王夫之所言：「迎頭入景，宛折盡情，興起意生，意盡言止……」〔註 40〕情感是觸發及開啓山水詩審美創作的動力。陸機提出「詩緣情而綺靡」，衍生山水詩之審美觀念，如；「觸物生情」、「觸景生情」、「情以景生」的美學形式漸次提出，都說明了情感與形式對山水詩的審美創作不是形式，而是從援景入情內在醞釀後的審美活動，不僅是表面的行動或文字創作的情感表達，沒有內蘊的架構山水詩都是表層的審美形式，失去人與物之交融與創作意義。因此，蘇珊・朗格在《藝術問題》中解釋說：「人類情感的符號與形式創造，從完形的意義上說，藝術的整體就是一個符號，一個完整自足的符號，而非一個由各種使用的符號構成的符號系統。所以意象是一種非理性的和不可用語言表達的意象，一種訴諸於直接的知覺的意象，一種充滿了情感、生命和富有個性的意象，一種訴諸於感受之活的東西，與生命的形式。」〔註 41〕

但不容忽視的是這個融合情感與形式，協調人本主義美學符號與美學的努力是肯定的，它至少可以讓我們在形式主義與理性主義的主導下，在此現象中取得一席之地，所以山水詩的創作從朗格的觀念中，審美的對象是有生命的符號物，形成人對情感的發抒，借景抒情，以物暢神，從而推動山水詩審美創作活動的生命力。山水詩的情感與形式之審美粗略地分，主要有詩的興發不外乎哀與樂，或悲傷、感慨與憂思，或放達、懷遠無容作僞，這對山水詩審美創作有其相同的樣式。「悲懷」、「曠達」之情需要發洩和表現，是促成山水詩審美活動的心理因素，誠如朗格所說，山水也是有其生命的集合體，成爲一個審美或抒懷的符號，在詩人的思維結構下創作出

〔註 39〕〔南朝梁〕劉勰著，范文瀾注《文心雕龍・卷六・神思》，頁 495。

〔註 40〕〔清〕王夫之評選，陳新校點《明詩評選・卷五》（北京市；文化藝術出版社，1997 年 3 月），頁 189。

〔註 41〕〔美〕蘇珊・朗格著，滕守堯、朱疆源譯《藝術問題》，頁 169。

情感與形式的美。激奮深沉與幽怨的情感是山水詩審美創作的動力和生命，沒有對生活有強烈地感受，沒有難以抑制的情感衝動，就不可能產生山水詩的審美作品，也不可能產生優秀的山水詩作。山水詩審美的情感與形式，需要創作的主體具有敏銳強烈地感受力，比一般人多一份感動與易受刺激的情緒，那種感受往往增強詩人的感染力激發其創作。這種情懷能增強審美主體精神的意志，正因如此，宗白華在《藝境》裡指出：「深於情者，不僅對宇宙人生體會到至深的無名的哀感，擴而充之，可以成爲耶穌、釋迦的悲天憫人。就是快樂的體驗也是肺腑，驚心動魄，淺俗薄情的人，不僅不能深哀，且不知所謂眞樂。」〔註 42〕感受到那種理想與現實之間不可調整的矛盾，事實上山水詩的審美沒有那份情感與形式的衝動，是無法成就山水詩創作上美的思維與原動力。

「曠達」是推動山水詩審美創作的另一種主要的情感，所謂曠達之情，或說超曠達之情，可以那麼說，是一種超越情感的精神，這種情感通常來自審美者高尚的人格與對大自然深切的體認，從而以樂觀的態度面對一切的問題。他是超越功利目的及感官，尋求與自然物合而爲一，以期在自然的懷抱下獲得慰藉和淡泊之情。山水詩的審美就是心靈上的一種體驗，情感與形式的山水審美，無法超脫精神價值的面相去作審美藝術活動，因此曠達者在山水詩的表現上是用躍動的心境去創作，審美者對一切的態度都是樂觀面對，以達到一切自然與自由心靈神往，將山水詩的審美意境拉到現時豁達的情感形式上。袁枚說：「詩如鼓琴，聲聲見心。心爲人籟，誠中形外。我心清妥，語無烟火。我心纏綿，讀者泫然。禪偈非佛，理障非儒。心之孔嘉，其言藹如。」〔註 43〕只有超越一切世俗的慾望與生離死別精神及物質一致，不受外界一切的羈絆，以增強其心靈自

〔註 42〕宗白華著《藝境・論《世說新語》與晉人的美》（北京市：北京大學出版，1989 年 6 月），頁 131。

〔註 43〕〔清〕袁枚著，郭紹虞輯注《續詩品注・齋心》（北京市：人民文學出版社，2005 年 10 月），頁 167。

在的地穿透力，最後心與萬物自然的律動連成一氣和諧一致。

曠達之於山水詩的審美與形式美，歷來與山水詩審美創作目的有其一致性，山水詩的情感審美最高蹈的境界就是心與自然和諧，既然人的生命來自於自然，自然與萬物同具性靈與生命，超越現實社會的壓力回歸自然，與自然萬物與生命的節奏相近，始能瞭解自然的眞諦，恬淡排除世俗干擾，少思寡欲，澄懷忘象，的情感下，才能成就完美的山水詩。可見曠達之情造成山水詩審美創作活動的重要心理因素，實質上，它是理想的審美主體與人生哲學，也是一種審美的理趣，極具豐富深厚的美學意涵。中國古典山水詩審美的歷程，離不開情感與形式的美學觀念，中國哲學思維比較重視表象的一切，對內在深層的理念之追求，對哲理的形而上之審美活動較不重視，或用較堅深的文字表情達意更加模糊情感形式美的焦點，山水詩的審美與創作亦復如此。主客觀地對山水詩美的外在情感的調節，亦需對人的內部活動機能的重視，在山水詩的情感與形式的審美活動中體現獲得身心靈的平衡，對山水詩的審美不論詩家或欣賞者，都能從符號美學及情感與形式的藝術問題上，去推動山水詩的審美或美學藝術的形塑中獲得愉悅的審美體驗。

第二節　山水詩的符號美學

蘇珊・朗格是新康德主義卡西爾（Ernst Cassirer）的弟子，她繼承卡西爾所創的符號美學，並把卡西爾的多元符號哲學推向美學的藝術符號理論裡。卡西爾認爲人是創造符號的動物，人類的一切精神現象和文化活動都跟創造符號有關，人就藉助符號來實踐經驗，在語言、神話、藝術、宗教、歷史、科學所組成的符號中生活。符號在世界上之所以變得有意義，即因爲它讓人類在任何情況與活動時都受制於這一整套符號，才具有感知的行爲與形象的功能，正如她所言:「所有這一切形式上或在其他方面能揭示出意義的一切現象都是符號，尤其當知覺作爲某些事物的再現或體現，或對意義作出揭示之時，更是這樣。」〔註 44〕符號的重要性不是因爲它本身是物質世界的一部分，而是因爲它能夠進入到有意義的世界中，並具有先於客體存在的價值功能，符號就是它本身的功能價值，與價值載體形式的結合，人類的精神在符號中得到表現。

藝術符號作爲人類精神上客觀化的一種獨特形式，與其它符號一樣，一方面它是情感質的表現，另一方面它又是精神的外觀，符號在這兩方面的意義從藝術之中可以成爲表現性，是因爲藝術家不僅在現時世界中生活，在想像或夢境中生活，且還在他所創造的一個帶有客觀化形式的新領域，或物境、或物象的山水景物中，建構完成所謂的符號，隨著景物的符號山水隨著時序節奏與季節變幻。我們在藝術的形式和媒介中，由直觀把所有的山水自然景物化爲符號，在現實生活中它既是自然的實現，並給自然和生活一種新的解釋。但這解釋只能依靠直覺而不依靠概念，用一種感覺得其形式，而不是一種抽象意識，一旦我們的眼界中喪失這種感覺形式，我們也喪失了審美經驗的基礎。因此，我們可以把藝術統攝在一個更爲巨大的概念下，所以藝術是直觀的感覺形式，去表現人的感情與現實生活。在藝術中，包含著創造性的情感，在這意義上藝術才是它的表現。藝術的表現和形式有色彩、數字、文字、音符，有具象的、有抽象的，是圖案、裝飾、飾品，是物質地，是有生命地，是靜止地，是動態地，它都是符號的基本要素，當然如果我要討論符號是什麼，有哪些是符號的範疇，這是浩瀚無涯的問題。我們本節探討的是山水詩裡的符號美學，限縮了我們研究討論的範圍，比較容易聚焦在問題的本質上，對實際的山水進行簡化與問題的結構形式上。

一、山水詩歌的符號美學

從符號學的角度探究古典詩歌的審美，我們可以從邏輯符號，

〔註 44〕間接引文馬國柱撰〈論蘇珊・朗格的藝術符號與審美直覺關係〉收錄於《內蒙古師大學報（哲學社會科學版）》（呼和浩特：內蒙古師範大學學報編輯部，1991 年第 2 期），頁 61。

情感符號與結構符號爲範圍，深層的挖掘符號的多重美學之含義，並由此方式從現代西方美學與人本主義美學不同之立場下，確立符號美學的重要性。在這之中蘇珊・朗格的藝術符號論最爲豐富包含最廣，朗格把藝術解釋爲人類創造感情的符號形式，把對藝術的本質和探討，直接與古典詩歌符號美學結合，正好是古典詩歌理性與感性地結合。

（一）古典詩歌意境符號的生成

詩歌意境指的是詩歌藝術所傳達出來的那種情景交融、韻味無窮的詩意空間，可以看出意境不是物而是屬性，它藉助詩歌內部各意象符號的整合而生成藝術。從這個意義上看，意境本身不是符號或符號系統，而是符號（詩歌）所體現出的某種審美意義。正因爲意境本身不是符號或符號群，所以很難對它進行直接的符號學分析。在分析意境的結構時，首先從分析詩歌的結構開始。換言之，通過符號促成意境詩歌內部各意象的分析，將有助於揭示詩歌意境的結構特徵。

人類的一切意象都是由符號建構而成的，我們可以視古典詩歌爲一個符號系統，系統論認爲，任何系統都包含若干相互關聯的作用，那麼詩歌作爲一個符號系統，它包含哪些相互關聯相互作用的意象或意象群呢？

任何符號都包含兩個缺一不可的層面：「能指」和「所指」。「能指」是符號中可以讓我們透過感官得到感覺的物質（意象），「所指」是該意象指代的物件或意義。在詩歌中，文字音韻構成了詩歌的「能指」，觀賞之物構成了詩歌的意象所指，而語音、字形層面所指的形象包含隱喻、象徵等，以情感爲中心的意象，就構成了詩歌的意象所指。這樣詩歌就包含兩大結構（能指和所指）和三個小項（文字音韻與形象所指和意象所指）。追溯起來，這三個小項劃分的方法與中國古代哲學中所謂的「言」、「象」、「意」的理論有某種相契。

爲方便我們將詩歌的三個小項稱爲：「言」、「象」、「意」。這裡的「言」、「象」、「意」已從哲學面向，轉變爲詩歌藝術。因爲詩歌是意境生成的主體，因此「言」、「象」、「意」形成了意境結構。

根據藝術的一般原理，意境的生成應該是「言」、「象」、「意」三者相互配合相互作用的結果。人們論意境時卻集中在「象」和「意」上，或謂「景」和「情」上，文字音韻「所指」層面（在詩歌裡主要是語音）有沒有參與詩歌意境的構成呢？假設參與了，爲何人們論意境卻都集中在「象」和「意」上呢？我們的答案是肯定的，音韻參與了詩歌意境的建構。原因是中國古典詩歌的發展與成熟和聲律有密切相關，中國古典詩歌特別是近體詩，與詞都是可以合樂與歌的，它們是「吟唱」的歌詩，中國有傳統的音樂理論，而且發展很早，所以意境會滲入中國古典詩歌中，詩歌是所有文學藝術中與音樂的關係最密切，它與其它文學形式上有顯著的差別就是音韻意境。

爲表述方便，本文中意象符號的所指被稱爲意義所指（即詩歌的意義），能指被稱爲意象能指；語言符號的所指被稱爲意象所指（因爲語言描繪的就是意象），能指就稱爲語言能指。「意象能指」與「意象所指」是同一事物在不同符號中的稱呼。從創作過程中由所指出發尋找恰當的「能指」從表現形式的角度看，意象詩中的表象關係或創作路徑見圖所示：

圖八　從所指尋找能指角度看意象詩的所指關係〔註 45〕

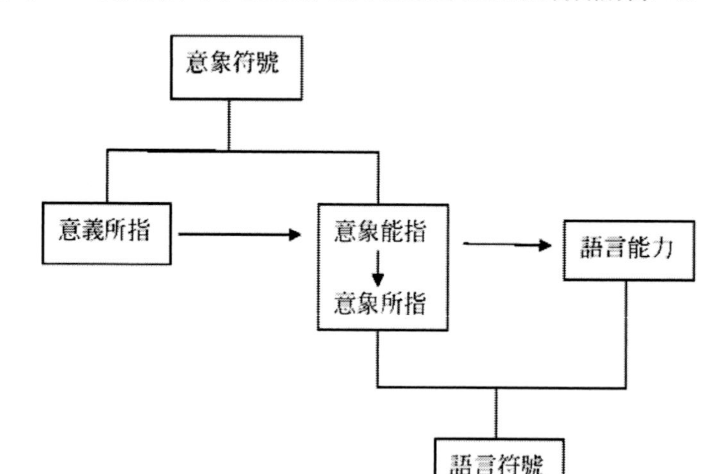

（⟶ 表示「背表達爲」，⟶ 表示「轉化爲」）

因此，語言符號是以這意象形式（即意象符號的能指）爲其所指的，正是通過意象形式的身份轉換，語言與意象兩種符號被聯結起來，使詩歌的意義逐步找到了其外在形式，以耐人尋味的詩句面貌展現在讀者面前。

意象詩的解讀是其創作的逆過程，可以看作是從能指出發解碼所指的過程。作爲符號不可分離的兩種面向，所指隱藏於能指的背後，解碼後所指就是要探尋能指背後的秘密。從能指出發探尋所指的解讀角度，意象詩中的所指關係或解讀路徑由圖所示：

〔註 45〕陳敏撰〈探尋能指背後秘密——意象詩的符號學解讀〉收錄於《重慶工學院學報》（重慶市；重慶工學院編輯部，2006 年 3 月，第 26 卷第 3 期），頁 133。圖七、八均引用此論。

圖九　從能指探尋所指角度看意象詩的所指關係

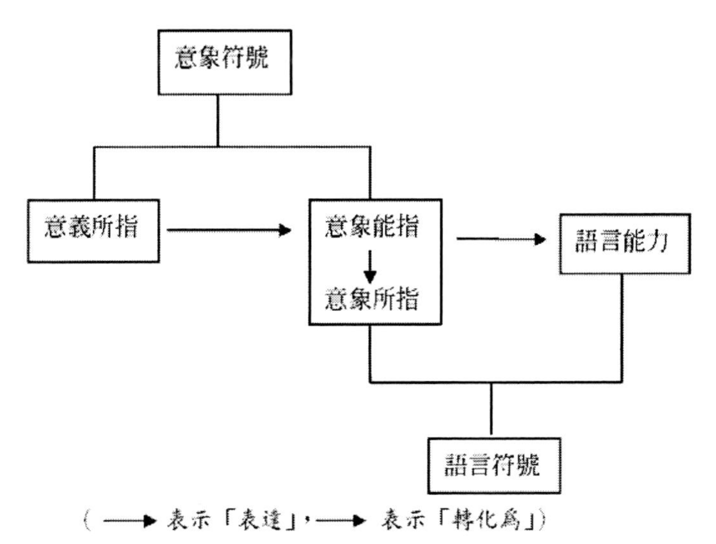

（⟶ 表示「表達」，⟶ 表示「轉化爲」）

這個過程也分爲二個步驟。首先，作爲語言能指的詩句在讀者的腦海中描繪出意象所指。然後，在第二個步驟中，意象所指被賦予新的角色——意境能指，作爲新的出發點，爲讀者推測詩歌所要傳達的資訊提供線索。

雖然歷代文論家在談論詩歌意境時，沒有將聲律作爲意境生成中能指的必然要素，卻不約而同的提出聲韻在建構意境時的重要性。王國維說：

> 猶覺拗怒之中，自饒和婉。曼聲促節，繁會相宣，清濁抑揚，轆轤交往。〔註46〕

其詞話以論意境爲主，然其中涉及詩詞聲韻的地方不少。聲韻與意境有著密不可分的關係。如果以結構主義的觀點來看，他們強調文學語言的分析，忽視文學與外部世界的關係。至於在談意境時爲何集中在「象」和「意」，這與中國的哲學問題有關。從兩個方面來說：

〔註46〕龍榆生著《詞學十講・第八講》（北京市：北京出版社，2005 年 10 月），頁 148。

第一、在中國的「神遊哲學」的浸染下，意境生成的動態結構，與意境生成的靜態結構造成了一些影響。

第二、古典詩歌的精神特質「言」不可能凌駕於「象」和「意」之上。一言以蔽之，就是和的觀念「和諧」。南朝時出現過詩文中的形式主義傾向，但詩歌的語言本身的形式美從未獲得過完全獨立。從中國詩歌史裡，單純強調語言形式美時態度上並不那麼重視。他們認為，詩歌的語言形式美是詩歌整體藝術形象傳達的工具，它應與詩歌結構中的其它因素（「象」和「意」）取得一種和諧的效果，它不應該游離於整體藝術意象之外，而破壞藝術的整體美。在這種藝術哲學觀的支持下，使動態結構對靜態結構產生衝擊與影響，更讓「言」的層面相對暗淡。

（二）古典詩歌意境符號的動態結構

從上我們分析了古典詩歌意境生成的靜態結構，指出這個結構由「言」、「象」、「意」三個層面構成，並說明意境是三者和諧作用而形成的詩意。但對於三者之間怎樣透過運作發揮具體效果還未說明。實際上意境生成的內部運作方式，最主要是意境生成的動態結構。莊子說「得意忘言」，而王弼將莊子的思想與《易經》裡「觀物取象」理論結合，提出了「得意忘象」的論點。這些理論和論題對於意境理論的形成有深刻的影響，在從哲學的角度觸及到意境生成的動態結構特徵，還包含著現象學裡的還原理論。因此，能不能在莊子、王弼等人思想的基礎上，揭示西方現象學的方法，結合現代藝術心理學和符號學理論來分析意境生成的動態結構？

古典詩歌意境的生成一方面遵循著音韻及語意有其規律和軌跡，矧其遵循「言」——「象」——「意」的方式推演；另一方面，由於意境的審美特質，卻又超越了語言的語意形成規律，意境是「言」、「象」、「意」循環變動的過程。如果我們從創作或欣賞的角度來看，意境生成的動態結構可描述為：

1、得「象」忘「言」與得「象」留「言」；詩歌的語言「能指」（「言」）是用來指代其所指對象（「象」）。所以當我們的注意力從「言」移向「象」時，詩歌的語言能指被閒置，而隱藏起來，而所指的物還原和顯現出來。此謂之得「象」忘「言」。另一方面，在詩歌中，語言能指（「言」）不完全爲所指對象（「象」）形成，它有本身相對獨立的形式。所以當我們的注意力從「言」移向「象」時，「言」它的意義就消失了，而它的形式卻還留著。所謂得「象」留「言」。留下來的「言」之形式目的，爲了融入「象」的形式之中。

2、得「意」忘「象」與得「意」留「象」。在詩歌的形象所指（「象」）是用來表現、象徵、隱喻某種蘊涵（「意」）的。所以當我們的注意力從「象」轉到「意」時，詩歌的形象所指完全隱蔽，隱暱的原因，在所指意義還原和展開時。即謂得「意」忘「象」。在另一方面，詩歌裡形象所指不完全爲所指意義服務，它有自己相對獨立的形象。所以當我們的注意力從「象」轉換到「意」的同時，「象」作爲工具載體原因消失，它的形式卻還留著。此謂得「意」留「象」。存留下來的「象」在形式上融入了「意」的形式之中。

3、得「道」忘「意」與得「道」留「意」。對中國古典詩歌而言，其意義所指（「意」）是指向宇宙本體論的（「道」）。所以當作者們的注意力從「意」移向「道」時，詩歌的意義所指被擱置，其所指的「道」還原和張顯出來。此謂得「道」忘「意」。另一方面，在古典詩歌中，「道」不是靠犧牲「意」的形式來實現「道」的，在於「意」的無窮形式之吟詠中。我們的注意力從「意」移向「道」時，「意」作爲工具載體而消退，它的形式仍然存在。即謂得「道」留「意」。從這個意義上說，「道」即意境。

意境的形成是從實入虛，從有限進入無限。通過以上對意境形成的動態結構敘述，我們可以瞭解；意境的形成其實是一個自然物不斷由其屬性轉變的過程。這一個過程可概分爲三階段：其一、由「言」到「象」再到「意」的隱暱中更替自然物是由其屬性轉變形成的過程。

相對「言」這一工具來說，「象」成了「言」的屬性，相對「象」這一自然物來說，「意」成了「象」的屬性。其二、「言」、「象」、「意」三者本身也各自不斷由自然物的屬性轉化生成。「言」便從語言形式，「象」變成形象形式，「意」變爲意義形式。其三、「言」、「象」、「意」三者的形式意味不斷積累，相互融通，指向無窮的宇宙生命空間，最終生成了意境。如秦麗輝所繪的圖示爲：

圖十　意境動態結構圖〔註47〕

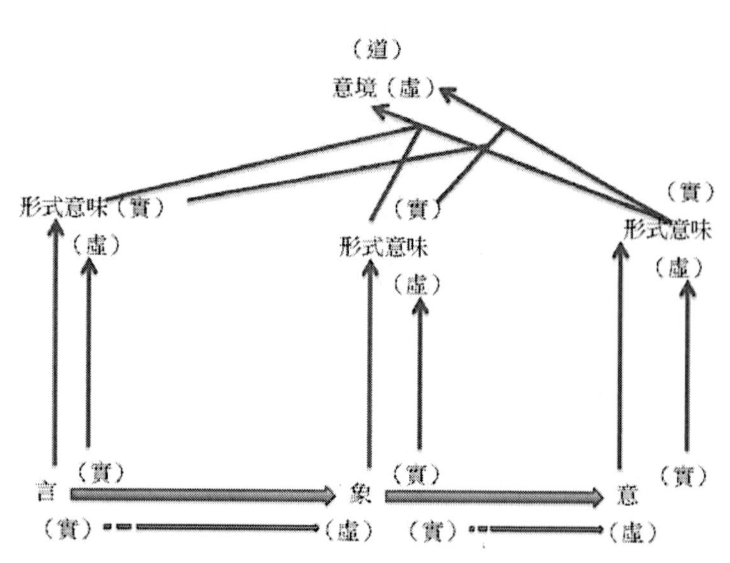

我們分析了意境生成的靜態結構和動態結構，但這分析僅涉及意境包含的一般藝術原理，還未深入意境中瞭解民族文化內涵。而我們知道，意境之所以爲意境，與故有的傳統民族文化和詩學有密不可分的關係。在意境生成的結構中，「言」、「象」、「意」及它們的關係都有某種傳統文學的規範。它們包含在諸如「象外之象」、「言

〔註47〕秦麗輝撰〈「意境」生成結構的符號學分析〉收錄於《雲南民族學院學報（哲學社會科學版）》（昆明：雲南民族大學學報編輯部，2002年7月第19卷第4期），頁111。

外之意」、「虛實相生」等命題中。

(三)「象」的特性與範疇

在詩歌中，「象」（形象所指）是間接獲得的，它是藉助詩歌聲韻（「言」）而在作者或讀者想像中喚起的意象。這種意象雖然是虛的，卻由於其形象性而給人以如臨其境如觸其形的感受。這是「象」的一般特點。在追求意境的中國古典詩歌中，「象」除了它的一般特點外，還有其特殊的意義。這可以概括爲兩方面：

1、如在目前。即把物象的形貌鮮明且活靈活現地描繪出來，做到「狀溢目前」。否則失其眞實。其次是傳神，即用某種簡潔的方式將物件的特徵勾勒出來，做到「傳神寫照」。從現代藝術心理學的觀點看，所謂「傳神」，其實是一種藝術抽象活動，即用某種簡化的形式來把握物體的特徵。這是抽象是形象的抽象，而非概念的抽象。中國古典藝術在形象的抽象方面顯得特別突出，用最少的形式傳達最豐富的意蘊，成爲中國古典藝術追求的極致。形式繁複、雕鏤滿眥的藝術品當然也有其容身之地，但從未成爲中國古典詩歌藝術的最高範疇和代表。繪畫、書法是這樣，詩歌亦復如此。

2、「象」外之象。對任何一首詩歌來說，其「象」是有限的，可以從我們的視覺、聽覺、嗅覺中，把握所能感受的與無窮盡。這是「象」內之象。但「象」內之象還不足以生成意境。要生成意境，「象」內之象必須要具備一種能引發「象」外之象的潛能。所以劉禹錫在〈董氏武陵集記〉中說：「境生於象外」。〔註48〕「象」內之象是有限的，而「象」外之象是無限的，它是從「象」內之象發展成更廣闊的藝術空間。一方面，它能引發無窮的想像，另一方面，有限的形式傳達出無窮的形式意味。有形之象加上無形之象，詩歌方有象有盡而意（形式意味）無窮的藝術效果和魅力。

〔註48〕〔唐〕劉禹錫著，瞿蛻園箋證《劉禹錫集箋證・董氏武陵集記》（上海市；上海古籍出版社，1989年12月），頁517。

所以中國古典詩歌與詩人間，對大自然地觀察與對文字聲韻的運用，在中國固有的文學理論中表露無遺，將西方的思想觀念拿來比較或參照，可以更瞭解中國古典詩詞的審美意境與範疇。西方講的是符號、是抽象中的抽象，等同我們視自然界的每一各別物所展現的動或靜的生成，就各別物而言那稱之爲意象，所有的意象物集中於一個視界裡，可供遊賞者觸興而發，此謂意境，也可以簡單地說象在外，意在內，兩相結合所交融的即是情感與形式的審美藝術。

二、南朝山水詩的符號美學

西方現代美學流派之一的符號論美學認爲，人類的整體文化就是人類符號活動，不同的文化形態就是人類經驗的不同形式。到人類的智慧可以發展符號、製造符號，用符號來溝通或識別，因此創造符號與運用符號成了人類文明的基礎特徵。藉由符號的系統，我們能夠表情達意，而且可以用符號來敘述非存在的事物。符號藝術是由人類創造出來的一種直接形式，甚至於可以將現在與過去，透過符號的記錄，把自然與生活中的瑣事體現與再現，且是喚起記憶的一種感知活動。朗格說：「藝術品作爲一個整體來說，就是情感的意象。我們可以稱之爲藝術符號。這種藝術品是單一有機結構體。」〔註 49〕

我從藝術符號與藝術中使用的符號之區別來看，「符號」顯然是一個與藝術合而爲一的的概念。朗格對藝術的指稱或界定並不是單一的，雖然她在論述細節上有一點矛盾，但我們仍然可將符號理解爲一個包含雙重意義的概念。也就是說，藝術可以是一種「幻象」或「表現形式」，一個是指藝術實體或整體藝術品。南朝山水詩的美學藝術符號從上推論，它是一種意象「幻象」，「詩」是一種由許多物象構成的物理組合。因爲它不是一件有實體的藝術品，而「詩」是集感知與

〔註 49〕〔美〕蘇珊·朗格著，滕守堯、朱疆源譯《藝術問題·藝術符號與藝術中的符號》，頁 129。

想像為整體，和所有的形式結構物，且具備幻象的形式實際存在，其是潛隱於表層物理組合下，非物質性的、虛幻的、時間的、空間的結構。是一種覺知，是一種暗喻，一種包含著公開的或隱藏的眞實意的形象，而藝術符號卻是一種終極意象，一種非理性的和不可用言語表達的意象，一種訴諸於感受的活的東西。〔註50〕詩是一種賦予感情意味的藝術表現，也是一種符號的表現。本節僅就南朝山水詩的符號美學做一些探討與析論：

（一）山水詩人與符號美學

山水詩是中國詩歌中的一個重要的組成部份，所謂「山水」泛指大自然裡的事物，所涉及自然美的問題……問題癥結在於山水詩乃至於一般自然美是不是反映社會基礎的意識形態？〔註 51〕從朱光潛所言山水詩是自然美的問題，換句話說：山水詩裡所描摹的對象是自然界裡的「物」，相對於詩人他的形式結構是「符號」，如是可證，自然界的所有物種在形式上而言，或非結構性來說，每一有生命的物種或無生命的藝術品，都可稱為符號。綜言之，山水詩便是有機體（詩人）利用無機體（文字）透過描寫形塑出可感知的文字符號群，經過視知覺投射於皮質層所反射於內在心理活動，內在心理活動除了詩人就是賞閱者。如何決定何謂山水美的形式符號，當然朗格並沒有說明，哪些有機體，或有生命者對符號美學，所賞、所觀的物給予任何的評價，全在於詩人本身，藉著心理的活動（能指），體會感知山水裡的每一（所指）景物符號，對他視知覺邏輯上的符號分析，但這並不客觀，因為視為有機體的人，他有所謂的感知、情緒，七情六慾，內在的心理活動會對眼前的符號世界，有不同於他人的覺知；況且每個人對外在刺激視覺感受不同，對外在

〔註50〕〔美〕蘇珊・朗格著，滕守堯、朱疆源譯《藝術問題・藝術符號與藝術中的符號》，頁 134。

〔註51〕伍蠡甫編《山水與美學・朱光潛・山水詩與自然美》（台北市；丹青圖書有限公司，1987 年 1 月），頁 134。

符號的組織布局同樣在覺知上有所不同。詩歌經過漫長的發展，到東晉出現一種新的現象，即人們對自然景物的描繪出現熱潮，通過對自然符號觀察，描繪的符號所指表現對哲理的追求，寫景是爲了說理。這便是南朝山水詩審美形式符號出現的時刻。山水詩的藝術誕生，在《詩經》中便將山水符號當作比興，這都是後來山水審美藝術產生的基礎。眞正山水詩情感的釋放一直到魏晉時，在玄學自然觀的引導下才開始，人要通過精神的超脫「道」，對自然萬物整體上，去體會悟道的能指下，南朝山水詩就在這樣的背景下形成。山水詩主要藉所指以行自然之道，其能指是自然山水整體美，所指的局部美被忽視，到劉宋玄風雖盛，佛教亦漸漸影響人心，山水已不在是體道的象徵物，這樣所指的客觀屬性被發現，景的局部美也被發現，山水詩成爲自成一格的詩學。剛開始的山水審美意識並未完全成熟，所以在欣賞上，主要在逐物上，表現在寫景藝術上採漸進式，南朝因門閥世族關係，上品無寒門的情況下，謝靈運的山水詩與鮑照的山水詩，在內在審美藝術符號的感知情況就不同。以下就南朝山水詩人對符號美學的結構表現與形式略作分析：

1、山水詩的鼻祖謝靈運

他帶動南朝山水詩跳脫玄理的桎梏，此時的玄言理趣都已經是詩人內心矛盾苦悶的心情寫照，詩裡的理語多數變爲情語，成爲賞心的藝術符號，將山水符號視爲哲學符號的障礙作了突破性的發展，但不可置喙的，雖帶者玄言理趣的結尾，仍不失其對山水詩的開創之功。謝靈運的詩歌接近一百多首，三十七處用到「情」這個意象符號，他的詩，始終貫穿著詩人仕隱的矛盾，宿志難申、頹齡易喪的苦悶，且身體都是病痛，加上他倔傲的士族子弟，因此糾結的心理顯得格外深沉。

正是這樣的心境下他的山水詩貫穿了他的情思，在宦隱的生命之中，這就是讓山水詩不再作爲他宣洩情志的主體，而是他用生命換來的體驗，如〈過始寧墅〉詩云：

束髮懷耿介，逐物遂推遷。違志似如昨，二紀及茲年。
緇磷謝清曠，疲薾慚貞堅。拙疾相倚薄，還得靜者便。
剖竹守滄海，枉帆過舊山。山行窮登頓，水涉盡洄沿。
巖峭嶺稠疊，洲縈渚連綿。白雲抱幽石，綠篠媚清漣。
葺宇臨回江，築觀基曾巔。揮手告鄉曲，三載期旋歸。
且爲樹枌檟，無令孤願言。〔註52〕

這是他出守永嘉繞道回鄉時所寫，因被排擠心情鬱悶，他突然發現故鄉的山水如此的美，矧想做三年秩滿歸隱的決定。整首詩如果去掉動詞語、連接詞、形容詞外，詩裡的山水符號意象環繞，卻透露了詩人的心緒思維，利用抽象的文字符號，描摹具象的山水，將山水的美運用文字的結構形式，完整表達詩人的符號意境，抒發他想回歸自然的欣喜之情，所以透過符號的美學方式將詩的美表現出來，尤其是如「白雲抱幽石，綠筱媚清漣」成爲山水詩的佳句。詩人善用山水的文字符號之聯結抒發憤懣，也注入了詩人之「愁緒」情感而未見愁字的符號美學藝術。再看〈登江中孤嶼〉詩云：

江南倦歷覽，江北曠周旋。懷新道轉迥，尋異景不延。
亂流趨正絕，孤嶼媚中川。雲日相輝映，空水共澄鮮。
表靈物莫賞，蘊眞誰爲傳。想像崑山姿，緬邈區中緣。
始信安期術，得盡養生年。〔註53〕

這首詩是詩人到永嘉任官後，擱置政務遊心覽勝，將永嘉一帶的山水遊遍，卻在無意間發現永嘉附近居然有處人間仙境，謝客此時卻陶醉在那迷人神仙之境，山水符號裡不著一個喜字，喜的符號卻流露在詩人形象藝術符號之美中。

雖然山水的景、情、物都是詩人經營的內在心理符號，符號用的顯露一覽無遺，文字藝術上細緻的使用美學意象符號，使情景交融，山水美學的藝術自然浮現。康樂他是官宦的後代世襲爵位，決意放肆

〔註52〕〔南朝宋〕謝靈運著，顧紹柏校注《謝靈運集校注·過始寧墅》，頁41。
〔註53〕〔南朝宋〕謝靈運著，顧紹柏校注《謝靈運集校注·登江中孤嶼》，頁83。

不理政務，孤意賞玩移步換景，尋盡所有仕隱的地方，其詩始終不見思想懷舊的心情，我們也可以在他所使用的符號中看出端倪。

2、相對於謝靈運，鮑照的命運就沒那麼幸運了，他不是士族門閥之後，所謂寒門無上品，庶民的品第封爵無望，讓鮑照內心充滿著委曲與無奈，經常過著貧病交迫的生活，最後在臨海王劉子頊（420～479）帳下擔任參軍，因臨海王任所在廬山附近，因此，有機會經常出訪廬山，然命運多舛卻在宮廷的惡鬥中遭亂軍所殺。我們看鮑參軍在文字符號上的使用，較爲平實接近眞實意的文學藝術，所以他在觀察自然界的符號意象，推牖望景，一幕幕，一個符號群接著一個，精細觀察，所指的意象符號；如〈過銅山掘黃精〉詩云：

玉肪閟中經，水芝韜內籍；寶餌緩童年，命藥駐衰厲。
矧蓄終古情，重掩煙霧跡；羊角棲斷雲，榼口流隘石。
銅溪晝森沉，乳竇夜涓滴；既類風門磴，復像天井壁。
蹀蹀寒葉離，瀧瀧秋水積；松色隨野深，月露依草白。
空守江海思，豈貴梁鄭客；仁愛古無怨，順道今何惜。

〔註 54〕

鮑照的詩不僅在內容上可以反映社會現實，抒發個人在能指上眞實感情，不同於門閥詩人的操弄玄虛，或沉溺於山水間，就是在形式上也與謝靈運、顏延之的雕彩鏤金，堆砌文字不同。他用民歌的風格寫詩，豐富了他的山水審美符號的運用，凸顯他文學上美學藝術的造詣。所以鮑照山水詩的創作，在窮力寫物上比謝靈運有過之，劉勰對這種傾向在〈明詩篇〉裡有精闢地闡述：

宋初文詠，體有因革；莊、老告退，而山水方滋。儷採百字之偶，爭價一句之奇；情必極貌以寫物，辭必窮力而追新。此近世之所，競也。〔註 55〕

〈物色篇〉裡說：

〔註 54〕〔南朝宋〕鮑照著，錢仲聯增補集說校《鮑參軍集注・卷六》（上海市；上海古籍出版社，1980 年 11 月），頁 379。

〔註 55〕〔南朝梁〕劉勰著，范文瀾注《文心雕龍・卷二・明詩篇》，頁 67。

> 自近代以來，文貴形似，窺情風景之上，鑽貌草木之中。吟詠所發，志惟深遠；體物爲妙，功在密附。故巧言切狀，如印之印泥，不加雕削，而曲寫毫芥；故能瞻言而見貌，印字而知時也。〔註56〕

在山水詩裡「曲寫毫芥」的摹寫所指的符號，在謝靈運等人的寫景上表現得最爲凸顯。

3、山水詩隨著時代的發展，到南朝蕭齊永明時期，沈約提出了聲律問題。於是乎文學的能指在創作上需根據聲律寫詩；儼然逐漸成爲創作詩歌的習慣，即八句式的詩體結構。跟過去相比，詩句的內容被限縮了，對山水詩的創作無法像以前逐步追新，在寫景上只能在所指的符號上加工，挑選具代表性的意象符號，來摹寫山水詩的畫面，凸顯視覺美學的審美藝術。謝朓就是這方面的翹楚，在謀篇上取得突破的地位，如〈晚登三山還望京邑〉詩云：

> 灞涘望長安，河陽視京縣。白日麗飛甍，參差皆可見。
> 餘霞散成綺，澄江靜如練。喧鳥覆春洲，雜英滿芳甸。
> 去矣方滯淫，懷哉罷歡宴。佳期悵何許，淚下如流霰。
> 有情知望鄉，誰能鬒不變？〔註57〕

此詩的警句抓住了建康（今南京）最容易見到參差不齊的飛甍下筆，使人看到一幅屋簷飛翹，勾心鬥角的繁榮景象，用極精簡的所指意象符號更勝繁複摛文。下面對登山所見之景作了描繪。「餘霞」二句寫遠景、動景、仰瞰：兩句寫近景、靜景、俯瞰。這四句分別寫了視覺、嗅覺、聽覺的美學符號等。四句中，限縮了豐富的畫面，只有五個景物，天上，彩霞滿天；地下，江水如帶。近處，江邊沙洲上，停佇了小鳥，長滿了野花。彩霞、澄江、喧鳥、野花、沙洲所指符號，成爲春江日暮的美麗圖景。這與謝靈運山水詩有顯著的差異性。或許有人這麼認爲，謝眺山水詩已達到情景交融，這並不正確的。不可否認，

〔註56〕〔南朝梁〕劉勰著，范文瀾注《文心雕龍・卷十・物色篇》，頁694。
〔註57〕〔南朝齊〕謝朓著，曹融南校注《謝宣城集校注・卷三・晚登三山還望京邑》，頁278。

謝脁詩裡已將所指符號在描寫時已滲透個人情感，但從整體上看，能指與所指的符號美學藝術還是分離的，如上所舉，全詩十四句，前八句寫所指，後六句屬能指，在區隔上還是非常明顯。

（二）山水詩的發展與承繼

山水詩的發展，題材日益廣泛。由於晉亡以後南北對峙，社會長期動蕩，人民流離失所，許多家庭妻離子散。因此這一年代「遊子羈旅」一直是詩歌創作的題材。晉宋時已是這類題材，梁、陳時更是普遍。羈旅題材特別適合把山水詩的傳統將現實與抒情結合在一起。山水詩的發展獲得發揮的機遇。何遜因有著特別的身世，將山水詩的發展向前更推進了一步。何遜出身不是名門，一生仕宦很不得意，常在羈旅之中度過。其詩歌主要題材多與羈旅與送別有關。再加上多愁善感的個性，故作品所表現都跳脫不了青山、一抹晚霞、幾絲清風、清月竹影、夕陽殘照，常常將人帶入淡淡的惆悵裡。他的詩，總營造黃昏時的暮色來表現客愁，因此景物描寫與抒情相互協調，做到景語皆情語。如〈慈姥磯〉：

> 暮煙起遙岸，斜日照安流。一同心夕賞，暫解去鄉憂。
> 野岸平沙合，連山遠霧浮。客悲不自已，江上望舟歸。
> 〔註 58〕

詩裡景物描寫即為黃昏落日圖，此時正是牛羊歸圈的時候（日之夕矣，羊牛下來），而人卻在他鄉流浪，有家不能歸。「暫解去鄉憂」，「江上望舟歸」倍生離別與歸思的愁緒與傍晚的景物融為一體，具有了鮮明的意境。山水詩寫景藝術從此又更具體的向前跨出一大步。

山水詩從大小謝到何遜、陰鏗，已經有所發展，但景物描寫幾乎都停留在客觀自然景物上面。寫的都是實景，實際的景物描寫最大缺點是受到客觀環境的限制，這無論在寫景或抒情上都是受到很大的限制。打破這種局面的是南北朝時期最有成就的作家庾信（513

〔註 58〕〔南朝梁〕何遜著，劉暢、劉國珺注《何遜集校注・慈姥磯》，頁 108。

～581）。

庾信自幼隨父出入宮中，十五歲就做了太子蕭統（501～531）的僚屬，十九歲已是太子蕭綱（503～551）的東宮抄撰學士，是宮體詩代表作家之一。庾信早年生活在建業（今南京），據《宋書・樂志》及郭茂倩《樂府詩集》載，建業就是南朝民歌「吳歌西曲」的發源地。自漢以來，民歌的藝術表現有一個共同點，即想像力豐富。如〈孔雀東南飛〉篇末的松柏、梧桐，交枝接葉，鴛鴦相向，日夕和鳴，以及晉末流傳的梁祝化蝶故事等，都是想像力非常豐富的作品。南朝民歌在詩歌藝術表現上，在於開始使用修辭上的雙關語。常見的有，「蓮」與「憐」，以「絲」與「思」，這些雙關語突出了民歌的豐富想像力。庾信在詩中創造性的把想像與寫景融為一體，使畫面更富有無盡的美感。以〈山齋〉為例：「石影橫臨水，山水半繞峰。遙想山中店，懸知春酒濃。」〔註 59〕詩後兩句，明顯是想像山中的景象。山中店到底是什麼樣子，讀者可根據自己的能指去幻想。通過想像一下將空間變大，突破了客觀所指的限制平添了許多情趣。

綜上所述，中國山水詩寫的所指符號藝術，經過了時間的發展，先後經過四個舞臺，從開始單純描繪所指的藝術符號成為能指，到有選擇地描寫畫面，再到情景交融，最後發展成賦予所指符號以無窮的想像審美藝術。山水詩寫景藝術最終走向成熟。現在山水詩的美學藝術也只能在這框架中呈現並沒有超越。

在我國古代藝術符號結構理論中，「象」、「意象」、「物象」這三個範疇有其特定的層次意蘊，各具有不同功能，在西方的藝術符號中以「形式」、「符號」、「本文」、「語言」方式表示，「所指」在中國的文學藝術上尤其是山水詩的景物，象、意象、意象群，中國的「象」的藝術符號傳達由「語言」、「線條」、「色彩」等具象的媒介生成，

〔註 59〕〔北朝周〕庾信撰，倪璠祝，許逸民校點《庾子山集注・山齋》（北京市：中華書局，1980 年 10 年），頁 284。侯景之亂後梁元帝偏安江陵，承聖二年（554）後奉命出使西魏時四十二歲；西魏南侵庾信滯留長安，江陵既陷，仕西魏，後仕北周。

是藝術符號的基本條件，他是詩人直觀下，第一個導入視知覺訊息的藝術審美知覺的眞實性，就是透過「象」的形式表露出來；即是西方藝術符號裡的「所指」，而「意」、「意境」的生成在於山水詩人的內在心理活動，是透過視覺傳達到皮質後，在大腦裡去「觀照」、「審視」，經過運思後化爲文字藝術符號再進一步統一爲「能指」，這之間的構成是一個多向度的、複雜的結構形成的過程。卡西爾認爲人——符號——文化是三位一體的，我國藝術評論尤其山水詩特別強調，覺知效果的重要性。藝術形象的鮮明、逼眞、傳神、或入耳目，如在目前，實際上就是要求山水詩內在深層的涵詠，與外在生動可感的形象一致。把直覺的創作體驗和直接的鑑賞感知合一，這對藝術表達中視覺性所強調的，植基於中國天人合一的觀念。

綜合言之，中西方的符號藝術美，或藝術審美的美學概念，基本上是有其相同的特點，唯在表意上及分類上具複雜度，及理論範疇上仍存在部分的差異，如果以堅決的太度強硬磨合，觀念上未必合適，山水詩的藝術符號之研究與探討，就有很多需要在做細部分析與比較的，文本上僅就南朝山水詩人的藝術符號美學爲論題希望藉研究作一開端，以熔煉成同一美學藝術理論。

第九章　南朝山水詩的美學藝術及其影響

我們用了很多的篇幅來談南朝山水詩的美學藝術研究，在章節的構思上難免掛一漏萬，利用此章對所論述的內容中疏漏的理論體系再做一番檢視與梳理，讓論述的內容更能夠聯貫。前面的章節筆者是以回溯的方式從《詩》、《楚》、《賦》的時代，與山水關係的聯結與詩歌發展之承繼，而魏晉山水文學經過「亂」與「變」的過程中，山水詩的內涵也隨著時空的轉動，有其冗雜的脈絡，在檢索論文時魏晉玄言、遊仙詩及南朝重要的文學家，在山水詩的作品裡仍有其貢獻及影響，利用此章作補充說明掛漏，以彌補論述的不足。

第一節　南朝山水詩的自然靈感

影響南朝山水詩的內涵與轉變，玄言詩、遊仙詩占很重要的份量，從他們遁世遺俗，在當時的中國古代，以公眾道德爲己任的人都會反對求仙或崇拜存在於人類世界邊緣的仙界。當涉及統治者的時候，對求仙訪道的興趣就形成問題。如果這樣的情形擴展到士代夫階層，那麼這時期就會被認爲是一個墮落的年代，但這卻是我國文學史與思想史的一部份。〔註 1〕因受限於前面各章節的論述觀

〔註 1〕〔美〕宇文所安著《中國早期古典詩歌的生成・遊仙》（北京市；生

點，未論及其對當時山水田園詩有貢獻的詩人在此做進一步闡說，如陶淵明的田園詩、沈約的山水詩等，對後世仍有影響或啓發的詩人，再作補充討論。

一、陶淵明田園詩的自然靈動

在南朝時期社會動盪不安，然文學思潮發展非常熱烈，初期玄學、清談之思想佔據士大夫階級的流風，同時也對文學創作發生影響；直到陶淵明的出現，給玄風的文壇注入不同的氛圍，他將山水田園生活裡的一切生活寫實融入了詩歌，爲中國文學添了一種新的詩歌題材，他歸隱廬山的幾十年間，寫了許多千古流傳的田園詩，陶淵明詩歌的風格具多樣性，在平淡中見其自然與眞誠是其詩的主要特徵，除平淡自然外，矧是淳厚豪放，以下論從陶詩平淡自然、淳樸、放達三個方面分析陶詩的藝術風格：

（一）平淡自然

這是陶潛詩的主要風格，此處古今幾乎都有同樣的看法。從元好問〈論詩絕句〉說：「一語天然萬古新，豪華落盡見眞淳。南窗白日羲皇上，未害淵明是晉人。」〔註2〕〔宋〕嚴羽（約1192～1245）《滄浪詩話》云：「淵明之詩質而自然。」〔註3〕都指出其平淡自然的特點。

1、從內容上看；陶詩所寫的都是詩人的親身經歷眞情實感，一切都如實說來，因此顯得率眞而又自然。如〔宋〕陳師道（1053～1101）《後山詩話》云：「淵明不爲詩，寫其胸中之妙耳。」〔註4〕

活・讀書・新知三聯書店，2012年6月），頁161。

〔註2〕〔金〕元好問撰，施國祈注，麥朝樞校《元遺山詩集箋注》（北京市；人民文學出版社，1989年12月），頁525。

〔註3〕〔宋〕嚴羽著，郭紹虞校釋《滄浪詩話校釋・詩評》（北京市；人民文學出版社，2005年12月），頁151。

〔註4〕〔宋〕陳師道著，〔清〕何文煥輯《歷代詩話・後山詩話》（北京市；中華書局，2001年11月），頁304。

陶淵明所描寫的又多爲田園風光、農村生活閒居生活。而田園風光本來就是自然的，農村生活本來就是樸素的，詩人照實寫來，因此筆下處處呈露出一種天然的、本色的、樸素的氣象，這就形成了一種平淡自然的風格。描寫田園風光的，如〈歸園田居・其一〉詩云：

少無適俗韻，性本愛丘山。誤落塵網中，一去十三年。
羈鳥戀舊林，池魚思故淵。開荒南野際，守拙歸園田。
方宅十餘畝，草屋八九間。榆柳蔭後檐，桃李羅堂前。
曖曖遠人村，依依墟里煙。狗吠深巷中，雞鳴桑樹顛。
户庭無塵雜，虛室有餘閒。久在樊籠裡，復得返自然。

〔註5〕

詩人勾勒出農村生活純樸風上的實景，以靜觀的態度描寫眼前的一切山水田園充滿盎然生機，充滿恬靜裡的和諧。描寫田園生活經驗的，如〈歸園田居・其三〉詩云：

種豆南山下，草盛豆苗稀！晨興理荒穢，帶月荷鋤歸。
道狹草木長，夕露沾我衣。衣沾不足惜，但使願無違。(42)

陶淵明敘寫平實的田園生活，描述農作從早到晚的生活景相，在田園生活裡體悟理趣與怡然自得的趣味。將閒居的生活，如〈飲酒・其五〉詩云：「結廬在人境，而無車馬喧。問君何能爾，心遠地自偏。採菊東籬下，悠然見南山。」（89）多麼悠然自適的閒澹生活，從這兒我們發現詩人的心靈超已經越脫離俗塵的羈累昇華到另一種意境中，「采菊東籬下，悠然見南山。」如王國維所說的「無我之境」的代表；〈和郭主簿・其一〉「息交遊閑業，臥起弄書琴……舂秫作美酒，酒熟吾自斟。弱子戲於側，學語未成音。」（60）彈琴讀書，獨飲美酒，妻兒圍繞，這一切都是如此的陶然，且充滿著生命的泉源！

2、從表現方式來看；陶淵明的詩歌，不論是寫景、敘事、抒情或議論，都不以渲染烘托爲筆調，是以極其簡潔、單純，與閒澹自然樸實的風格。在他的詩裡，很少出現奇異的形象，誇張的敘寫，華麗

〔註5〕〔東晉〕陶淵明著，逯欽立校注《陶淵明集・歸園田居・其一》（臺北市；里仁書局，1985年4月），頁40。爾後援引此書僅注頁碼。

的摛藻，一切歸於澹泊之中。從澹泊中蘊含生命的眞諦，似隨意拈來意閒如實不見斧鑿之痕。如〈歸田園居・其一〉，全詩恬淡淳美，一片白描。茅屋、樹木、桃李、墟煙、雞狗等意象，詩人是寥寥幾筆帶過，卻渲染出絢麗的田園景緻，表現詩人心如止水般隱逸心態，整首詩使人感受不到一點造作的樣子，毫無人工斧鑿之跡，仔細品讀，好像同詩人一樣已經領悟山水田園的眞正風格，找到自己眞正精神的皈依。從〈讀山海經・其一〉詩云：

> 孟夏草木長，繞屋樹扶疏。眾鳥欣有托，吾亦愛吾廬。
> 既耕亦已種，時還讀我書，窮巷隔深轍，頗回故人車。
> 歡言酌春酒，摘我園中蔬。微雨從東來，好風與之俱。
> 泛覽周王傳，流觀山海圖。俯仰終宇宙，不樂復何如？
> （133）

從這裡看見詩人生活於迤邐的環境中；夏初季節田園草木茂盛，房子周邊林木扶疏枝繁葉茂。陶潛在此耕讀、會友、飲酒，不受任何干擾，不受外物迷戀，過著那種詩人所追求之無憂無慮的、悠然自況的隱逸生活。這詩完全是簡潔的白描方式，語言不著雕飾，平淡自然瀏亮，其情、其意、與眞我合一凸顯在整首詩裡，讀起來好像與作者一起生活在一片翁鬱清麗的、鄉土的田居生活裡。

3、從詩歌語言上看；陶淵明詩在文學語言上顯得樸素自然，是極普通的田園語彙，不加修飾，很少使用濃重的色調、誇張的語詞、拗口的詞彙、生僻的典故，極盡文學語言純淨之美感。如「方宅十餘畝，草屋八九間」、「種豆南山下，草盛豆苗稀」、「今日天氣佳，清吹與鳴彈」（49）（〈諸人共游周家墓柏下〉）等，都是渾然天成，沒有雕琢斧鑿之痕。然而陶詩的文學語彙不是撚筆即來全無思醞的，是經過高度藝術美學思維下的產物。雖然可以感知刻意而爲，卻是令人渾然不察，從自然處見精妙，於精工中見其眞淳。他在詩歌文學創作中洗盡繁華，用樸素自然的語彙創造出情緻深邃與沖淡之美的藝術意境，他的恬淡自然之語詞是「豪華落盡」後的「眞淳」。如〈癸卯歲十二月中作與從弟敬遠〉詩云：「傾耳無希聲，在目皓已潔」（78），雖然僅僅十個字，就寫出了飄雪無聲及輕柔意象。如〈時運〉詩云：「有風自南，翼彼新苗」（13），只一個「翼」字便寫出了新苗在微風中扇動、搖曳的可愛形態。至於〈飲酒・其五〉詩：「采菊東籬下，悠然見南山。山氣日夕佳，飛鳥相與還。」，似口語般，山花人鳥，偶然相對，一片生機，自然天成。所以，陶詩意寓醇美的語詞，雕鏤不露是高度美學藝術審美的文藝筆觸，是詩人語言功力熔煉純熟而化於極致之境閾。

4、從意境結構而言：陶淵明的田園詩歌抒臆的是眞情，描摹的是眞景，而情與景又都是自然淳樸，因此在陶潛的田園詩裡，很難找到特殊的意象和意境，幾乎多是平實的、閒澹的、自然的、淳樸的。從微觀中把抒情和寫景緊密結合，達到了情景交融的層次與境界。像「采菊東籬下，悠然見南山。山氣日夕佳，飛鳥相與還。」這是一幅以作者面對的南山，映襯眼前薄暮的美景，是在詩人視覺的感知中而呈現眼前的。這種描摹景物的詩句，景語在每首詩中都和詩人所抒發的感情聯繫微妙互動下融合在一起，足堪表現詩人胸懷意趣的內在思維。所以平凡的景物裡就具有不平凡的詩之意境。陶詩中多數的作品皆在自然的情狀「境與意會」下的作品。

（二）淳厚的詩風

陶淵明詩看似平淡，實際上內涵眞淳、意境悠遠。陶詩的淳厚，〔宋〕胡仔苕溪漁隱叢話（1110～1170）引，蘇軾曾於〈與蘇轍書〉裡闡述說：「淵明作詩不多，然其詩質而實綺，癯而實腴。」〔註 6〕陶詩雖然平淡，但並不是淡乎寡味，卻是詩意盎然，讀來讓人尋味。從思想上來說，陶潛詩在澹泊中充塞著情感與理趣。陶詩在其恬淡下，蘊含著一分熾熱的感知、濃郁的田園生活與淳樸的自然美。這是

〔註 6〕〔宋〕胡仔著《苕溪漁隱叢話・卷四》（北京市；人民文學出版社，1962 年 6 月），頁 21。

他田園詩裡最爲突出的部分。陶淵明擺脫官場的枷鎖回到田園，生活自在愜意，心靈與精神得到撫慰也找到歸宿和寄寓，因此陶詩筆下所呈現的田園景色都是他生活及興趣的一部分，如〈癸卯歲始春懷古田舍・其二〉詩云：「平疇交遠風，良苗亦懷新」（77）又如〈讀山海經・其一〉詩云：「眾鳥欣有托，吾亦愛吾廬！」（133），表現物與我相契合的意境，極爲平淡而又非常饒富趣味。〈歸田園居・其五〉詩云：

> 悵恨獨策還，崎嶇歷榛曲。山澗清且淺，遇以濯吾足。
> 漉我新熟酒，隻雞招近局。日入室中闇，荊薪代明燭。
> 歡來苦夕短，已復至天旭。(43)

也不過是非常一般的山澗、一隻雞、一把照明的荊薪，都是平常的事與物，然經過詩人筆觸語彙下生發了生活上的意趣，顯示他對左鄰右舍的親和，及對田家淳樸風俗的熱情。詩人的確淡而有味，是從淳樸之後轉成爲恬淡，是山水美學藝術的極高境界。然其理趣方面，陶淵明他將人生藝術化，從詩的表面上看他是寫實的，實際上他是表達陶潛對人生的矛盾、生活態度、生命理想和品格節操，表達陶元亮對生活眞諦與宇宙自然奧秘間的思考和體悟。因此其詩常蘊籍著深邃而樸實的哲學理趣，是陶誄在生活中所領悟到的，涵蓋著其生活的全部逸趣。如：

> 人生歸有道，衣食固其端。(84)（〈庚戌歲九月中于西田獲早稻〉）
> 落地爲兄弟，何必骨肉親。(115)（〈雜詩・其一〉）
> 及時當勉勵，歲月不待人。(115)（〈雜詩・其一〉）
> 人生似幻化，終當歸空無。(42)（〈歸田園居・其四〉）
> 連林人不覺，獨樹眾乃奇。(91)（〈飲酒・其八〉）

這些詩言淺意賅很有啓發的作用。從藝術方面來說，其詩大多用白描的方式表達詩歌美學的意涵彷彿撚筆成詩，其實陶詩還是非常講求藝術美地底蘊的，在不露斧鑿痕跡下得到自然眞誠，這也是陶淵明詩在恬淡中有意味的重要原因。陶詩中不無摛藻排偶，無不細微生動，且將其技巧融會於平淡及自然的風格裡。所以，陶詩的淳眞及其藝術意境亦鑲嵌於詩歌審美藝術之關係中。

（三）生活放達

在陶詩中爲什麼會出現恬淡與放達兩種截然不同的內容和風格？這與其所處的年代與現實環境及自我的生命價値所形成有關。陶淵明雖辭官歸隱，但他在田園生活中並沒有眞的恬淡超脫渾然靜穆。他的心仍繫於政治，心境並沒有眞實的平靜。他雖隱卻又不忘世事，胸臆之中始終燃燒著一團憤懣不平之火。留意世事又即時有所感興。假設說在詩人歸隱田園之初，確能如釋重負，高唱「久在樊籠裡，復得返自然」，心情愉悅，以爲從此就可以遠離世事，過著「采菊東籬下，悠然見南山」的山水田園的生活。跟隨著現實生活而走進田園，然農村凋敝，天災人禍下，困頓的農村生活，讓陶淵明思想感情發生了變化，面對現實社會，一個曾經以濟蒼生爲職志的詩人，如何能無動於衷呢？

詩人藉詠史或借神話傳說故事裡失敗的人物，委婉地抒發自己不屈的志向，如〈詠荊軻〉詩云:「其人雖已沒，千載有餘情。」(131)詩裡提到精衛填海，刑天不屈，正是詩人嫉惡如仇的精神表現；更是他不爲五斗米折腰，不向汙穢的現實環境低頭的高尚節操都於詩中抒臆。他的〈飲酒・其二十〉藉酒發揮，表現了對門閥士族的輕蔑態度。〈雜詩・其十二〉裡回憶他少年時「猛志逸四海」的抱負，傾訴了中年「有志不獲騁」的苦悶。而〈讀山海經・其十〉藉「刑天舞干戚」的故事，抒發老年「猛志固常在」的情懷。匡世濟時的熱情呈現於詩篇中，形成了「怒目金剛式」的作品，似乎讓人在觸覺上觸及到詩人崇高和痛苦的內心。這「怒目金剛」的面向是詩人性格和創作裡的一個方向。然豪放的詩風畢竟不是陶潛詩歌風格的內涵與趨勢這類作品數量相對較少。

綜合上面所說，陶淵明用微觀與靜觀的方式，將山水田園生活的題材帶進了詩歌裡，對南朝而言，陶詩開拓了另一個全新的表現領域，創造平淡自然而又淳樸有趣的田園詩歌。他的詩在平淡中隱藏著人生的眞實面，充滿了情感與理趣；在澹泊外，抒發憤懣，寄寓心志。

二、南朝詩歌的自然靈感

劉宋之際，山水詩逐漸從玄言、玄理中脫離出來，從說理轉爲從山水去體悟玄理，既「以玄對山水」，進而是純粹的山水審美，矧「山水即天理」。這個轉變因素很多，學界對此歸咎出三個因素；(一)偏安的局勢，(二)山明水秀的江南風光，(三)玄學的影響。不可否認偏安的局面與山明水秀的山水，對自然美景的發掘具有相當重要的意義，但僅這兩端似乎不足以讓晉宋時期山水的被發現。劉勰在〈時序篇〉說:「世極迍邅」來說明一切，而所謂的迍邅，既艱難不平；從山水而言，較之於中原，江左的自然風貌當然清新明媚很容易讓士人注意到，也更適於玄學蕭散澹泊清遠的調性。玄學求超越於感性事物之上的形式，對空靈與虛靜的審美意識而言，玄學「貴無」的老莊哲學，並不能讓詩人懷著感性的心理面對自然美，以玄學直接進入山水自然的是郭象。

葉維廉說:「我們應該問；山水景物的物理存在，無需詩人注入情感和意義，便可以表達它們自己嗎？山水景物能否以其原始的本樣，不牽涉概念世界而直接地占有我們？這是研究山水詩最中心的問題。」〔註 7〕山水詩相較於中國美學史有其重要的意義，山水自然的發現與涉入對自然物本身是感性事物本身之顯現，此「理」似乎並非形而上的「道」，而是自然景物的「理」，這說明萬物皆平等，雖然事物各有不同，但其個體的獨立性是不變的，這是郭象哲學所強調的。

孫綽是江左的名士，在東晉文學上有其影響力，他爲蘭亭所寫的〈蘭亭後序〉表現出同樣的旨趣。

〔註 7〕 葉維廉著《中國詩學・遊仙》(北京市；生活・讀書・新知三聯書店，2006 年 73 月)，頁 86。

> 暮春之始，禊於南澗之濱。高嶺千尋，長湖萬頃。乃藉芳草，鑒清流，覽卉物，觀魚鳥，具類錮溶，資生咸暢。於是和以醇醪，齊以達觀，快然兀矣，復覺鵬鷃之二物哉！〔註8〕

這些都是自然事物皆能自在自足，詩人因此「快然兀矣」，他感受到萬物都是獨立、平等，此時的孫綽是以欣賞自然物的美的心理爲根源，直接感物以物超越物的本身，不再用道德角度去欣賞萬物的價值。自然的無不是出於道，美是來至於感受物性本身自然的美。

南朝詩人對自然景物的發掘，在玄學觀念之注入後有顯著的進步，劉宋時期山水詩裡夾雜玄言的寫景詩中，此時玄言佔有一定的地位仍屬玄言詩的範疇，到了謝靈運以山水景物爲描寫對象爲其詩的重點，山水開始主導詩的結構，玄理成了陪襯的角色，齊梁時期雖出現純粹的山水詩，山水詩的內容以追求形似主，而此時期的詩人皆將山水表現於詠物與宮體詩中。

這種對形似的追求與郭象哲學觀有密切的關係，郭象對於個體事物非常重視，尤其對於物的「形」與「性」他更強調統一：

> 夫以形相對，則太山大於秋毫也。若個據其性分，物冥齊集，則形大未爲有餘，邢小不爲不足！〔註9〕

此處的「形」並非由外在的事物所主宰，而是自己創造自己。「性」與「形」是一致的，甚至可說「形」即「性」；這意味「形」不再只是外在的形式也是內容的統一，而「形」是獨立完整的。「形」不是被捨棄的對象而是事物的根本，落實到審美上就是無需通過「形」來表達哪種形而上的道。如果說玄言詩受到老莊的影響，那麼宮體詩與詠物詩就是受郭象的影響，詠物詩是以自然景物爲表現的對象，宮體詩也是把女子物化的一種客觀事物，也就是說，模山範水

〔註8〕〔清〕嚴可均輯《全上古三代秦漢三國六朝文・全晉文》（北京市：商務印書館，2006年2月），頁638。

〔註9〕〔晉〕郭象注，〔唐〕成玄英疏，曹礎基，黃蘭發點校《南華眞經注疏・齊物論第二》，頁43。

的作風，從山川、器物而及於女子的容貌體態，仍循其不變的軌跡轉化。詠物詩雖然在齊、梁之後大行其道，然有些王侯仍愛好山水、縱情娛樂，更利用建築園林山水肆意玩賞。如齊・文惠太子（458～493）蕭長懋、梁・南平襄王（？～552）蕭恪、昭明太子（501～531）蕭統，陳後主叔寶（553～604），都建設苑林或擴建前朝的亭台樓閣或山水奇石極盡奢靡。這些君侯不似漢武帝造苑囿以炫耀國威，南朝的這些君侯卻是拿來遊樂，或召攬文士一起同遊賦詩。雖然當時宮體詩與詠物詩已成爲主流，然山水詩仍是重要的詩歌文學，甚至於對山水詩的吟詠有增無減。如梁・陶弘景（452～536）在〈答謝中書書〉裡便可以明白當時對山水的鍾情之狀況，尤其特別強調山水美的部分，其云：

> 山川之美，古來共談。高峰入雲，清流見底。兩岸石壁，五色交輝。青林翠竹，四時俱備。曉霧將歇，猿鳥亂鳴；夕日欲頹，沉鱗競躍。實是欲界之仙都。自康樂以來，未復有能與其奇者。〔註10〕

遂知當時山水詩與詠物詩或宮體詩都是宮中君臣遊宴酬答唱和詩，而山水詩卻也成爲詩人遊賞逞才的餘興節目，他們的普遍特徵就是巧言切狀，刻畫山水形式聲色之美。

（一）謝惠連的詩歌風格

謝靈運是他的族叔，他卻與謝康樂同卒於四三三年，當時謝惠連（394～430）僅二十七歲，除他們之外謝莊（421～466）亦歿於同年，對謝氏家族產生相當大的打擊。謝惠連尚未在文學上發展他的才學卻殞落人間；而他所留下的詩作不多，最被傳頌的只有〈擣衣〉與〈秋懷〉兩首，是其偶意爲之的作品；先看〈擣衣〉詩云：

> 衡紀無淹度。晷運倏如催。白露滋園菊。秋風落庭槐。肅肅莎雞羽。烈烈寒螿啼。夕陰結空幕。宵月皓中閨。美人

〔註10〕〔清〕嚴可均輯《全上古三代秦漢三國魏晉南北朝文・全梁文》，頁491。

戒裳服。端飾高砧響發。楹長杵聲哀。微芳起兩袖。輕汗染雙題。紈素既已成。君子行未歸。裁用笥中刀。縫爲萬里衣。盈篋自餘手。幽緘俟君開。腰帶准疇昔。不知今是非。〔註11〕

秋天的夜晚天氣轉涼促織哀鳴歸雁悲唱。要給遠方的征夫寄送寒衣，在如水的月光下整飾衣服將要出門，此起彼落的砧板如泣如訴的傳出陣陣搗衣聲，那時心理無限的寄寓與掛念，衣服的尺度仍依家裡的服飾量得，不知現在遠遊的你是否合身；這首詩有古漢樂府詩的詩韻在，詩中抒發兒女之情，情致幽思纏綿；而另一首是〈秋懷〉詩：

平生無志意。少小嬰憂患。如何乘苦心。矧複值秋晏。
皎皎天月明。奕奕河宿爛。蕭瑟含風蟬。寥唳度雲雁。
寒商動清閨。孤燈曖幽幔。耿介繁慮積。輾轉長宵半。
夷險難豫謀。倚伏昧前算。雖好要如達。不同長卿慢。
頗悅鄭生偃。無取白衣宦。未知古人心。且從性所翫。
賓至可命觴。朋來當染翰。高臺驟登踐。清淺時陵亂。
頹魄不再圓。傾羲無兩旦。金石終銷毀。丹青暫雕煥。
各勉玄發歡。無貽白首歎。因歌遂成賦。聊用布親串。
〔註12〕

這是一首秋瑟肅殺氣氛濃厚的晚秋畫面，抒臆無筆沉痛的情懷，這是惠連的憂傷感懷之作，人生禍福逆料，那不如縱酒放誕，也因爲他的悲觀情懷，經常遭他的父親謝方明（380～426）責難，而他的內心又何嘗不無奈呢？

謝惠連的性情比較優柔寡斷，且不想出世走入仕途，所以他的父親對其愛之深責之切，一方面他的身體不好，所以觀念上較爲悲觀，更影響他的詩風。

〔註11〕逯欽立《先秦漢魏晉南北朝詩・宋詩・謝惠連・搗衣》，頁1194。
〔註12〕逯欽立《先秦漢魏晉南北朝詩・宋詩・謝惠連・秋懷》，頁1194。

（二）宮廷貴族的山水詩風

承繼劉宋朝後之齊梁，山水詩也具「極貌寫物」的傳統，即以形似之言將描寫的個體對項摹擬得維妙維肖，乃至「如印之印泥」，令人折服、激賞。所謂「酷不入情」，不僅指寫作的態度是純粹客觀，……呈現的只是山水之美和遊賞之樂，因此可以說是與宮廷遊宴同調。〔註13〕經過劉宋在山水詩的發展，在唯美思維的貴族宴遊行爲的影響下，也有新的詩歌文學藝術。我們先來看梁武帝蕭衍（464～549）的〈首夏泛天池〉詩云：

> 薄遊朱明節，泛漾天淵池。舟楫互容與，藻蘋相推移。
> 碧沚紅菡萏，白沙青漣漪。新波拔舊石，殘花落故枝。
> 葉軟風易出，草密路難披。(1528)

全詩都是景語和對句，首聯即將遊歷的地點與時間寫出來，其餘的詩句將華麗的辭藻做精細的範寫，除了蕭衍對山水觀察入微的審美藝術外，詩裡沒有因景生情的部分，更無哲學的思維，都是專注於刻寫景物的美，整首詩就像一幅美麗的畫卻缺了內在的情思。又如梁簡文帝蕭綱（503～551）的〈玩漢水〉詩云：

> 雜色崑崙水，泓澄龍首渠。豈若茲川麗，清流疾且徐。
> 離離細磧淨，藹藹樹陰疏。石衣隨溜卷，水芝扶浪舒。
> 連翩瀉去楫，鏡澈倒遙墟。聊持點纓上，於是察川魚。
> (1932)

詩裡以漢水的景色爲題材，全詩結構較有層次感，前兩聯寫漢水的清麗，河水流動有快有慢，應可說將漢水的景做完整的介紹，中間三聯介紹漢水上的景色，結尾將所看見的景觀在詩中完整呈現。而「玩」是詩人遊賞的態度，在心態上較爲輕鬆，沒有帶著濃重的情感與深厚的理趣在詩裡，而詩的末句似乎有莊子的思想濠樑上觀魚的哲思，但並不是有意的模寫，所以給人沒有玄思，卻有玩賞遊憩與閒趣的情致雜於其中。

〔註13〕王國瓔著《中國山水詩研究‧第三章山水與宮廷遊宴同調》（臺北市；聯經出版社，1996年7月），頁222。

從上面的幾首詩我們可以看見南朝山水詩的自然靈動，詩人的社經地位、門閥士族、帝王之家或遊宴或賞遊，他們的山水詩都具高度審美藝術觀，都能從觀察自然的靈動中將山水景物的動靜，透過唯美的文字用客觀的文學現象無主觀的情意來表達詩的內涵，這是南朝後期山水詩在美學藝術審美態度的具體呈現。

三、沈約山水詩特色

沈約（441～513）經歷三朝，是文學家、史學家，與蕭衍、王融、謝朓等人提倡聲律論與永明詩體，在當時與後世都具有廣泛而深刻的影響，被譽爲一代文學領袖。這樣一位文學領袖，作品應該可以代表當代文風，但當我們檢視其山水詩時卻發現並非如此，他的詩風特徵卻與當時的文學風氣相左。

沈約現存的詩中，描寫山水景物的詩，篇目並不多，都是侍宴或侍遊之作，而這些詩作中並非全然摹山範水，卻是有關宴遊時所見的場景，眞正的山水詩作大部份集中在外放東陽時期。此時期的山水詩的作品較有一致性的特徵，首先表現在對景物生動細緻的摹寫。如〈泛永康江詩〉云：

長枝萌紫葉，清源泛綠苔。山光浮水至，春色犯寒來。
臨睨信永矣。望美曖悠哉。寄言幽閨妾。羅袖勿空裁。
〔註 14〕

生動細膩的摹寫樹葉初發、青苔暗萌，而春寒尤在的氣候特徵，與汎舟江上時山光倒影進入水中的觀賞形式。沈約並沒有將山水景物視爲情感寄託的媒介，因此他的山水詩能夠具有個人特色的詩風，其詩作可以展現豐富的色彩；如〈早發定山詩〉云：

夙齡愛遠壑，晚蒞見奇山。標峯彩虹外，置嶺白雲間。
傾壁忽斜豎，絕頂復孤圓。歸海流漫漫，出浦水濺濺。
野棠開未落，山櫻發欲然。忘歸屬蘭杜，懷祿寄芳荃。

〔註 14〕〔南朝梁〕沈約著，陳慶元校箋《沈約集校箋・卷十・詩》（杭州；浙江古籍出版社，1995 年 12 月），頁 395。

眷言採三秀，徘徊望九仙。〔註 15〕

一個「然」說明了萬物的變化順應自然，給人燦爛色彩的想像。又〈登玄暢樓〉詩云：「雲生嶺乍黑，日下溪半陰」〔註 16〕，由落日餘暉下自然界的光線、明暗變化迅速的形象做爲觀察描摹。很明顯地看見沈約在陸行或舟旅的詩歌表現，與同時期的謝朓的紀遊詩不同，卻與謝靈運的山水詩有其紀遊的意味。

山水詩集中創作在東陽一帶的沈約，情與景的表現，有些部分是相互矛盾的，而以山水景物來描寫情志時，其詩句卻是判若兩人。沈約在外放東陽期間對山水詩與此前後是有所差別的；從表面看他的生活背景對其詩風所產生的影響甚巨，他的心境與當時士族放棄政治優勢轉爲單純的時代心理，不能說沒有關係，王融被殺，政治鬥爭下的教訓，文人不想再做犧牲品，沈約面對現實環境儘管心裡無奈也只能自請外放一途。文士將其野心或抱負深藏，轉爲對世俗山水享樂的情致，尋找安適、寧靜、朝隱的生活方式，在山水風光裡吟詠山水詩作來流露他們的情緒，當然也是處於當時社會下心理的變化；山水詩歌的創作，沈約代表著漸變的心理與社會及文風轉變的徵候。

詩歌的演進不是一蹴既成，從中國詩歌史有其演變的理路，漢賦後的玄言詩與遊仙詩，都是促成山水詩出現的一個過程，當然之中有歷史與政治因素及社會變遷，或帝王的喜愛下侍宴、酬答、送別、歸思或閨思，以至於山水詩離群避世的禪詩，都有興會與交會的時候，而詩歌的內涵不墜，最主要是詩歌的美學藝術與審美的價值被接受否則這些詩歌稍縱即逝，因此，筆者對南朝山水詩的美學藝術研究，窺之，南朝山水詩對中國詩歌的進步及演變，正好位居轉變的樞紐上，要對中國詩歌的瞭解，南朝詩歌是一個關鍵期，通曉此階段的詩歌美學，對前期的《詩》、《騷》、《賦》以至於《唐詩》、《宋詞》、《元曲》

〔註 15〕〔南朝梁〕沈約著，陳慶元校箋《沈約集校箋・卷十・早發定山詩》，頁 354。

〔註 16〕〔南朝梁〕沈約著，陳慶元校箋《沈約集校箋・卷十・登玄暢樓詩》，頁 348。

的藝術美學賞析奠下基礎。

第二節　南朝山水詩的美學象徵

南朝山水詩在美學象徵，當人參與自然界的那一瞬間起，人漸漸地成爲自然界的主體，與自然有著特殊的矛盾存在又對立。人透過他的思維程序有目的地、慢慢地掌握自然界的一切，無論從理論還是從實際面來上說，人都是利用自然創造物件與生產及生存。人類爲了更好地生存和發展，總是不斷地征服自然向自然無限度的索取，不斷否定自然界的自然狀態並改變它；自然界卻竭盡全力阻擋人的運作，力求恢復自然狀態，不斷創機回歸大自然原貌中所蘊含的固有生命、律動與美。同時，人與自然的關係又是那麼和諧的。

一、人與自然審美的基礎

人是自然的產物，人始終都是自然的一部分，自然爲人提供生存與永續發展的來源。人與自然的對立和諧還在於人與自然的相互作用。自從人類有生命以來，自然界的發展與運作從質變到量變，自然發生了根本的變化已不再是一個純粹自然的狀態，而是一個受到人的自覺的作用和影響的過程。自然爲自然美提供了客觀的物質基礎，目前人與自然界的問題，已不是審美或藝術的問題，是自然美產生的基本運動機制。

學術界關於自然美一直爭論不休，各有不同的定義，許多美學家從各自的角度發表了許多不同的見解，可歸納以下四點：一是認爲自然美即是自然的本然狀態，「自然爲美」，人的生命與精神之來源來自自然；二是認爲自然景物有各別性與排他性的生命權力，人類不可任意侵犯或過度使用，典型的自然物即是美的；三是主張自然美來自於大自然自發的美人類應自發實踐，將「自然人化」；四是認爲自然事物本身無所謂美，自然的美只是人類主觀意識外加上去的，自然美的根源在於客觀自然物契合於人的主觀情趣。

自然審美是指自然界所呈現出來的形態和神韻，以及人們對這些自然屬性的美的評價。如日月星辰深邃神秘、山川湖海的巍峩浩渺、花鳥魚蟲的靈動鮮活、小橋流水的清新幽雅，這是自然的眞實面貌，更是人類對自然物主觀意識的審美表達。

中國古代認爲自然與人的思想情感是可以相通的，認爲天人之間異質同構，可以互相感應，可以和諧共處。孔子提出「樂山」、「樂水」說：「知者樂水，仁者樂山；知者動，仁者靜；知者樂，仁者壽。」〔註 17〕（《論語・雍也》）。啓發人們樂山樂水親近自然的先聲，在理論上提供了原由。宋代理學家張載更提出了「天人合一」的理學命題，他說：「儒者因明致誠，因誠致明，故天人合一」〔註 18〕（《正蒙・乾稱下》）。他在著作〈西銘〉中提出：「故天地之塞，吾其體；天地之帥，吾其性。民，吾同胞；物，吾與也。」〔註 19〕從客觀的角度闡述了人與天地自然親密無間的關係。

在藝術活動和審美過程中，山水的擬人與人的自然化，兩者的和諧互動達到了超越現實的更高的層次。從藝術的、審美的角度面對自然和現實，是一種超現實、超功利的狀態和意識。它讓人得到心靈解脫，在自然美的境界中留連往返，眞正可以體現到物與我交融、物我兩忘的美妙的情境。

劉勰在《文心雕龍・神思篇》中提到主體在觀賞山川風景時的審美情景時寫到：「登山則情滿於山，觀海則意溢於海，我才之多少，將與風雲而並驅矣」、「神用象通，情變所孕。物以貌求，心以理應。刻鏤聲律，萌芽比興。」〔註 20〕劉勰強調「比興」的特質，就在揭示感知的形象特性和藝術特性，追求感性形象裡表達理性意蘊。在許多

〔註 17〕〔魏〕何晏注，〔宋〕邢昺疏《論語注疏・雍也》（北京市：北京大學出版社，2000 年 12 月），頁 87。

〔註 18〕〔宋〕張載著，清王夫之注《張子正蒙・卷九・乾稱下》（上海市：上海古籍出版社，2000 年 12 月），頁 239。

〔註 19〕〔宋〕張載著，清王夫之注《張子正蒙・卷九・乾稱上》，頁 231。

〔註 20〕〔南朝梁〕劉勰著，范文瀾註《文心雕龍註・卷六・神思篇》，頁 493。

意境清新優美的山水田園詩中，詩人們以無我之相釋純我之懷，傳達出物我渾然、天人合一的自然審美情趣。詩中營造出來的就是這種高度情致化的美學審美的藝術境界。

如何構建這種人與自然渾然一體、純真無邪、相互融合的藝術境界？劉勰在《文心雕龍‧物色篇》中是這麼解釋的：「山沓水匝，樹雜雲合。目既往還，心亦吐納。春日遲遲，秋風颯颯。情往似贈，興來如答。」〔註21〕用非常形象生動的語言點出了審美過程中主客體之間在某種程度上互參、互共的影響與藝術審美氛圍和情境，從中可以體悟出自然之境與人性之情的相互契合與溝通的內在思維。

自然美的產生就是在人與自然的相互作用下，沿著空渺無垠的道路不斷前進；人們從自然中汲取靈感，依照自然的規律來控制、征服、支配自然，進而在對自然的內蘊中肯定人的主體性，最後在自我肯定的認知中取得精神上的愉悅。藝術審美對自然美的創造與興味，妙在傳神地點出自然美的神韻與風骨。中國古代的山水詩和山水田園詩，反映了古人對自然的深情和摯愛，表現了古人對自然審美精神內在的深切體悟，所謂田園山水詩和中國畫的「意境」之說，就是這種體悟的高度藝術概括。

二、中國古代山水詩中的自然美

自然是人類生生不息的園地，它無私地給予人類生存繁衍的空間，它用它那博大、悠遠和無限物產成爲我們生命孕育的家園，至今仍爲心靈慰藉之所、文化發祥之地、詩意泉湧之源。對自然的審美意蘊構成了中國古典文學，尤其是古典山水詩中最燦爛的篇章，寄予著先人們追求自由與獨立的情懷與胸襟和精神之歸宿。

《詩經》三百篇，是我中華民族古老的自然禮讚。「關關雎鳩，在河之洲」(〈關雎〉)、「蒹葭蒼蒼，白露爲霜」(〈蒹葭〉)、「河水清且漣漪」(《伐檀》)、「嵩高維嶽，駿極於天」(〈嵩高〉)，山川河流，樹

〔註21〕〔南朝梁〕劉勰著，范文瀾註《文心雕龍註‧卷十‧物色篇》，頁695。

木鮮花，風雨雷電無不成為中國先哲們視野和思想中的「比體」和「興體」。屈原之〈離騷〉，「舉世皆濁我獨清，眾人皆醉我獨醒」的悲懷憂懣之情、有志難伸之情卻僅能縈繞在高山水澗間盛開於辛夷、秋菊之中。

如果說《詩經》和《楚辭》中的自然，都是詩人單純的審美物件，然在魏晉時期的文士高蹈自然率真、縱情山水、享受人生的審美意識日益豐富與日臻完善，大自然在魏晉文人的眼裡，除了具有詩畫般的意境外，還是個避災遠禍，追求長生不老，求仙訪道的秘境。《世說新語・言語》中記載：「顧長康從會稽還。人問山川之美，顧云：『千巖競秀，萬壑爭流，草木蒙籠其上，若雲興霞蔚。』」，「王子敬云：『從山陰道上行，山川自相印發，使人應接不暇，若秋冬之際，尤難為懷。』」〔註 22〕陶淵明以悠然超脫的心態，抒寫著令人嚮往的靜謐和諧的桃源仙境：「結廬在人境，而無車馬喧。問君何能爾，心遠地自偏。采菊東籬下，悠然見南山。山氣日夕佳，飛鳥相與還。此中有眞意，欲辨已忘言」〔註 23〕（〈飲酒・之五〉）。確如宗白華先生所言：「晉人向外發現了自然，向內發現了自己的深情。山水虛靈化了，也情致化了。陶淵明、謝靈運這般人的山水詩那樣的好，是由於他們對於自然有那一股新鮮發現對深入化境濃酣忘我的趣味。」〔註 24〕魏晉文人們已開拓了自然之情境與人的致性的內在涵養，在他們的藝術作品與詩歌中充塞著天人合一樸素的自然生態觀和自然審美情趣。

孕育人類文明的自然，在中國的文人心裡是靈感的源泉、是「歌以詠懷」的載體、是低吟長嘯的的湧泉。中國古典山水詩中，他們筆

〔註 22〕〔南朝宋〕劉義慶著，劉孝標注，楊勇校箋《世說新語校箋・言語二・八八》，頁 128。

〔註 23〕〔南朝宋〕劉義慶著，劉孝標注，楊勇校箋《世說新語校箋・言語二・九一》，頁 130。

〔註 24〕〔東晉〕陶淵明著，袁行霈撰《陶淵明集箋注・卷三・飲酒其五》（北京市；中華書局，2003 年 4），頁 247。

下的山川峻岫和心中的自然情愫既是壯麗山河的眞實寫照，更是民族情感的一種感通和表達；透過完形的思維將古典山水之美，以回溯的方式，發現古代的詩人在山水的覺知與感通下在觀能的刺激下，化爲一首首山水詩歌，成爲後代讀者追懷研究的課題！

在古代山水詩的自然審美中，從描摹景物上，如果說《詩經》中已有不少詩篇對自然物作了客觀的藝術化的描繪和摹寫，那麼《楚辭》中許多辭句都已具有某一特定屬性的自然物所賦予的特定意象和深刻之象徵意義；如果說陶淵明的田園詩主要描寫田園美景，側重表現田園景物的美，更把描寫物件拓展到廣義山水表現了整個自然的美，田園景物之美其特性與一般山水景物的自然美，在不同的情狀下有不同的觀賞角度與方式，田園景物是在詩人定點式的關切自然幻化下，較一般山水詩來的柔和適性。

山水審美雖然不是一個科學化的研究，但是透過西方完形心理學的架構，情感與形式的命題討論下，筆者發掘中國古典山水詩裡完全具備了這些概念，然而我們的詩人在詩境的構思與建構上，無論是西方的浪漫主義，象徵主義或實證主義下逮唯美主義在我們的文學理論中都能賞閱及運用，唯我們中國人只重實踐，不重理論下在此次的研究過程中給筆者很大的鼓舞與信心，建立一個以文學論述爲發展的範式具有完整的哲思，希望對將來的研究在論題思維上能夠更臻完善。

總之，研究山水詩就是藉由論題回歸自然，即意味著對人生自由的回歸，使人格從功利社會中跳脫出來，昇華爲一種以高尚意志爲基礎的、自然率眞、逍遙灑脫的人生境界。以現實功利主義爲本的今人，好爲物欲所羈絆在現實的社會中，少一點功利多一些人文關懷和審美情趣；堅持藝術審美的人性化社會、持續發展研究，眞正做到人與人之間、人與自然之間的永續發展，正値工業文明向生態文明過渡階段的人們更應深思山水自然的美學藝術觀的重要性，這是一克不容緩的議題。

第十章　結　論

略有審美經驗的人都知道；單純的美，僅憑感覺就可以感知，然而具體意境的美則無法，一般的美只表現在形式上的審美與體味者的面前，如果對自己的審美經驗進行分析，就會發現一個有趣的現象，任何一個可以稱爲美的事物，都只在一個特定的環境才顯得美，如果讓其脫離該環境或換一個環境，馬上就不美了。因此，你會同意孤立不美。美跟形象飾物有密切的關係，但美卻不是感性具體的，而是精神上的。正因爲美是一種精神上的氛圍，所以在非形象領域內，或說抽象思維也有美的一面。

在大自然之中我們受到恩賜並不會比其它物種多，當我們用一塊石頭敲擊另一塊石頭對它們加工時，改造的是一個石斧，這就是他們在自然界裡創造自己美的印記。因自己的意志力而創造出地球上第二個自然物，於是我們與動物的關係分離而成爲人。自然不能創造，諸如高山、大海、湖泊、大河，但是古往今來新陳代謝所留下來的，就剩下供我們登臨憑弔的那些前人所留下的名山勝跡，旭日、晚霞、日月、星辰、藍天白雲的美不是人創造的，此類的美就是自然物的美，看似在物實際上是心，不在物的本身，也不爲物所據有，在於人而非直接創造的美，是人對於審美物的感受，因此面對自然物的審美觀念，是不同於一般藝術家的審美。人對於美感的審美，他不是反映美或創造美，人在面對自然物時，正是憑藉美感的感知才覺得自然物的美，所謂美就是人們從審美中透過對象物，體現到或感受到的一種讓人生命跳躍的活力泉源，是智慧和創造力才能有的精神氛圍。正因其凝聚先民的智慧才斧鑿形成，才具審美的價値與意義。

對人類來說，美是神聖層次的問題，它不是物質，對於美的創造者來說，美是主觀的，對於欣賞者而言，情況就比較複雜。我們的論題主要在闡述「南朝山水詩的美學藝術研究」，因此我們在前面用了一些篇幅，從南朝山水詩來談美的創造與審美的主客體問題，相信山水詩的美與不美取決於審美者（詩人）主客觀的價値判斷。當南朝詩人在創作山水詩作時，並未想過美與不美的問題，這個命題是我們從歷史的符號中，以回溯的方式，對比今人的理論概念作了一番審視，有意還原南朝詩人創作山水詩時其時間與空間狀態，與現今的哲學思維是否吻合這才是我們埋首耙梳的理趣。

一、早期山水審美藝術的發展過程

在原始社會中，先民爲了基本的生活條件，與大自然抗衡，當時的思維能力還不足以面對大自然的無窮奧妙與不可測的威力，對大自然仍懷著敬畏與恐懼的心態。然而山與水孕育著人類生命的泉源，這是他們不得不依附與崇敬的神靈，於是乎山水在神話與宗教的訛化下，出現各種詭譎的祭拜儀式，換言之；先民們對山水意識主要是從神秘的宗教與巫覡儀式達到人神的溝通。神靈崇拜與信仰一直迄今，仍影響著中國人對祖先的祭拜與愼終追遠的思想觀念相契而不輟，直至秦漢，五嶽、四瀆就成爲國家祭祀山川神靈的象徵極其尊崇。

概括來說先秦的山水審美意識主要特徵，就是將靜態的美、動態的美與敦厚的美、輕柔的美、剛與陰柔的美，一切的美錯落在有序勻稱的美之中，且用簡單的符號之美來象徵山水，我想這是西方符號美學的發端；從《易經》的卦象中可以發現先民的邏輯山水思維，從八個簡單的象徵性之符號含蓋自然界之一切徵候，因此八卦已不單純的是描摹山水，而是想像山水，這已經是現在的形象思維與抽象概念的發軔期；更說明了中國的山水觀是飛躍的從感性到理性，從總體而言，遠古時代的山水意識，處於神秘論的階段，僅管這時期還沒有相應的山水詩，但是對山水的直覺感物及帶著神秘色彩的思維，卻給中國幾千年來山水詩產生應有的影響。中國境內名山大澤圍繞，先秦時代的自然崇拜逐漸形成，山水詩抒情寫作提供吟詠及取之不盡的題材，對於自然山水的各種形態對人們產生的影響不同，在生理與心理上也各有殊異，《詩經》就是直接讚頌自然山水的美，儘管都是比附的審美，不是獨立的更不是詩的本質，但卻已表明對山水審美有具體的觀念。特別那些神化的自然山水的演變，有許多成爲神話傳說，不僅成爲聯結山水景觀與人文的過渡，而且對山水詩審美抒情的意境上還保有傳統文化的色彩。

雖然中國對山水審美的意識處於神祕觀念的時代未有完整的山水詩，但它卻爲山水詩的成形提供豐富的山水景觀與審美構思之理哲思維。孔子與老子最先站在理性的觀點，從道德與情感理念出發，突破山水神秘，從儒家與道家的山水審美觀開始擬人化自然、美化自然，它既是山水審美的對象，也是一切意識的基礎，但尚未見到人類的意識具有能動性與預示性，造成人類對自然山水的其它自然現象沒有改造的觀念，由於整個自然界與人已發生根本的改變，故如太陽之於人對生命的瞭解，隨著社會對山水意識的啓示，人們有越來越多的想像與聯想，賦予山水比德，人情與人格，提升了山水的精神層次到比德之自然山水的價值。孔子在《論語》提及智者樂山，仁者樂水。朱熹《論語集注》解釋說：「智者達於事理而周流無滯，有似於水，故樂水」，「仁者安於義理而厚重不遷，有似於水，故樂山」，劉向《說苑・雜言》也記錄一段孔子答子貢的話，對智者樂水做這樣的表示：「夫水者，君子比德焉。遍予而無私，似德，所及者生，似仁」藉由自然山水的理念發揮創造力與想像力，把人的道德與社會倫理跟水的自然特性進行類比，從而獲得審美的藝術概念，讓山水的美有道德的價值標準，憑藉自然山水的擬人與山水的道德人格化，我們發現孔子對山水自然觀察入裡，了解自然山水的規律比之於人，這便是山水美學的開端。更將山水的意識從神秘詭譎的境域，擺脫出來跟人是一樣平等的地位，人不再畏懼山水開創了人與山水美的審美寄寓。山水的比德觀，在歷代的山水詩中多少還是可以看到它的影子。人成爲山水自然物的審美主體，眞正進入到山水之中，直到了南朝人成爲主體，山水作爲審美的客體下。而直接促成南朝山水詩的發展，不論儒家或是道家如何看待自然山水的風貌，或將之人性化或情感化，這對往後中國山水詩的價值觀產生深遠的影響。

山水自然的美學藝術發展，與社會的經濟發展有絕對的關係，人類可以藉由經濟的發展來認識自然了解自然，我們從詩歌的推演過程即可察知始末，早期的山水以比興和襯色與人共存，到了大漢時期因國勢的壯盛，山水進入苑囿的時代，國君帝王以山水苑、囿、亭、榭、樓、臺爲其畋獵遊玩的處所，文人雅士借山水作爲賦的主體，來歌功頌德，博取帝王的歡心。如果我們仔細去閱讀賦裡對山水意象的排比結構，可以發現，漢代的士大夫在模寫山水時，已經具有空間的概念，在美學藝術上，透過文字的形式來表達對山勢的描摹，可連續用帶有山的偏旁字來敘寫，描寫水裡的魚，天空中的禽類、野獸，文字偏旁連續串寫，從藝術表達來看是非常精緻的，甚至影響謝靈運的〈山居賦〉與〈遊名山志〉，更影響他的山水詩由近景到遠，從左到右或俯察仰望，聲色俱承。

二、西方美學藝術看中國山水審美

筆者在研究此論題前，翻閱前人研究成果發現，我們的古代山水詩的研究仍停留在，人對人的影響，以及表面的審美意象的論說。實際上，山水詩的藝術性不僅表現在審美的過程，或人對人的影響，或詩句的鍾鍊涵詠等；一首詩的謀篇過程，如果是大家以前研究的樣貌的話，那我們眞的忽略了山水詩人的內在情緒的表現，及面對山水意象時他的心境如何轉換爲意境，甚至如何讓客體爲主體所用，等等成因都是研究或賞析山水詩，進入詩境的最佳方法，因此筆者嘗試用西方的完形心理學的觀點及美學藝術與視覺審美之觀念，來翻檢南朝山水詩人的內蘊，希望從而得到啓發的作用。

首先談到山水美美在何處？這是很多人都在問的命題，所以對審美物而言很重要，我們稱它爲意象物，意象可以視爲一種審美的符號，如果從數的概念來看的話，單一物體未必是美，中國有諺語「數大便是美」，這個數在數學上的概念來說它是個概數，可以無限大，也可以無限小但不能爲零。因此在文學上我們給群聚的意象稱爲意象群；意象群若像俗諺所說它就是美的象徵，所以審美的過程需要經過對審美符號的審視與陶冶後，成爲山水詩裡的所指物。提到符號，我們不自覺的想到卡西爾的符號哲學，蘇珊・朗格的情感與形式理論，我們在論文的七、八章提過符號理論體系，儘管中國的文論是用「象」、「意象」、「物象」爲論說的文學表徵，西方則用「形式」、「符號」、「文本」、「語言」的用語，而「符號」這個範疇涵蓋著人與物的根本區別，中西方的觀點是一致的，如動物對訊息的反饋作用，而人卻是用符號來替代並創造文明，所以卡西爾提出的「人——符號——文化」三位一體，符號是人的文化。符號的誕生，說明人的思想活動與意識形式，也就是人可以從具形式的物，創造自己的形象。人是先於符號的，是符號之源，人妥善的維持符號的運作就是爲了文化的自然性，所以我們可以說符號與自然、符號與符號間是否有它的張力，應該與符號成爲一體，否則就是否定自然的結果，這是一個完整的過程。而藝術與美的區別，不僅體現在藝文體驗與審美體驗的關係上，而且藝術符號與審美符號的關係，在藝術等於美的前提下，符號與意象是等同的，我們從克羅齊、卡西爾、蘇珊朗格的理論中可看見，一種（樣）物品的持久不變就是美（不論虛構與否，或抽象與否），如一座建築，但如果它是美的就必須富有表現性。相對於山水詩論來說，將所有的意象符號，結構成意象群，而成爲審美物，詩人掌握這審美物的所有自然意象，而造成內在意境，轉化爲詩歌成爲永久的審美符號或稱審美物，此審美物內部充塞著無數個意象物，甚至於投射在意象物上的光源所產生的變化，從光的折射下產生的色彩都可以在詩人的胸臆中化作永恆，成爲發人深省的詩篇；所以意象物是詩歌的基礎，沒有意象物就失去審美的符號，沒有符號的投射啓發詩人心靈深處的意境就不可能有所謂的美學藝術。因此美的不可言說，與藝術的難以言說，就有顯著的差異；前者是對描繪物的省思等，可說是詩文的本體性否認，因爲我們對美的各種境態很難作詳盡的與清晰的範寫，美的最高意境就是眞正的能把詩歌的表現呈獻到恰到好處，多一分太膩，少一分太癯的境地。

在漢賦的文學表現上我們已經看見，漢賦家們已經初具完形美的概念，在描繪一篇賦作時所觀照的不只是一個或一部分自然物，而是進行整體的觀察及描寫，在論述的作品中，較不成熟的問題就是「場」的問題，所謂由心理所產生的物理場，由此可以引申爲「異質同構」的完形心理的美學問題，我想漢賦就缺這一個關鍵性的觀念，完形心理學是當代西方的一個流派，它的代表人物卡夫卡、魯道夫．阿恩海姆、柯勒，他企圖在完形心理的基礎上，去探尋審美價值，卡夫卡更在《藝術心理問題》中，以完形觀念去解釋審美現象。

完形心理學重視的是整體性，經過實驗完形心理學家證明知覺並不是各種感覺要素的複合體，知覺並不是先於感知個體而是重視整體，之後才重視個體的組成成份，因此提出個體不等於整體，整體大於各部分的總和，此觀念符合我們所說的意象群的概念，完形心理學家非常相信部分的相加不等於整體，那是知覺思維的問題的完形功能、重構功能，不是客體本身所具這就是完形，新的質不屬於具體的認何部分，卻與各個部分都有關係，從漢賦到山水詩的形式問題，意伏象外，有很重要的指導意義，文學作品第一個顯現的是符號（意象）的期待結構，呈現在人面前的是語詞及語詞代表的物象。閱讀過程中透過「象」的層面，追尋詩歌的本質，以新的完形質爲旨歸。在完形形成的過程中，讀者實際參與的是詩與賦，讀者正沉澱在這個完形質之中，讀者正因這樣而被帶入詩的意境中被感動，從而進入另一種生活閾，這就是我們說的「境外」、「味外」的藝術境界，這是虛與實的統一，這種統一完全因爲參與者的鑑賞所產生的整體效果。詩、賦可以營造一種愜意的氛圍。如果我們將詩歌獨立出來單獨去理解，就失去它的重要意蘊。我們在閱讀一首詩時要全然的進入詩人的神經系統中，喚起一種與他的結構相同的力，融入他的內部活動之中，我們觀賞詩不只是在還原詩的本事，而是在體會詩人的經驗；去體現更重要的異質同構，去印證詩人初始的審美情形，才能領略詩、賦裡的另一種神韻。

三、東方美學藝術看中國山水詩之審美

在人類文明史上，中國是四大古文明之一，且在大河文化的生聚養育下，山水對它們是充滿敬畏與愛戴的國度。然中國詩歌文學更是影響東方文化中最爲深遠的文藝與美學藝術，中國的各種文藝裡又以詩歌的藝術美學觀最爲絢爛奪目，更是東方藝文界裡最重要的詩歌審美藝術。中國詩學的傳統藝文，最重要的特點在於文學生命力不斷的延續，是中國文學特色的基礎；相對於東方各國的文學藝術，漢文化在不斷發展與融合各民族的優秀文化下，在特殊的人文、地理、民族裡，賡續著漫長悠久的歷史進行中，充實、提煉與昇華形成壯闊的藝術文化，獨具豐富的文藝內涵，尤其在詩學上影響著東方文藝美學，至目前仍綻放其璀璨多采的文學藝術美。

中國文學藝術的發展，在理論上它是一個多民族的國家，在融合不同民族的文學藝術下，形成一個詩歌王國，透過歌詩訴說著民族文化的發展，隨著歷史長河的流逝，如同詩歌不斷變化的節奏，

推動著堆疊富饒的詩歌作品，有別於西方的文藝發展在帝國蹦塌下隨之轉變頹敗，在異族的侵略下歷史文化隨著轉變，然中國雖在帝國更迭中嬗變，而其文化仍循著一定的軌跡前進，文化與文學藝術的傳承仍永續發展。尤其在詩歌方面，從詩經、楚辭，漢賦、古詩、唐詩、宋詞、元曲，都在詩歌發展成熟的基礎下不斷出新，更在文人雅士的傳遞創作下，豐富了中華文化。

山水詩的發展亦在這歷史的渠道中滾動著，山水詩的文藝美學，依附在中國士大夫階級中逐步開拓藝術視野，同樣的創作者亦在詩歌藝術裡探究各種理論，從早期對山水意象的敬畏，到親近山水的意境，從山水有神，到帝力於我何有哉？從漢賦家運用山水的磅礴氣勢，而爲帝王所愛，從詩歌吟詠的意象符號，深入到詩學理論的意境裡；山水詩就在這些前人的步履下，創作山水詩的美學藝術，中國的山水詩在南朝謝靈運開其先河後，更受到各代詩人的青睞，作品繁複追新，而南朝山水詩的創作在劉勰與鐘嶸的詩評與詩歌理論中，佔據許多的篇幅而奠下基石，受歷代中外學者推崇與研究，山水詩不只在中國、日本的俳律中模仿我國山水作品亦可見其端倪，所以山水詩的審美，對東方的文藝美學而言，其藝術影響是相當深邃悠遠的，筆者在研究南朝山水詩的美學藝術上，雖著眼於西方文學理論的論證，研究中更見東西方文學理論的差異，東方的文學理論尤以山水詩較重視人文藝術美與人格美，西方則重視理論與文學架構，因爲實證而僵化的文學論，因此，東方美學藝術的山水審美，是深具人文素養的文學藝術。

四、完形心理學與中國詩學的發展意涵

一個簡約的完形心理結構，是經由知覺活動下的整體經驗，知覺是在觀察對象物的把握中主動建構的一個完形，它主要是將整體的結構及整體簡約化，盡量凸顯對象的完形特質，而忽略它的特徵；知覺主體只有與對象建構適切距離形成完形結構，且距離要恰

當才能覺知對象的整體，以便區分主體與客體對象；首先來自感覺與知覺，有了感覺的訊息，主體才能建構客觀對象的完形的質。訊息過於繁複反而影響完形心理的建立，影響對它的整體掌握，反而干擾主體的知覺思維。

在審美藝術活動中，阿恩海姆，不僅非常注重整體思維，並十分推崇知覺的組成作用，認爲憑藉著人的覺知生理活動可以將外部的世界形式化，與內部形式的結構動力之內化。所有的覺知過程都是知覺的神經反應，把知覺看作是一種外部刺激，從而引起心理場的對抗，漸漸凸顯詩人心理的完形結果，因此只有場的基本模式下才能在審美知覺中造成似動感覺，形成在內的種種幻覺，這種場閾的結構成爲審美的經驗，與其它的完形心理學相同用「場」的概念去詮釋詩歌審美知覺，這知覺與我們的大腦皮質細胞的成分、抑制過程，形成一種物理場，直接與人的心理活動的力，相感應這就是異質同構。完形心理學者認爲美感的形成，在於知覺的活動中產生情感與形式，作爲客體對象與認知主體的大腦，生理結構間存在同型同構的關係。它與人的情感世界的各種感知活動，在情感與形式裡是相同的，因而物理現象能表現在力的結構，也是美感形成的基礎，如果審美主體與客體的同構，就符合目的審美，但主體本身很難察覺，因爲它是無目的性的，必須由審美主體透過文字統一實踐。

完形心理學本身仍有一定的侷限，它們試圖用場來解釋心理現象及外部刺激的問題，提出的各種場閾，是物理學的觀點，讓人感覺理論的晦澀難懂，又過於依賴現象學的詮釋方法，設計上缺乏嚴格控制的條件及科學依據，沒有定量的分析，與足夠的信度與效度及立場，用異質同構的理論來解釋人的審美心理，揭櫫藝術形式的眞貌，在阿恩海姆的推動下仍可看見一些效果，單一的意象不代表整體的全部，因此「所指」的物越多，「能指」的呈現越趨明顯。

綜合言之，南朝山水詩的美學藝術研究，它的研究面相，可以從多個角度切入，從感通面亦復是；錢鐘書、朱光潛他們都對它作過討論，我們稱感通，朱光潛也認爲是感通，無論感通或通感，都是從人的覺知神經的接收來達到解釋審美的藝術效果，筆者較贊成這樣的說法，因此筆者在論文中透過圖示的解釋，與完形心理感知的場、同質同構、異質同構，所需要的是刺激的基質，而感通很具體的說它是視覺、觸覺、嗅覺、味覺、聽覺、動覺等生理的神經傳導，經由這些生理現象直接或間接的觸發我們的神經元、視神經，經過複雜的交感傳達到皮質，受訊者，從它接收的刺激原進入到腦內的記憶區去配對，組成適合的詞語（文字藝術、繪畫藝術等），再反射到受體，達到審美的境界，或稱爲意境，完成所謂美的藝術表現。

因此筆者經由研究的過程發現，南朝山水詩人基本上已經具備，對受訊刺激反射出美的詞章供後人賞鑑，筆者也是透過感通的過程及神經元的反射，發現美、體察美、感受美的情感與形式，南朝詩歌尤其是山水詩深具美學藝術，其詩歌的成就，被視爲過度到唐以後山水田園詩歌的前奏，詩學的轉關與新變深具時代意義，無論山水詩或田園詩，絕句或律詩在聲律上都是承先啓後的美學藝術的闡發時期，筆者用了許多時間對南朝詩歌文本的閱讀，及中西方文藝美學資料的檢索過程艱辛，相信對往後的研究與設論都有很大的幫助，更能成爲往後詩歌研究進一步的基礎。

參考資料

一、古　籍（按經、史、子、集）

（一）經　部

1. 〔漢〕毛亨傳，〔漢〕鄭玄箋，〔唐〕孔穎達等疏，李學勤等編《十三經毛詩正義》北京；北京大學出版，1999 年。
2. 〔漢〕鄭玄著，〔唐〕孔穎達疏，龔抗雲整理《十三經注疏禮記正義》北京；北京大學出版，2000 年。
3. 〔漢〕鄭玄注，〔唐〕賈公彥疏《十三經注疏周禮正義》北京；北京大學出版社，2000 年。
4. 〔魏〕何晏注，〔宋〕邢昺疏《論語注疏》北京；北京大學出版社，2000 年。
5. 〔晉〕杜預疏，〔唐〕孔穎達正義《十三經注疏春秋左傳正義》北京；北京大學出版社，2000 年。
6. 〔唐〕陸德明撰《經典釋文》北京；中華書局，1983 年。
7. 〔宋〕朱熹注《四書章句集注》北京；中華書局，1983 年。
8. 〔宋〕朱熹撰《詩集傳》上海；鳳凰出版社，2007 年。
9. 〔清〕姚際恆著《詩經通論》北京；中華書局，1958 年 12 月。
10. 〔清〕王先謙集疏《十三經清人注疏・詩三家義集疏》北京；中華書局，1987 年。
11. 〔清〕方玉潤著《詩經原始》北京；中華書局，1986 年。

（二）史　部

1. 〔春秋〕左丘明著，徐元誥集解，王樹民、沈長雲點校《國語集解》北京；中華書局，2002 年。

2. 〔漢〕司馬遷撰，劉〔宋〕裴駰集解，〔唐〕司馬貞索隱，〔唐〕張守節正義《史記》北京：中華書局，1963年。
3. 〔漢〕司馬遷撰，日本・瀧川資言考證《史記會注考證》上海：上海古籍出版社，1986年。
4. 〔東漢〕班固撰，〔唐〕顏師古注《漢書》北京：中華書局，1964年。
5. 〔東漢〕班固撰，陳國慶編《漢書藝文志注釋匯編》北京：中華書局，1983年。
6. 〔晉〕陳壽撰，〔宋〕裴松之注《三國志》北京：中華書局，1964年。
7. 〔南朝宋〕范曄撰，〔唐〕李賢等注《後漢書》北京：中華書局，1973年。
8. 〔南朝梁〕沈約撰《宋書》北京：中華書局，1974年。
9. 〔南朝梁〕蕭子顯撰《南齊書》北京：中華書局，1974。
10. 〔唐〕房玄齡撰《晉書》北京：中華書局，1974年。
11. 〔唐〕姚思廉撰《梁書》北京：中華書局，1973年。
12. 〔唐〕姚思廉撰《陳書》北京，中華出局，2002年。
13. 〔唐〕李延壽撰《南史》北京：中華書局，1975年。
14. 〔唐〕李延壽等撰《北史》北京，中華出局，2003年。
15. 〔唐〕魏徵、令狐德棻等撰《隋書》北京：中華書局，1982年。
16. 〔宋〕司馬光編著，元・胡三省音注《資治通鑑》北京，中華出局，2005年。

（三）子　部

1. 〔戰國〕莊周著，〔清〕郭慶藩撰，〔晉〕王孝魚點校《莊子集釋》北京：中華書局，1986年。
2. 〔漢〕劉安著，張雙棣撰《淮南子校釋》北京：北京大學出版社，1997年。
3. 〔漢〕劉向著，向宗魯校證《説苑校證》北京：中華書局，1987年。
4. 〔東漢〕揚雄著，汪榮寶撰，陳仲夫點校《法言義疏》北京：中華書局，1987年。
5. 〔東漢〕王充著，袁華忠、方家常譯注《論衡全譯》貴陽：貴州人民出版社，1990年。

6. 〔東漢〕王充著，黃暉撰，《論衡校釋》北京：中華書局，1990 年。
7. 〔魏〕王弼著，樓宇烈校釋《王弼集校釋》北京：中華書局，1980 年。
8. 〔晉〕郭象注，〔唐〕成玄英疏，曹礎基，黃蘭發點校《南華眞經注疏》北京：中華書局，1998 年。
9. 〔晉〕葛洪輯，成林、程章燦譯注《西京雜記全譯》貴陽：貴州人民出版社，1993 年。
10. 〔晉〕陸機撰，金濤聲點校《陸機集》北京：中華書局，1982 年。
11. 〔南朝梁〕釋慧皎撰，湯用彤校注《高僧傳》北京：中華書局，1992 年。
12. 〔唐〕釋道宣撰，湯用彤校注《廣弘明集》臺北：新文豐出版社，1986 年。
13. 〔唐〕僧肇撰，李翊灼校輯《維摩詰集註》臺北古老文化事業公司，1997 年。
14. 〔宋〕黃伯恩撰《東觀餘論》北京：中華書局，1963 年。
15. 〔宋〕林希逸，周啓成校注《莊子鬳其口義校注》北京：中華書局，1997 年。
16. 〔宋〕張載著，清王夫之注《張子正蒙》上海：上海古籍出版社，2000 年。
17. 〔清〕戴震撰《戴震全書》合肥：黃山書社，1995 年。

(四) 集　部

1. 〔戰國〕屈原，馬茂元主編《楚辭注釋》武漢：湖北人民出版社，1999 年。
2. 〔戰國〕屈原等著，〔宋〕洪興祖撰，白化文等點校《楚辭補注》北京：中華書局 2000 年。
3. 〔東漢〕王逸章句，洪興祖補注《楚辭四種》上海，世界書局印，1936 年。
4. 〔魏〕曹操著《曹操集》北京：中華書局，1974 年。
5. 〔魏〕曹操、曹丕、曹植著《三曹集》長沙：嶽麓書社，1997 年。
6. 〔魏〕王粲著，俞紹初校點《王粲集》北京：中華書局，1980 年。
7. 〔晉〕陸機撰，張少康集釋《文賦》北京：人民文學出版社，2002 年。
8. 〔東晉〕陶淵明著，逯欽立校注《陶淵明集》北京：中華書局，1979

年。

9. 〔東晉〕陶淵明著，袁行霈撰《陶淵明集箋注》北京：中華書局，2003 年。
10. 〔南朝宋〕謝靈運撰，顧紹柏校注《謝靈運集校注》鄭州：中州出版社，1987。
11. 〔南朝宋〕鮑照撰《鮑參軍詩註》北京：人民文學出版，1957 年。
12. 〔南朝宋〕劉義慶著，劉孝標注，楊勇校箋《世說新語校箋》台北：正文書局，2000 年。
13. 〔南朝宋〕鮑照著，錢仲聯增補集說校《鮑參軍集注》上海：上海古籍出版社，1980 年。
14. 〔南朝齊〕謝朓著，曹融南校註集說《謝宣城集校註》上海：上海古籍出版社，2001 年。
15. 〔南朝梁〕沈約著，陳慶元校箋《沈約集校箋》杭州：浙江古籍出版社，1995 年。
16. 〔南朝梁〕劉勰撰，詹鍈義證《文心雕龍》上海：上海古籍出版，1994 年。
17. 〔南朝梁〕劉勰著，吳林柏義疏《文心雕龍義疏》武漢：武漢大學出版社，2002 年。
18. 〔南朝梁〕劉勰著，范文瀾注《文心雕龍注》臺北：開明書店，1973 年。
19. 〔南朝梁〕鐘嶸著，陳延傑注《詩品注》北京：人民文學出版社，1980 年。
20. 〔南朝梁〕何遜著《何遜集》北京：中華書局，1980 年。
21. 〔南朝梁〕何遜、陰鏗著，劉暢、劉國珺《何遜、陰鏗集注》天津：天津古籍出版社，1988 年。
22. 〔南朝梁〕江文通著，〔明〕胡之驥註，李長路，趙威點校《江文通彙注》北京：中華書局，1984 年。
23. 北朝周．庾信撰，倪璠注，許逸民校點《庾子山集注》北京：中華書局，1980 年。
24. 〔唐〕杜甫著，錢謙益箋注《錢注杜詩集注》上海：上海古籍出版社，1979 年。
25. 〔唐〕歐陽詢撰，江紹楹校《藝文類聚》上海：上海古籍出版社，1985 年。
26. 〔唐〕孟郊著，韓泉欣校注《孟郊集校注》杭州：浙江古籍出版社，

1995 年。

27. 〔唐〕釋道宣撰《廣弘明集》臺北：新文豐出版社，1976 年。
28. 〔唐〕王昌齡撰，〔宋〕陳應行編《吟窗雜錄》北京：中華書局，1997。
29. 〔唐〕白居易著《白居易集》北京：中華書局，1999 年。
30. 〔唐〕張彥遠撰，日・岡村繁譯注，俞慰剛譯《歷代名畫記》上海：上海古籍出版社，2002 年。
31. 〔唐〕劉禹錫著，瞿蛻園箋證《劉禹錫集箋證》上海：上海古輯出版社，1989 年。
32. 〔唐〕司空圖著，郭紹虞輯注《詩品集解》北京：人民文學出版社，2005 年。
33. 〔宋〕高承著，金圜、許佩藻點校《事物紀原點校》北京：中華書局，1989 年
34. 〔宋〕呂祖謙編，任繼愈主編《宋文鑑》長春：吉林人民出版社，1998 年。
35. 〔金〕元好問撰，賀新輝輯注《元好問詩詞集》北京：中國展望出版社，1987 年。
36. 〔明〕謝榛著，宛平校點《四溟詩話》北京：人民文學出版社，1961 年。
37. 〔明〕張溥著，殷夢倫注《漢魏六朝百三家集題辭注》北京：人民文學出版社，1963 年。
38. 〔明〕王廷相著：《王氏家藏集》臺北：偉文圖書出版社，1971 年。
39. 〔明〕胡應麟著《詩藪》上海：上海古籍出版社，1979 年。
40. 〔明〕王世貞著，羅中鼎校注《藝苑卮言》北京：中華書局，年 1992 年。
41. 〔清〕王夫之著《楚辭通釋》上海：上海人民出版社，1975 年。
42. 〔清〕王夫之著，《薑齋詩話箋注》北京：人民文學出版社，1981 年。
43. 〔清〕王夫之撰，張國星點校《古詩評選》北京：中華書局，1997 年。
44. 〔清〕王夫之評選，陳新校點《明詩評選》北京：文化藝術出版社，1997 年。
45. 〔清〕葉燮著，霍松林校注《原詩》北京：人民文學出版社，1979 年。

46. 〔清〕王士禎著，張宗柟纂集，夏閎校點《帶經堂詩話》北京；人民文學出版社，1963 年。
47. 〔清〕何焯著，崔高維點校《義門讀書記》北京；中華書局，1987 年。
48. 〔清〕沈德潛選《古詩源》北京；中華書局，1977 年。
49. 〔清〕沈德潛著，霍松林注《詩說晬語》北京；人民文學出版社，1979 年。
50. 〔清〕袁枚著，郭紹虞輯注《續詩品注》北京；人民文學出版社，2005 年。
51. 〔清〕嚴可均輯《全上古三代秦漢魏晉南北朝隋唐文》北京；商務印書館，2006 年。
52. 〔清〕方東樹《昭昧詹言》北京；人民文學出版社，2006 年。
53. 〔清〕劉熙載著，王氣中箋注《藝概箋注》貴陽；貴州人民出版社，1986 年。
54. 〔清〕劉熙載撰，袁津琥校注《藝概》北京；中華書局，2009 年。
55. 〔清〕施補華《峴傭說詩》上海；上海古籍出版社，1978 年。
56. 〔清〕何文煥編，《清詩話》上海；上海古籍出版社，1978 年。
57. 〔清〕何文煥輯，《歷代詩話》北京；中華書局，2001 年。

二、今人專著（按姓氏筆劃）

1. 人民文學出版社編輯部編《楚辭鑑賞集》北京；人民文學出版社，1988 年。
2. 丁仲祜編纂《全漢三國晉南北朝詩》臺北；藝文印書館印行，1983 年。
3. 丁福保輯《歷代詩話續編》北京；中華書局，2001 年。
4. 丁成泉著《中國山水詩史》臺北；文津出版社，1995 年。
5. 丁成泉輯注《中國山水詩集成》武漢；新華書局，2003 年。
6. 于友先著《美學漫談》鄭州；河南人民出版社，2000 年。
7. 上海辭書出版社文學鑑賞辭典編纂中心編《歷代山水詩鑑賞——江山留勝跡》上海；上海辭書出版社，2009 年。
8. 王達津著《古代文學理論研究論文集》天津；南開大學出版社，1985 年。
9. 王國瓔著《中國山水詩研究》臺北，聯經出版事業，1986 年。

10. 王國維著《王國維文集》北京：中國文史出版社，1997年。
11. 王立著《心靈的圖景——文學意象的主題史研究》上海：學林出版社，1992年。
12. 王洪著《中國古代詩歌歷程》北京：朝華出版社，1993年。
13. 王筱雲主編《中國古典名著分類集成——魏晉南北朝詩》天津：百花文藝出版社，1994年。
14. 王玫著《六朝山水詩史》天津：天津人民出版社，1996年。
15. 王力堅著《由山水到宮體南朝的唯美詩風》臺北，臺灣商務印書館，1997年11月。
16. 王力堅著《魏晉詩歌的審美觀照》臺北：文津出版社，2000年。
17. 王淑良著《中國旅遊史——古代部分》北京：旅遊教育出版社，1998年。
18. 王運熙、黃霖主編，汪湧豪著《中國古代文學理論——範疇論》上海：復旦大學出版社，1999年。
19. 王運熙、黃霖主編，劉明今著《中國古代文學理論體系叢書——方法論》上海：復旦大學出版，2000年。
20. 王仲堯著《心靈舞蹈——東西方宗教美學和藝術》北京：中國書店，2003年。
21. 王澧華著《兩晉詩風》上海：上海古籍出版社，2005年。
22. 王鐘陵著《中國中古詩歌史——四百年民族心靈的展示》北京：人民出版社，2005年。
23. 王朝聞著《美學概論》北京：人民出版社，2005年。
24. 王小舒著《神韻詩學》青島：山東人民出版社，2006年。
25. 王建疆著《老莊人生境界的審美生長——澹然無極》北京：人民出版社，2006年。
26. 王建疆著《修養、境界、審美》北京：中國社會科學出版社，2007年。
27. 王文生著《中國美學史・情味論的歷史發展》上海：上海文藝出版社，2008年。
28. 王鵬、潘光花、高峰強著《經驗的完形——格式塔心理學》濟南：山東教育出版社，2009年。
29. 王建生著《山水詩研究論稿》新北：華藝數位股份有限公司，2011年。
30. 王叔岷撰《鍾嶸詩品箋證稿》臺北：中央研究院中國文哲研究所，

2004 年。

31. 王根林等點校《漢魏六朝筆記小說大觀》上海：上海古籍出版社，1999 年。
32. 孔智光著《中西古典美學研究》濟南：山東大學出版社，2003 年。
33. 中國文史資料編輯委員會《中國美學史資料選編》臺北：輔新書局 1984 年。
34. 中國社會科學院外國文學研究所外國文學研究資料叢刊編輯委員會《歐美古典作家論現實主義與浪漫主義》北京：中國社會科學出版社，1981 年。
35. 北京大學古文獻研究所主編《全宋詩》北京：北京大學出版社，1995 年。
36. 古風著《意境探微》南昌：百花洲文藝出版社，2001 年。
37. 伍蠡甫編《山水與美學》台北：丹青圖書有限公司，1987 年。
38. 伍蠡甫編《西方現代文論選》上海：上海譯文出版社，1987 年。
39. 皮朝綱、李天道著《中國古代審美心理學論綱》成都：成都科技大學出版，1989 年。
40. 皮朝綱著《中國古典美學探索》成都：四川師範大學學報編輯部，1985。
41. 吉聯抗譯注，陰魯法校訂《樂記譯注》北京：音樂出版社，1953 年。
42. 朱光潛著《詩論》北京：北京三聯書店，1984 年。
43. 朱光潛著《談美》臺北：書泉出版社，1994 年。
44. 朱光潛著《文藝心理學》上海：復旦大學出版社，2009 年。
45. 朱志榮著《中國美學研究》上海：上海三聯書店，2006 年。
46. 成復旺著《神與物遊——中國傳統審美之路》濟南：山東人民出版社，2007 年。
47. 李澤厚著《李澤厚哲學美學文選》長沙：湖南人民出版社，1985 年。
48. 李澤厚、劉綱紀主編《中國美學史》北京：中國社會科學出版社，1987 年。
49. 李澤厚著《美的歷程》桂林：廣西師範大學出版社，2000 年。
50. 李澤厚著《美的歷程》臺北：三民書局，2006 年。
51. 李杏邨著《禪境與詩情》臺北：東大圖書公司，1984 年。

52. 李壯鷹著《中國詩學六論》濟南；齊魯書社，1989 年。
53. 李文初等著《中國山水詩史》廣州；新華書店發行，1991 年。
54. 李運富編注《謝靈運集》長沙；岳麓書社出版，1999 年。
55. 李欣復著《中國古典美學範疇史》香港；香港天馬圖書出版，2003。
56. 李亮著《詩畫同源與山水文化》北京；中華書局，2004 年。
57. 李雁著《謝靈運研究》北京；人民文學出版社，2005 年。
58. 李子光、李飛龍主編《歷代山水田園詩集粹》北京；同心出版社，2006 年。
59. 李昌舒著《意境的哲學基礎——從王弼到慧能的美學考察》北京，社會科學文獻出版社，2008 年。
60. 李健著《魏晉南北朝的感物美學》北京；中國社會科學出版社，2007 年。
61. 杜松柏著《國學治學方法》臺北；洙泗出版社，1985 年。
62. 杜曉勤著《齊梁詩歌向盛唐詩歌的嬗變》北京；北京大學出版社，2008 年。
63. 宋紅著《天地一客——謝靈運傳》杭州；浙江人民出版社，2005 年。
64. 呂思勉著《兩晉南北朝史》上海；上海古籍出版社，2005 年。
65. 汪超宏編著《六朝詩歌》北京；文化藝術出版社，1998 年。
66. 汪湧豪、駱玉明主編，李笑野、張晶著《中國詩學・第一卷》上海；東方出版社 1999 年。
67. 汪湧豪、駱玉明主編，陳廣宏、鄭利華、歸青著《中國詩學・第二卷》上海；東方出版社，1999 年。
68. 汪湧豪、駱玉明主編，錢鋼、周鋒、張寅彭著《中國詩學・第三卷》上海；東方出版社，1999 年。
69. 汪湧豪、駱玉明主編，葉軍、彭玉瓶、吳兆路、趙毅、雷海恩著《中國詩學・第四卷》上海；東方出版社，1999 年。
70. 何耀宗著《色彩基礎》臺北，東大圖書公司，1983 年。
71. 沈師謙著《修辭方法析論》臺北；文史哲出版社，2002 年。
72. 吳小如著《中國歷代賦選》太原；山西教育出版社，1989 年。
73. 吳功正著《中國文學美學》南京；江蘇教育出版社，2001 年。
74. 余英時著《士與中國文化》上海；上海古籍出版社，1987 年。
75. 余英時著《余英時全集》桂林；廣西師範大學出版，2004 年。

76. 宗白華著《美學與意境》北京；人民出版社，1987年。
77. 宗白華著《藝境》北京；北京大學出版，1989年。
78. 宗白華著《宗白華全集》合肥；安徽教育出版社，1996年。
79. 宗白華著《美學散步》上海；上海人民出版社，2007年。
80. 宗白華著《美學的散步Ⅰ》臺北；洪範書店，2007年。
81. 林庚撰《天問論箋》北京；人民文學出版社，1983年。
82. 林文初撰《中國山水詩史》廣州；新華書店發行，1991年。
83. 林文月著《澄輝集：古典詩詞初探》臺北；洪範書店，1983年
84. 林文月著《中古文學論叢》臺北；大安出版社，1989年。
85. 林文月著《山水與古典》臺北；三民書局，1996年。
86. 林文月著《謝靈運》臺北；國家出版社，1998年。
87. 林書堯著《視覺生活的象限》臺北；維新書局，1971年。
88. 林書堯著《圖解美學》臺北；三民書局，1974年。
89. 林書堯著《色彩學》台北；三民書局出版，1983年。
90. 林高俊編《邊塞詩賞析》北京；軍事宜文出版社，2000年。
91. 金景芳著《周易》瀋陽；遼海出版社，1991年。
92. 周積寅著《中國山水畫論輯要》南京；江蘇美術出版社，1985年。
93. 周憲著《美學是什麼》北京；北京大學出版社，2002年。
94. 周來祥著《文藝美學》北京；人民文學出版社，2003年。
95. 周曉琳、劉玉平著《中國古代作者心態》成都；巴蜀書社，2004年。
96. 周生亞著《古代詩歌修辭》北京；語文出版社，12996年。
97. 周嘯天等編著《田園·山水——性本愛山丘》南京；鳳凰出版社，2009年。
98. 胡曉明著《萬川之月——中國山水詩的心靈境界》北京；三聯書店出版，1992年。
99. 胡經之、王岳川主編《文藝學美學方法論》北京；北京大學出版社，1995年。
100. 胡家祥著《審美學》北京；北京大學出版社，2000年。
101. 姜亮夫撰《歷代名人年里碑傳總表》上海；商務印書館，1936年。
102. 洪順隆著《六朝詩論》臺北；文津出版社，1985年。
103. 孫美蘭著《藝術概論》北京；高等教育出版社，1987年。

104. 高光晶等編《楚史與楚文化研究》長沙；湖南省楚史研究會，1987年。
105. 高人雄著《山水詩詞論稿》上海；上海古籍出版社，2005年。
106. 高建新著《山水風景審美》呼和浩特；內蒙古大學出版社，2005年。
107. 高敏著《魏晉南北朝史發微》北京；中華書局，2005年。
108. 馬馳著《盧卡奇美學思想論綱》長春；東北師範大學出版，1998年。
109. 馬海英著《陳代詩歌研究》上海；學林出版社，2004年。
110. 馬曉坤著《趣閒而思遠——文化視野中的陶淵明、謝靈運詩境研究》杭州；浙江大學出版社，2005年。
111. 流沙河著《莊子現代版》上海；上海古籍出版社，1999年。
112. 徐志摩著《徐志摩全集》天津；天津人民出版社，2005年。
113. 秦惠民著《中國古代詩體通論》武漢；華中科技大學出版社，2001年。
114. 袁行霈主編《中國文學史》北京；高等教育出版社，1999年。
115. 袁濟喜著《六朝美學》北京；北京大學出版社，2000年。
116. 姚振黎著《沈約及其學術研究》臺北；文史哲出版社，1989年。
117. 孫康宜著，鍾振振譯《抒情與描寫——六朝詩歌概論》上海；上海三聯書店，2006年。
118. 章太炎撰，陳平園導讀《國故論衡》上海；上海古籍，2003年。
119. 郭廉夫、張繼華著《色彩美學》西安；陝西人民美術出版社，1997年。
120. 敏澤著《中國美學思想史》濟南；齊魯書社出版社，1987年。
121. 程相占著《文心三角文藝美學——中國古代文心論的現代轉化》濟南；山東大學出版社，2004年。
122. 賈奮然著《六朝文體批評研究》北京；北京大學出版社，2005年。
123. 童慶炳著《中古代心理學詩學與美學》北京；中華書局，1992年。
124. 童慶炳著《中國古代心理詩學與美學》臺北；萬卷樓圖書，1994年。
125. 童慶炳著《文學審美特徵論》上海；華東師範大學出版社，2000年。
126. 童慶炳著《文學理論教程》北京；高等教育出版社，2005年。

127. 童慶炳著《談古典詩學》開封；河南大學出版社，2008 年。
128. 袁行霈、孟二冬、丁放著《中國詩學通論》合肥；安徽教育出版社，1994 年。
129. 許天治著《藝術感通之研究》南投；臺灣省立博物館印行，1987 年。
130. 溫儒敏、李細堯編《尋求跨中西文化的共同文學規律——葉維廉比較文學論文選》北京；北京大學出版社，1987 年。
131. 張伯偉著《全唐五代詩格校考》西安；陝西人民教育大學，1996 年。
132. 張蕙慧著《嵇康音樂美學思想探究》臺北；文津出版社，1997 年。
133. 張松如著《中國詩歌史論》長春；吉林大學出版社，1985 年。
134. 張松如主編，莊嚴、賀鑄著《中國詩歌美學史》長春；吉林大學出版社，1994 年。
135. 張仁青著《六朝唯美文學》臺北；文史哲出版社，1983 年。
136. 張舜徽釋《漢書藝文志通釋》長沙；湖北教育出版社，1990 年。
137. 張伯偉著《全唐五代詩格校考》西安；陝西人民教育大學，1996 年。
138. 張互助著《中國古代山水綠色文化》長沙；湖南大學出版社，2001 年。
139. 張燕瑾、呂薇芬主編《魏晉南北朝文學研究》北京；北京出版社出版，2002 年。
140. 張政文著《從古典到現代——康德美學研究》北京；社會科學文獻出版社，2002 年。
141. 張傳璽著《國古代史綱——原始社會——南北朝》北京；北京大學出版社，2004 年。
142. 張節末著《禪宗美學》北京；北京大學出版社，2006 年。
143. 張海明著《經與緯的交結——中國古代文藝美學範疇論要》西安；陝西人民教育出版社，2006 年。
144. 張亞軍著《南朝四史與南朝文學研究》北京；中國社會科學出版社，2007 年。
145. 張國慶著《二十四詩品——詩歌美學》北京；中央編譯出版社，2008 年。
146. 張克鋒著《魏晉南北朝文學與書畫的會通》北京；中國社會科學出版社，2012 年。

147. 郁沅著《心物感應與情景交融》南昌；百花洲文藝出版社，2006年。
148. 柯素莉著《詩與自然：中國山水詩的現代闡釋》武漢；湖北科學技術出版社，2010年。
149. 胡經之著《文藝美學》北京；北京大學出版社，1992年。
150. 胡曉明著《中國詩學之精神》南昌；江西人民出版社，2001年。
151. 胡曉明著《萬川之月》北京；北京大學出版社，2005年。
152. 胡雪岡著《意象範疇的流變》南昌；百花文藝出版社，2002年。
153. 胡繼華著《宗白華文化幽懷與審美象徵》北京；文津出版社，2005年。
154. 胡家祥著《審美學》北京；北京大學出版社，2005年。
155. 時志明著《山魂水魄——明末清初節烈詩人山水詩論》南京；鳳凰出版社，2006年。
156. 時曉麗著《莊子審美生存思想研究》北京；商務印書館，2006年。
157. 許金榜編著《歷代山水田園詩賞析》；濟南；明天出版社，1986年。
158. 許尤美著《魏晉隱逸思想及其美學涵義》臺北；文津出版社，2001年。
159. 曹道衡、沈玉成編著《南北朝文學史》北京；人民文學出版社，2006年。
160. 曹明綱撰，《陶淵明、謝靈運、鮑照詩文評選》上海；上海古籍出版社，2002年。
161. 馮國超譯注《山海經》北京；商務印書館，2009年。
162. 章必功著《中國旅遊史》昆明；雲南人民出版社，1992年。
163. 章尚正著《中國山水文學研究》上海；學林出版社1997年。
164. 陳安仁著《六朝時代學者之人生哲學》上海；正中書局，1946年。
165. 陳植鍔著《詩歌意象論微觀詩史初探》北京；中國社會科學院出版1990年。
166. 陳德禮著《中國古代審美心理論綱——人生境界與生命美學》長春；長春出版社，1998年。
167. 陳傳席、劉慶華著《精神的折射——中國山水畫與隱逸文化》濟南；山東美術出版社，1998年。
168. 陳振寰譯注《漢魏六朝詩三百首》臺南；金安出版社，1999年。
169. 陳水雲編著《中國的山水文化》武漢；武漢大學出版社，2001年。

170. 陳良運著《美的考索》南昌：百花洲文藝出版社，2005 年。
171. 陳望衡著《交遊風月——山水美學談》武漢：武漢大學出版社，2006 年。
172. 陳滿銘著《意象學廣論》臺北：萬卷樓圖書公司，2006 年。
173. 陳橋生著《劉宋詩歌研究》北京，中華書局，2007 年。
174. 陳昭瑛著《儒家美學與經典詮釋》上海：華東師範大學出版社，2008 年。
175. 陳子展著《詩三百解題》上海：復旦大學出版社，2001 年。
176. 陳鼓應著《老莊新論》北京：商務印書館，2008 年。
177. 陶文鵬、韋鳳娟主編《靈境詩心——中國古代山水詩史》南京：鳳凰出版社，2004 年。
178. 黃永武著《詩心》臺北：三民書局，1971 年。
179. 黃永武著《中國詩學設計篇》臺北：巨流圖書公司，2005 年。
180. 黃永武著《詩與美》臺北：洪範書局，2008 年。
181. 黃晉達、張秉眞、張恒達主編《象徵主〔義〕意象派》北京：中國人民大學出版社，1989 年。
182. 黃益庸、衣殿臣編著《歷代愛國詩》北京：大眾文藝出版社，1998 年。
183. 黃節編著《詩學》新北，學海出版社，1999 年。
184. 黃景進著《意境論的形成——唐代意境論研究》臺北，臺灣學生書局，2004 年。
185. 黃麗蓉著《李白詩色彩學》臺北：文津出版社，2007 年。
186. 梁啓超撰，湯志鈞導讀《中國歷史研究法》上海：上海古籍出版社，1998 年。
187. 逯欽立輯校《先秦漢魏晉南北朝詩》北京：中華書局，1983 年。
188. 曾祖蔭著《中國古典美學》武漢：華中師範大學出版社，2008 年。
189. 曾憲輝、林鳳鶯主編《歷代山水遊記詩文賞析》新北：新潮社文化事業有限公司，2009 年。
190. 董強著《梁宗岱穿越象徵主義》北京：文津出版社，2005 年。
191. 董學文著《美學概論》北京：北京大學出版社，2007 年。
192. 萬光志著《漢賦通論》成都：巴蜀書社，1989 年。
193. 褚斌杰主編《詩經與楚辭》北京：北京大學出版社，2007 年。
194. 湯用彤著《漢魏兩晉南北朝佛教史》北京：昆侖出版社，2006 年。

195. 彭吉象著《藝術學概論》北京；北京大學出版社，2003 年。
196. 彭修銀著《東方美學》北京；人民出版社，2008 年。
197. 楊樹達著《論語疏證》上海；上海古籍出版社，1986 年。
198. 楊明著《南朝詩魂》臺北；漢欣文化公司，1991 年。
199. 楊仲義著《漢語詩體美學》北京；學苑出版社，2000 年。
200. 楊明、揚焄撰《謝朓庾信及其他詩人》上海；上海古籍出版社，2002 年。
201. 楊平著《康德與中國現代美學思想》北京；東方出版社，2003 年。
202. 蒲震元、杜寒風主編《美學前沿》北京；北京廣播學院出版社，2002 年。
203. 雷淑娟著《文學語言美學修辭》上海；學林出版社，2004 年。
204. 蓋光著《文藝生態審美學》北京；人民出版社，2007 年。
205. 葉朗著《中國美學史》臺北；文津出版社，1999 年。
206. 葉朗著《胸中之竹——走向現代中國美學》合肥；安徽教育出版社，2002 年。
207. 葉朗總主編《中國歷代美學文庫——魏晉南北朝卷》北京；高等教育出版社，2003 年。
208. 葉朗主編《意象：第一期》北京；北京大學出版社，2006 年。
209. 葉朗主編《意象：第二期》北京；北京大學出版社，2008 年。
210. 葉朗主編《意象：第三期》北京；北京大學出版社，2009 年。
211. 葉朗著《美在意象》北京；北京大學出版社，2010 年。
212. 葉嘉瑩著《葉嘉瑩說漢魏六朝詩》北京；中華書局，2007 年。
213. 葉維廉著《中國詩學》北京；生活・讀書・新知三聯書店，1992 年。
214. 鄒華著《流變之美——美學理論的探索與重構》北京；清華大學出版社，2005 年。
215. 葛曉音著《山水田園詩派研究》瀋陽，遼寧大學出版社，1999 年。
216. 葛曉音主編《漢魏六朝文學宗教》上海；上海古籍出版社，2005 年。
217. 漢寶德等撰《中國美學論集》臺北；南天書局發行，1989 年。
218. 趙毅衡著《比較敘事學導論》北京；中國人民大學出版社，1998 年。
219. 趙敏俐撰《中國詩歌研究》北京；北京大學出版社，2003 年。

220. 趙以武著《梁武帝及其時代》南京；鳳凰出版社，2006 年。
221. 趙志軍著《作爲中國古代審美範疇的自然》北京；中國社會科學出版社，2006 年。
222. 鄭訓佐，李劍鋒著《中國文學精神——魏晉南北朝卷》濟南；山東教育出版社，2003 年。
223. 黎志敏著《詩學構建；形式與意象》北京；人民出版社，2008 年。
224. 蔡鐘翔著《中國美學範疇叢書——美在自然》南昌；百花州文藝出版社，2001 年。
225. 蔡彥峰著《元嘉體詩學研究》北京；中國社會科學出版社，2007 年。
226. 蔡鎭楚著《中國文學批評史》北京；中華書局，2005 年 8 月。
227. 臧維熙主編《中國山水的藝術精神》上海；學林出版社，1994 年。
228. 蔣述卓著《宗教文藝與審美創造》廣州；暨南大學出版社，2005 年。
229. 蔣孔陽著《美學新論》北京；人民文學出版社，2006 年。
230. 鄢化志著《中國古代雜體詩通論》北京；北京大學出版，2001 年。
231. 賴賢宗著《意境與抽象：東西跨文化溝統中的藝術評論》臺北；紅葉文化事業，2003 年。
232. 賴賢宗著《意境美學與詮釋學》臺北；國立歷史博物館，2003 年。
233. 鮑康健著《歷代山水詩名篇賞析》臺北；華城圖書，2003 年。
234. 錢穆著《中國文化史導論》北京；商務印書館，1996 年。
235. 錢鍾書著《管錐篇》北京；中華書局，1979 年。
236. 錢鍾書著《七綴集》北京；生活・讀書・新知三聯書店，2004 年。
237. 錢鍾書著《談藝錄》北京；生活・讀書・新知三聯書店，2008 年。
238. 錢家渝著《視覺心理學》(上海；學林出版社，2006 年。
239. 劉煥揚著《中國古代詩歌鑒賞學》北京；中國文學出版社，1996 年。
240. 劉文忠著《中古文學與文論研究》北京；學苑出版社，2000 年。
241. 劉方著《中國禪宗美學的思想發生與歷史演進》北京；人民出版社，2001 年。
242. 劉躍進主編《中國古代文學通論魏晉南北朝卷》瀋陽；遼寧人民出版社，2005 年。
243. 劉大杰著《中國文學發達史》臺北；華正書局，2005 年。

244. 劉文忠著《正變・通變・新變》南昌；百花洲文藝出版社，2005年。
245. 劉綱紀著《周易美學》武昌；武漢大學出版社，2006年。
246. 劉紹瑾著《莊子與中國美學》長沙；岳麓書社出版，2007年。
247. 劉明昌撰《謝靈運山水詩藝術美探微》臺北，文津出版社，2007年。
248. 劉三平著《美學的惆悵——中國美學原理的回顧與展望》北京；中國社會科學院出版社，2007年。
249. 劉桂榮著《徐復觀美學思想研究》北京；人民出版社，2007年。
250. 劉福元、楊新我著《古代詩詞常識》上海；上海古籍出版社，2010年。
251. 穆克宏著《魏晉南北朝文學史料述略》北京，中華書局，2007年。
252. 鍾仕倫著《南北朝詩話校釋》北京；中華書局，2007年。
253. 鍾優民撰《中國詩歌史》台南；麗文文化公司，1994年。
254. 謝凝高著《山水審美——人與自然的交響曲》臺北；淑馨出版社，1992年。
255. 魏耕原著《謝朓詩論》，北京；中國社會科學出版社，2004年。
256. 韓經太著《詩學美論與詩詞美境》北京；北京語言文化大學出版社，2000年。
257. 戴欽祥著《山水田園詩傳》長春；吉林人民出版社，2000年。
258. 顏翔林著《後形而上學——美學》上海；學林出版社，2007年。
259. 藍華增著《說意境》昆明；雲南人民出版社，1984年。
260. 羅師宗濤等著《中國詩學研討》臺北；中華文化復興運動推行委員會，1985年。
261. 羅宗強著《魏晉南北朝文學思想史》北京；中華書局，2002年。
262. 譚好哲主編《從古典到現代——中國文藝美學的民族性問題》濟南；2004年。
263. 歸青、曹旭著《中國詩學史——魏晉南北朝卷》廈門；鷺江出版社，2002年。
264. 蕭湛著《生命・心靈・藝境》上海，上海三聯書店，2006年。
265. 蕭湛著《生命心靈意境——論宗白華生命藝術之體系》上海；上海三聯書店，2006年。
266. 蕭華榮著《華麗家族》北京；三聯書店，1995年。

267. 蕭淑貞著《魏晉山水紀遊詩之研究》臺北；台灣學生書局印行，2009年。

268. 蘇瑞隆著《鮑照詩文研究》北京；中華書局，2006年。

269. 魯迅著《魯迅全集・漢文學史綱要》上海；人民文學出版社，1973年。

270. 鐘優民撰《中國詩歌史》臺南；臺灣復文興業，1994年。

271. 龍榆生著《詞學十講》北京；北京出版社，2005。

272. 嚴雲受著《詩詞意象魅力》合肥；安徽教育出版社，2003年。

三、國外譯著

1. 〔日〕遍照金剛著《文鏡秘府論》北京；人民文學出版社，1975年。

2. 〔日〕興膳宏著，彭恩華譯《六朝文學論稿》長沙；岳麓書社，1986年。

3. 〔日〕清水凱夫著，韓國基譯《六朝文學論文集》重慶；重慶出版社，1989年。

4. 〔日〕吉川幸次郎著，章培恒等譯《中國詩史》上海，復旦大學出版社，2001年。

5. 〔英〕B・鮑桑葵（BernardBosanquet）著，彭盛譯《美學史》北京；當代世界出版社，2008年。

6. 〔美〕凱・埃・吉爾伯特，〔德〕赫・庫恩著，夏乾豐譯《美學史》上海；上海譯文出版社，1989年。

7. 〔美〕庫爾特・考夫卡（KurtKoffka）著，李維譯《格士塔心理學原理》北京；北京大學版社，2010年。

8. 〔美〕斯佩克特（Spector）著，高見平譯《弗洛依德的美學》成都，四川人民出版社，2006年。

9. 〔美〕喬納森・卡勒（JonathanCuller）著，盛寧譯《結構主義詩學》北京；中國社會科學出版社1991年。

10. 〔美〕劉若愚著，田守眞，饒曙光譯《中國的文學理論》成都；四川人民出版社，1987年。

11. 〔美〕烏爾利希・韋斯坦因（Weisstein,Ulrich）著，劉象愚譯《比較文學與文學理論》瀋陽；遼寧人民出版社，1987年。

12. 〔美〕阿恩海姆（RudolfArnheim）著，滕守堯，朱疆源譯《藝術與視知覺》成都；四川人民出版社，2001年。

13. 〔美〕蘇珊・朗格（SusanneLanger）著，滕守堯、朱疆源譯《藝術問題》北京；中國社會科學出版社，1983 年。

14. 〔美〕蘇珊・朗格（SusanneLanger）著，劉大基、傅志強、周發群譯《情感與形式》北京；中國社會科學出版社，1986 年。
15. 〔美〕艾布拉姆斯（JacobAbrams）著，酈稚牛譯《鏡與燈》北京；北京大學學出版社，1989 年。
16. 〔美〕宇文所安著《中國早期古典詩歌的生成》（北京；生活・讀書・新知三聯書店，2012 年。
17. 〔英〕卡羅琳・馮・艾克（CarolinevanEck）、愛德華・溫特斯（WilliamScrots）編，李本正譯《視覺的探討》南京；江蘇美術出版社，2010 年。
18. 〔英〕特里・伊格爾頓（TerryEagleton）著，王逢振譯《現象學、闡釋學、接受理論——當代西方文義理論》南京；江蘇教育出版社，2006 年。
19. 〔英〕格列高里（PierreRoger）著，彭聃齡、揚旻譯《視覺心理學》北京；北京師範大學出版社，1986 年。
20. 〔英〕李斯托威爾（Listowel）著，蔣孔陽譯《近代美學史評述》上海：上海譯文出版社，1980 年。
21. 〔法〕皮埃爾・布迪厄（PierreBourdieu）著，劉暉譯《藝術的法則——文學場的生成和結構》北京；中央編譯社，2001 年。
22. 〔法〕杜夫海納（Mikel Dufrenne）著，孫非譯《美學與哲學》北京：中國社會科學出版社，1985 年。
23. 〔德〕費爾巴哈著，榮震華、王太慶、劉磊譯《費爾巴哈哲學著作選》北京；商務印書館，1984 年。
24. 〔德〕歌德（Goethe）等著，王文化譯《文學風格論》上海；上海譯文出版社，1982 年。
25. 〔德〕沃爾夫岡・韋爾斯（WolfgangMozart）著，陸揚，張岩冰譯《重構美學》上海；上海世紀出版，2006 年。
26. 〔德〕黑格爾（Georg）著，朱光潛譯《美學》北京；商務印書館，2006 年。
27. 〔德〕萊辛（Lessing）著《拉奧孔》北京；北京人民文學出版社，2009 年。
28. 〔義〕克羅齊（BenedettoCroce）著，朱光潛譯《美學原理》北京；人民文學出版社，1983 年。
29. 〔法〕莫雷阿斯（GuyMichaud）著《象徵主義宣言》北京；人民文學出版社，1989 年。

30. 愛沙尼亞・斯托洛維奇（Стојадиновића）著，凌繼堯譯《審美價值的本質》北京：中國社會科學出版社，2007 年。
31. 奧地利・柯勒（Koller,Carl）著，李姍姍譯《完形心理學》臺北：桂冠圖書，1998 年。

五、論　文（按姓氏筆劃）

（一）期刊論文

1. 王玲娟撰〈山水意識在中國古代文學藝術中的形成與凸現〉收錄於《重慶大學學報（社會科學版）》（重慶：重慶大學，2006 年第 12 卷第 2 期）
2. 王偉撰〈從老子美學探「意境」範疇之初源〉收錄於《民族藝術研究——藝術理論與美學》（昆明：民族藝術研究編輯部，2005 年 3 月）
3. 王濟民撰〈中國古代文論中的境、境界和意境〉收錄於《華中師範大學學報（人文社會科學版）》（武漢：華中師範大學編輯部，2003 年 1 月第 42 卷第 1 期）
4. 王維玉撰〈直覺・距離・移情——朱光潛《文藝心理學》對西方理論的中國化解讀〉收錄於《平頂山學院學報》（平頂山：平頂山學院，2012 年 2 月第 27 卷第 1 期）
5. 朱德發撰〈山水美學與山水詩〉收錄於《安徽教育學院學報》（合肥：1993 年第 4 期）
6. 宋巍撰〈老子美學的自然觀〉收錄於《河北科技師範學院學報（社會科學版）》（秦皇島：河北科技師範學院編輯部，2007 年 6 月，第 6 卷第 2 期）
7. 李利民撰〈王昌齡〈詩格〉——唐代詩格的轉折點〉收錄於《湖北社會科學——人文視野》（武漢：武漢大學文學院，2006 年第 7 期）
8. 李道生撰，〈中國古代詩歌營造「情景交融」意境的方法淺探〉收錄於《高中語文》（北京市：人民教育出版社第四冊，2005 年 11 月）
9. 李慧、王曉勇撰〈美學系統中的意象〉收錄於《西安交通大學學報（社會科學版》（西安：西安交通大學編輯部，2004 年 3 月第 24 卷第 1 期（總 67 期））
10. 李金坤撰〈《詩經》至《楚辭》山水審美意識之演進〉收錄於（太原：山西大學師範學院學報，2001 年第 1 期）

11. 沈茜撰〈山水比德——略論先秦儒家的自然美學思想〉收錄於《貴州大學學報（社會科學版）》（貴陽：貴州大學，1999 年第 3 期）
12. 阮國華撰〈論文昌齡對意境理論的貢獻〉收錄於《廣東民族學院學報（社會科學版）》（廣州：廣東民族學院編輯部，1995 年第 2 期總第 34 期）
13. 林雍中撰〈中國古代山水文學中的妹學思想〉收錄於《北京聯合大學學報》（北京：北京聯合大學，1988 年第一期）
14. 胡健撰〈論阿恩海姆完形心理學美學〉收錄於《鹽城師範學院學報（人文社會科學版）》（鹽城：鹽城師範學院，2007 年 7 月第 27 卷第 2 期）
15. 高亮撰〈中國古代詩詞中的色彩意象特點之淺析〉收錄於《美與時代半月刊》（鄭州：鄭州大學美學研究所，2009 年 9 月，下半月刊）
16. 高曉琦、佘占宏撰〈透過格式塔看文學作品的模糊美〉收錄於《延安大學學報（社會科學版）》（延安：延安大學編輯部，2010 年 6 月第 32 卷 3 期）
17. 袁志撰〈中國古典意象說疏論〉收錄於《船山學刊》（長沙：湖南省社會科學聯合會，2001 年第 2 集）
18. 唐愛銘撰〈玄言詩與山水詩的同質異構性——以魏晉清談爲考察場域〉收錄於《西華師範大學學報（哲學社會科學版）》（南昌：西華師範大學編輯部，2011 年第三期）
19. 柴婕撰〈王昌齡詩「境」說淺析〉收錄於《湖北三峽學院學報》（宜昌：湖北三峽大學編輯部，2008 年第 22 卷第 4 期）
20. 孫蘭撰〈中國古代山水詩審美意象的流變〉收錄於《中國海洋大學學報（社會科學院）》（青島：中國海洋大學編輯部，2010 年第 3 期）
21. 孫蘭撰〈詩意地安居——謝朓山水詩創作的靈動語言〉收錄於《青島大學師範學院學報》（青島：青島大學師範學院，2005 年 9 月第 22 卷第 3 期）
22. 郭本厚撰〈六朝山水詩的審美特徵〉收錄於《安慶師範學院學報（社會科學版）》（安慶：安慶師範學院，2010 年 4 月第 29 卷第 4 期）
23. 游國恩撰《中華書局・文史第一輯》北京：中華書局，1963 年。
24. 陳敏撰〈探尋能指背後秘密——意象詩的符號學解讀〉收錄於《重慶工學院學報》（重慶：重慶工學院編輯部，2006 年 3 月，第 26 卷第 3 期）

25. 董乃斌撰〈中國詩學之淵源論〉收錄於《文學遺產》(北京;中國社會科學院文學研究所,2003 年第 4 期)
26. 傅道彬撰〈象徵的故事古典意象的原型批評〉收錄於《繼續教育研究雜誌》(北京;函授教育,1995 年 2 月第 1 期)
27. 楊勝剛撰〈山川與予神遇而跡化〉收錄於《柳州師專學報》(柳州;柳州師範高等專科學校,1999 年 9 月第 14 卷第 3 期)
28. 楊燦撰〈淺溪古典詩歌色彩美學的三個層次〉收錄於《中南林業科技大學學報(社會科學版)》(長沙;中南林業科技大學,2007 年 11 月第 1 卷第 4 期
29. 楊成寅撰〈宗炳〈畫山水序〉的美學思想〉收錄於《南都學壇(人文社會科學學報)》(南陽;南陽師範學院,2008 年 5 月第 28 卷第 3 期)
30. 劉勉撰〈雄渾疏證闡釋〉收錄於《文學遺產》(北京;中國社會科學院文學研究所,2008 年第 2 期)
31. 劉琴撰〈實踐美學與後實踐美學論説之維——實踐美學與後實踐美學在論爭中發展讀後〉收錄於《西北大學學報(社會科學版)》(西安;西北大學編輯部,2008 年 1 月第 45 卷第 1 期)
32. 繆海濤撰〈圖形背景理論對山水田園詩的認知解讀:以〈觀滄海〉爲中心〉收錄於《小説評論》(西安;陝西省作家協會,2008 年 5 月)
33. 黎慕嫻撰〈李白七絕的色彩符號解析〉收錄於《文學前瞻》(嘉義;南華大學文學系,2001 年第 3 期)
34. 盧盛江撰〈王昌齡〈詩格〉考》收錄於《江西師範大學學報,(哲學社會科學版)》(南昌;江西爸學編輯部,2008 年 4 月第 41 卷第 2 期)
35. 陶陶撰〈論詩歌中的色彩意象與創造主體審美的抒情機制〉收錄於《湖北廣播電視大學學報》(武漢;湖北廣播電視大學,2005 年,11 月第 22 卷第 6 期)
36. 葉華撰〈山水旅遊的結合——論謝靈運山水詩與傳統的寫景詩、行旅詩、遊覽詩的不同〉收錄於《安徽大學學報(哲學社會科學版)》(合肥;安徽大學編輯部,2003 年 11 月第 27 卷第 6 期)
37. 葉朗撰〈美在意象——美學基本提要〉收錄於《北京大學學報(哲學社會科學版)》(北京;北京大學編輯部,2009 年 5 月第 46 卷第 3 期)
38. 趙松元撰〈走進詩境的必由之路——論詩詞意象的分析〉收錄於《韓山師專學報》(汕頭;韓山師專,1994 年 12 月第 4 期)

39. 趙靜蓉撰〈蘇珊・朗格的藝術符號論〉收錄於《晉東師範專科學校學報》(晉中；晉東師範專科學校學報，1999年6月第18期)
40. 張蕙慧撰〈從情感與形式探討蘇珊朗格的音樂審美論〉收錄於《國立新竹師範學院學報》(新竹；新竹師範學院，2004年第18期)
41. 張志強撰〈《詩經》中山水表現意識的嬗變及其特徵〉收錄於《長江學術》(武漢，武漢大學文學院，2009年3月)
42. 張節末撰〈謝靈運山水詩的成因及其美學分析〉收錄於《漢學研究》(臺北；漢學研究中心，2010年12月第28卷第4期)
43. 蔣孔陽撰〈美學的產生和發展——美學淺論之一〉收錄於《西北大學學報(哲學社會科學版)》(西安；西北大學編輯部，1984年第4期)
44. 鄭希付撰〈心理場理論〉收錄於《湖南師範大學社會科學學報》(長沙；湖南師範大學，2000年1期第29卷第1期)
45. 鍾書林撰〈《詩經》山水描寫的現代闡釋〉收錄於《周口師範學院學報》,(周口；周口高等專科學校，2002年7月第19卷第4期)
46. 蕭馳撰〈郭象玄學與山水詩之發生〉收錄於《漢學研究》(臺北；漢學研究中心，2009年9月第27卷的3期)
47. 欒梅撰〈《詩經》中的山水〉收錄於《牡丹江教育學院學報》(牡丹；牡丹江教育學院編輯部，2007年第4期)

(二)討論會論文

1. 文師幸福撰〈「謝客風容映古今」山水詩之起源與繼承論微〉收錄於《2012年玄奘大學應用外語系語文教學暨文化交流國際學術研討會論文集》新竹；玄奘大學應用外語系，2011年5月。
2. 邱燮友撰〈謝靈運書寫山水師層次結構〉《第一屆語文教育暨第七屆辭章章法學學術研討會》臺北；東吳大學中國文學系，2012年。
3. 胡其德撰〈意象的疊印與並置：中西藝象詩的一個比較研究〉《第二屆語文教育暨第八屆辭章章法學學術研討會》臺北；國立師範大學國文學系，102年10月。

(三)學位論文(依姓氏筆畫排序)

碩士論文

1. 王延蕙撰《六朝詩歌中之佛教風貌研究》臺北；中國文化大學，中國文學研究所碩士班，1999年。
2. 王來福撰《謝靈運山水詩之研究》臺中；東海大學，中國文學研究所碩士班，1970年。

3. 方韻慈撰《謝靈運山水詩分期研究》，臺北，臺灣大學，中國文學研究所碩士班，2008年。
4. 李海元撰《謝靈運與鮑照山水詩研究》臺北；國立政治大學，中國文學研究所碩士班，1986年。
5. 莊明鳳撰《謝靈運山水詩文學美研究》新竹；玄奘大學，中國語文學系碩士在職專班2009年。
6. 郭美黛撰《六朝山水記遊文研究》高雄，高雄師範大學，回流中文碩士班，2008年。
7. 陳頤眞撰《六朝之江南及其文學——以香草、山水與歸魂爲主》新北；淡江大學，中國文學系碩士班，2005年。
8. 陳美足撰《謝靈運山水詩之研究》新竹；玄奘人文社會學院，中國語文研究所碩士班，2002年。
9. 劉明昌撰《謝靈運山水詩藝術美探微》臺南；成功大學，中國文學系碩士班，2006年。
10. 賴淑雯撰《謝朓、李白山水詩比較研究》彰化；彰化師範大學，國文學系碩士班，2007年。
11. 鄭義雨撰《謝靈運山水詩之研究》臺中；東海大學，中國文學研究所碩士班，1994年。

博士論文

1. 邢宇皓撰《謝靈運山水詩研究》保定；河北大學，中國古代文學博士班，2005年。
2. 施筱雲撰《六朝山水詩畫美學研究》新竹；玄奘大學，中國語文學系博士班2007年。
3. 郭本厚撰《六朝游文化視野中的山水詩研究》上海，上海師範大學，中國古代文學博士班，2010年。
4. 陶玉璞撰《謝靈運山水詩與其三教安頓思考研究》新竹；清華大學，中國文學系，2006年。
5. 黃麗容撰《李白樂府詩色彩之研究》臺北；中國文化大學，中國文學研究所博士班，2003年。
6. 張滿足撰《晉宋山水詩研究》高雄；國立高雄師範大學，國文學系博士班，1999年。
7. 張娣明撰《魏晉南北朝詩學研究》臺北；臺灣師範大學，中國文學研究所博士班，2008年。

8. 蘇怡如撰《中國山水詩表現模式之嬗變——從謝靈運到王維》臺北：國立臺灣大學，中國文學研究所博士班博士班，2008 年。
9. 蕭淑貞撰《魏晉山水紀遊詩文之研究》臺北：國立臺灣師範大學，國文系博士班，2006 年。